비극에 몸을 데인 시인들

비극에 몸을 데인 시인들

초판 1쇄 발행 | 2020년 8월 25일

지은이 우대식
발행인 한명선
편집 김화영 나은심 **마케팅** 배성진 **관리** 이영혜
디자인 모리스

주소 서울시 종로구 평창길 329(우편번호 03003)
문의전화 02-394-1037(편집) 02-394-1047(마케팅)
팩스 02-394-1029
전자우편 saeum2go@hanmail.net
인스타그램 instagram.com/saeumbooks

발행처 (주)새움출판사
출판등록 1998년 8월 28일(제10-1633호)

ⓒ 우대식, 2020
ISBN 979-11-90473-31-6

• 잘못된 책은 바꾸어 드립니다.
• 책값은 뒤표지에 있습니다.

비극에 몸을 데인 시인들

요절한 천재 시인들을 찾아서

우대식
씀

새들

요절 시인을 찾아다니며 쓴 글을 모아 2006년 『죽은 시인들의 사회』라는 제목으로 한 권의 책을 출간했다가 2014년 몇 분을 더하여 『시에 죽고, 시에 살다』라는 제목으로 재출간하였다. 이제 사정상 한 시인은 빼고 이현우 시인을 더하여 『비극에 몸을 데인 시인들』이라는 제목으로 개정판을 출간한다.

애초에 『현대시학』에 연재할 때 제목이 「비극에 몸을 데인 시인들」이니 이제 책 제목도 원래 자리로 돌아온 셈이다. 반본환원 反本還元이랄까, 글에도 인연이 있음을 새삼 생각하게 된다. 전날의 서문에서도 밝혔지만 요절 시인을 찾아다니는 일은 참 먼 길이었다. 파주에서 부산, 완도 끝까지의 물리적 거리도 그렇지만 그분들의 시를 읽어내는 내 의식의 문제로서 거리는 대단히 고단한 행로였다 할 것이다. 지나고 하는 말이지만 다시 하라면 참 어렵겠다는 생각이 앞선다.

요절이란 물리적 죽음과 의식의 죽음이 한 지점에서 만나 불꽃처럼 타오르다 소멸해간 흔적이다. 생의 모든 촉수들의 죽음이라는 물가로 그 뿌리를 급속히 또는 서서히 뻗어가는 광경을 목격하는 것은 두렵고 황홀한 일이기도 하다. 그분들의 시가 세상에 남아 누군가를 위로하고 따듯한 손길이 되기를 간절히 바랄 뿐이다.

2006년 초판이 나온 이후에 이경록 시인의 시비는 자리를 옮겨 새로 세워졌고, 김민부 시인을 기리는 행사가 마련되었고, 박석수 시인은 기념사업회가 생겼다. 그리고 이분들을 대상으로 한 학위 논문이 나오게 되었고 이분들의 시집이 새롭게 출간되기도 하였다. 글을 쓴 보람은 이런 데 있을 것이다.

김민부 시인, 이경록 시인, 김용직 시인, 임홍재 시인, 송유하 시인, 원희석 시인, 박석수 시인, 기형도 시인, 이연주 시인, 여림 시인, 신기섭 시인, 그리고 이번에 새롭게 이현우 시인을 보태게 되었다. 특히 이번에 새롭게 더해진 이현우 시인은 전후 낭만주의 시의 절정을 보여줌은 물론 시인의 삶의 굴곡에서 시란 무엇인가 하는 문제를 되짚어볼 수 있었다.

이 글을 처음에 연재했던 잡지가 『현대시학』이었다. 그때 주간이었던 정진규 시인께서 근년에 타개하셨다. 그분께서 독만권서 행만리로讀萬卷書 行萬里路의 화두를 주며 글쓰기를 격려해주시곤 하였다. 길은 언제나 책 속에 있고 책은 언제나 길 위에 있다.

이현우 시인을 더해서 새롭게 단장한 책을 내도록 채찍질하고 또 기다려준 새움출판사에는 두고두고 머리 숙여 감사드린다. 자료를 빌려준 분들, 함께 동행해준 분들께도 다시 한번 감사드린다. 무엇보다 유족들은 일찍 먼저 가신 시인들로 인해 고통을 받고 있었다. 그분들께 신의 가호가 있기를 간절히 바란다.

아마도 이 책은 더 이상 손보는 일 없을 것이다. 아쉬움도 있지만 더 이상은 내 몫이 아니라는 데 생각이 미친다. 시에 죽고 시에 살았던 시인들 앞에 이 책을 바친다.

진위천변에서 우대식

차례

해질녘
안개의 냄새

이 연 주

제발 잊지 말아, 저 전깃불이 얼마나 큰 어둠을 감추고 있는지……

_「신생아실 노트」 부분

여자 배우가 소리를 지른다. 그 소리는 점점 커지고 절규가 된다. 그것이 시였던가? 주술사의 언어였던가?

　나는 방류된 폐수다
　나는 불행에 중독된 쓰레기
　나는 썩은 강물이다

　나는 나를 낳은 날카로운 밤의 자궁
　나는 모친을 살해하는 딸년
　네 어미 아랫배에 오물을 쑤셔박는

_ 「성자의 권리·9」 부분

2012년 8월, 연희 목요 낭독극장에서 공연된 '날자, 날자, 한 번만 더 날아보자꾸나'에서 이연주 시인 역을 맡은 여배우는 이 시구를 계속 읊조렸다. 점점 빨라진다. 호흡이 가쁘다. 그러다 암전.

이연주 시인의 모습이다.

사실, 이연주 시인에 관한 원고를 쓰려고 여러 번 시도했으나 어려웠다. 검은 구름 아래 피가 낭자한 시들을 그녀의 삶과 관련지어 읽어내는 일은 쉽지 않았다. 이 글은 연대기적 고찰을 포기한다. 일목요연한 그녀의 일대기를 구성하는 일이 부질없다는 데에 생각이 미친다. 그러나 이연주 시인에 관한 글을 포기할 수는 없다. 그녀의 시에는 강렬한 인계철선이 설치되어 있다. 영화 '매트릭스'와 같은 일이 일어나지 않는다면 그 인계철선을 피해갈 독자는 없다. 외면하거나 감전되거나 둘 중 하나이다.

〈풀밭〉 동인으로 함께 활동했던 이대의 시인의 도움을 받아 동인 시절의 이야기만 참고하기로 한다. 1985년에 결성되어 현재까지 이어오고 있는 〈풀밭〉 동인은 이연주 시인을 비롯하여 현재 활발하게 시작 활동을 하고 있는 이대의 시인과 최치언 시인, 그리고 타계한 정세기 시인 등이 있었으며, 원희석 시인과 차주일 시인 등도 스쳐가듯 지나갔던 시인들이다. 동인 시절 이연주 시인은 탄탄한 문학적 행로를 보여준 것으로 이대의 시인은 선명하게 기억하고 있었다. 80년대 중반, 당시 이연주 시인의 시는 사

연희문학창작촌에서 열린
'날자, 날자, 한 번만 더 날아보자꾸나'
공연의 한 장면.

실 시대를 너무 앞서 간 측면이 있었다. 그 시기는 소위 민중시가 시풍을 압도하고 있었으며 포스트 모던이라는 논의가 태동되기 전이었다. 그러니 위악적 시선으로 세계를 해부하고 난도질한 그녀의 시를 따뜻하게 보아줄 리가 만무했지만 자신의 스타일을 끝까지 포기하지 않았다.

어머니, 숨겨주세요. 무서워요. 저, 구둣발 소리, 개떼를, 몰고, 오나 봐요. 어머니, 어디로. 어머니, 살려줘요. 어제도, 한 달 전에도, 이웃집 청년이, 이층집 남자가, 사라지고, 돌아오지, 않았잖아요. 저들이, 으으, 어머니, 유리창에, 내, 얼굴이, 눈이, 무서워요. 내 손이, 웬일인지, 조금씩, 움직여요. 아, 나는 가만있는데, 손이 움직여요. 문고리를, 열잖아요, 개떼가, 아, 몰려오는, 구둣발 소리, 그들은, 겁탈할 거예요. 그들은, 짓이길 거예요. 어디, 먼데로, 도망쳐요. 어머니 어디 계세요. 나도 모르게, 그들과, 내가, 아, 난 싫어요, 뭐라구요, 이제는 살아 있는 게, 죄라니요, 도망칠 수, 없다니요, 그럼, 나는, 아으!

_「얕은 무의식의 꿈」 전문

그녀가 인식한 세계의 지평은 이렇듯 불안했다. '구둣발'과

이연주

'개떼'로 상징되는 그들은 끊임없이 일상을 겁탈하고 세계를 망가뜨린다. 아는 이들은 사라지고 '개떼'들의 겁탈에 몸서리를 치는 시적 화자는 서서히 자신의 모습마저도 두려워하고 있다. '나도 모르게, 그들과, 내가, 아, 난 싫어요.' 세계에 대한 혐오의 진정한 본질이 이 시구에 담겨져 있다. 나도 모르게 그들과 내가 동일한 속성의 존재가 되었다는 의미가 내포되어 있기 때문이다. 대상에 대해 진저리를 치면서 대상과 닮아가는 속성에 시적 화자는 몸서리친다. 살아 있는 것이 죄라는 부조리한 현실을 감당할 수밖에 없는 무의식에 대한 인지는 그녀의 시를 절체절명의 상황으로 내몬다. 그 불안한 상태, 즉 '그럼, 나는,'이라는 물음은 그녀의 시를 위태로운 지경에 놓이게 한다. 이러한 상태에 대해 나는 어떻게 할 것인가 하는 물음에 대한 답이 그녀에게는 시의 다른 이름이기 때문이다.

당시 〈풀밭〉 동인 합평회에 대해 이대의 시인이 말했다. "당시는 합평회를 하면서 타인의 작품에 대해 혹독하게 평하곤 했지요. 그래야만 서로에게 도움이 되는 것으로 생각했고, 치열성이 있는 것으로 믿었기 때문이지요. 그에 대한 오기가 더 좋은 시를 생산한다고 믿었어요. 돌이켜보면 이연주 시인의 시는 그때 저희들이 썼던 시와는 큰 차이가 있었습니다. 오히려 오늘날이라면 이연주 시인의 시가 크게 주목받았을 테지만 그때 동인들로부터는 인정받지 못한 측면이 있었지요."

어느 날 이연주 시인은 동인들에게 비평도 좋지만 서로의
작품을 존중하자는 제안을 했다고 한다. 시에 상처를 입히는 일
을 그녀는 참을 수 없어 했던 것이다. 실제 그녀는 동인 후배들
의 시를 비평할 때 누구보다 신랄했지만 상처가 되는 일은 거의
없어 많은 후배들이 따랐다고 했다. 치열하게 시에 매진하던 그
녀는 1990년 4월, 『월간문학』에 당선된다. 「죽음을 소재로 한 두
가지의 개성·1」과 「죽음을 소재로 한 두 가지의 개성·2」 두 작품
으로 등단한 것이다. 당선 소감에서 시에 대한 그녀의 생각을 짚
어볼 수 있다.

나는 목공소에서 울려나오는 전기 기계톱의 울울한 소리와
용접공의 손에서 토막 나는 쇳조각들이 일상으로 환원되는
것을 희망에 찬 눈과 귀로 느낄 수가 없다. 나는 인간의 어
떤 영역들이 엄청난 속도로 파괴되어 간다는 생각을 어떤
논리로도 바꿀 수 없다. 파괴된 것을 복구할 능력이 순수성
이 인간에겐 이미 상실되어 있다. 그 사실이 보다 진실에 가
깝다. 시를 왜 써왔던가. 시를 왜 쓰고 있는가. 그 질문 앞에
나는 불 먹은 납덩어리다. 그러나 쓰지 않을 수 없다면 되도
록 정직하고 싶다. 되도록 성숙한 의지를 표명하고 싶다.

이연주

인간에 의해 파괴된 인간의 어떤 영역이 구체적으로 무엇인지는 알 수 없지만 그녀의 시를 통해 어렴풋이 짐작해볼 수 있다. 「죽음을 소재로 한 두 가지의 개성·1」에서 죽어가는 암환자를 바라보는 가족들의 시선은 냉정하다. 냉정을 넘어 죽음을 바라보는 시선은 지겹고 지루하다. 그때 시 속에 등장하는 김 간호사는 '저 산소마스크를 떼어야 한다. 저 인공소변줄을, 고단위 단백질과 수분을 주입하는 저 링겔 바늘을 뽑아야 한다'고 생각한다. 파괴된 인간의 영역을 복구할 순수성이 인간에겐 이미 사라졌다는 말은 인간의 근대적 기획이 실패했다는 것을 의미한다. 이성과 자본, 그리고 시장으로 표상되는 근대를 넘어 후기 자본주의를 살아가는 인간들의 삶은 부조리하기 짝이 없는 것으로 그녀에게는 비추어진 것이다. 그러한 세계를 「죽음을 소재로 한 두 가지의 개성·2」에서는 '여보시오 아침마다 신문을 펼쳐 들면 지면이 온통 죽음투성이요 0.8평 감옥에서 농촌에서 학교에서 도시에서 시큼한 냄새를 피우며 죽어가는, 나는 매일 구역질이요'라고 쓰고 있다. 아무 일도 없는 듯 일상을 살아가는 사람들이 오히려 그녀의 눈에는 이상하게 보였던 것이다. 그녀는 자신이 본 세계를 정직하게 쓰고 싶어 했다.

당시 이연주 시인의 시에 대한 열정은 대단했다고 알려져 있다. 〈풀밭〉 동인과는 어느 자리에서도 잘 어울렸으며 대학로 성

균관대 앞 식당 유정은 그들의 안식처였다. 판소리 '쑥대머리'를 퓨전으로 부르고 앙코르 송으로는 이미자의 '동백 아가씨'를 불렀다. 매력적인 그녀의 노래는 듣는 이의 마음을 울렸다. 그러다가 술에 발동이 걸리면 의정부 자신의 집으로 친구들을 몰고 가기도 하였다. 냉장고를 열면 반찬보다는 술이 더 많던 시절이었다. 밤새 술을 마시고 시험을 치기 위해 다시 학교로 돌아오던 날도 있었다. 그리고 시를 썼다. 1991년 그녀는 다시 『작가세계』로 재등단을 하게 된다. 시인들이 재등단을 거쳐 작품 활동을 하는 예는 지금도 많거니와 그때도 흔한 일이었다. 『작가세계』 당선 당시 시인의 말을 보면 다음과 같다.

영화를 한 편 보고 소주를 두 잔 마시고 돌아오는 길에 내가 말했다. "난 참 오랫동안 말이지. 죽어 다시 태어날 땐 나무가 되고 싶었어. 사람의 폭력이 접근할 수 없는 그런 곳에 사는 나무 말이야." 동생이 말했다. "아, 그렇군. 그럴 수 있지." (……) 그러나 나는 예감한다. 부동은 또 다른 흔들림을 위한 단잠에 불과할 뿐이란 것을.

사람의 폭력이 접근할 수 없는 곳에 사는 나무가 되고 싶다는 고백은 그녀의 진심이었다고 생각한다. '아마 나는 식물성/ 아마 나는 육식동물이 식욕을 버릴 때/ 굶주림 속의 초월'(「만일 누군가가 아직도 나를 사랑한다면」 부분)이라고 이연주 시인이 노래할 때 그녀가 지닌 여성성의 본질을 엿보게 된다. 그녀를 아는 후배들은 이연주를 여성적이라는 관사에 너무도 잘 들어맞는 사람으로 기억하고 있었다. 물리적 나이와는 다른 어린 소녀가 있는 듯한 느낌을 받았던 것이다. 그녀 속에 내재한 이 소녀는 사춘기의 예민한 감성을 가졌으며 외부 세계를 두려워하면서도 거침없이 발언하는 또 다른 자아의 모습을 하고 있었다. 사람의 폭력이 접근할 수 없는 곳에 가고 싶어 했던 그녀의 시는 아이러니하게 사람의 폭력으로 점철되어 있다. 정직하게 쓰고 싶다는 그녀의 고백은 그렇게 실현되었다. 『작가세계』 등단작인 「가족사진」은 가족공동체의 완전한 해체를 보여준다.

바람난 에미가 도망치고 애비가 땅을 치고 울고

애비가 섰다판에서 날을 새고
그 애비의 아이가
애비를 찾아 섰다판 방문을 두드리고

본드 마신 누이가 찢어진 속옷을 뒤집어 입고

지하상가 쓰레기장 옆에서
면도날로 팔목을 긋고

세 살 난 막내가 절룩, 절룩 자라나고
에미 애비와 누나의 일들을 거침없이 이해하고

오늘,
밤마다 도시가 하나씩 함몰되고, 나는
등불에서 등심지를 싹둑, 싹둑 잘라내고

_「가족사진」 전문

이제 가족으로 불릴 어떠한 공동체 의식도 존재하지 않는
가족의 모습에서 그녀가 앞서 말한 엄청난 속도로 파괴되는 인
간의 어떤 영역들을 떠올릴 수 있다. 이연주 시인의 시가 묵시록
적인 예언의 성격을 띠고 있는 부분도 이 지점이다. 시 속에서
'나'는 가족의 일원인지 아닌지 정확하게 알 길이 없다. 붕괴되어
버린 가족사를 냉철하게 기록하는 기록자이며, 소돔과 고모라
의 성처럼 함몰되어 가는 도시를 지켜보는 자이며, 등불로 타오
르는 마지막 불빛마저 싹둑 제거하는 종교 사제의 형상을 하고
있다. 더 이상 지상에서 사제가 할 일은 아무것도 없다는 태도는

이연주

그녀의 첫 시집 『매음녀가 있는 밤의 시장』 전편의 배경이 된다.

이연주 시인의 직업은 간호사였다. 독일에 간호사로 다녀왔다거나 기지촌 어느 병원에서 매음녀들을 치료하는 간호사로 일했다거나 하는, 세간에 떠도는 이야기들은 이연주 시인의 시를 이해하는 데 약간의 도움을 줄지언정 어쩌면 그녀의 시에 대한 포괄적인 이해를 방해할 수도 있다는 데 생각이 미친다. 그녀가 살아생전 지인들에게 자신의 그러한 경력에 대해서도 자세히 언급한 일이 거의 없는 것으로 알고 있다.

작가 고종석이 지적했듯이 분명한 것은 이연주 시인은 자신의 시선을 철저히 인간 육체의 물질성에 집중시켰다는 점이다. 그것은 인간 타락의 명백한 현현을 인간의 육체에서 탐구했다는 것을 뜻한다. 1991년 연말, 그녀는 세계사에서 첫 시집 『매음녀가 있는 밤의 시장』을 펴낸다.

함박눈 내린다.
소요산 기슭 하얀 벽돌집으로
그녀는 관공서 지프에 실려서 간다.

달아오른 한 대의 석유 난로를 지나
진찰대 옆에서 익숙하게 아랫도리를 벗는다.

양다리가 벌려지고
고름 섞인 누런 체액이 면봉에 둘둘 감겨
유리관 속에 담아진다.
꽝꽝 얼어붙은 창 바깥에서
흠뻑 눈을 뒤집어쓴 나무 잔가지들이 키들키들
그녀를 웃는다.

반쯤 부서진 문짝을 박살내고 아버지가 집을 나가던 날
그날도 함박눈이 내렸다.

검진실, 이층 계단을 오르며
그녀의 마르고 주린 손가락들은 호주머니 속에서
부지런히 무엇인가를 찾아 꼬물거린다.
한때는 검은 머리칼 찰지던 그녀,
몇 번의 마른기침 뒤에 뱉어내는
된가래에 추억들이 엉겨 붙는다.
지독한 삶의 냄새로부터
쉬고 싶다.

원하는 방향으로 삶이 흘러가는 사람들은

이연주

어떤 사람들일까……
함박눈 내린다.

_「매음녀·4」전문

　성병에 걸린 매음녀가 단속반에 걸려 보건소에 끌려가 강제로 진찰을 받는 장면은 인간의 수치심이나 치욕과는 먼 곳에 위치해 있다. 아랫도리를 벗고 양다리를 벌리는 익숙한 행동에서 인간의 존엄 혹은 부끄러움 같은 것은 존재하지 않는다. 그녀를 비웃는 것은 눈을 뒤집어쓴 나뭇가지뿐이다. 그때 '반쯤 부서진 문짝을 박살내고' 집을 나가는 아버지가 오버랩된다. 이연주 시인의 「매음녀」 연작이 단순히 매음녀를 관찰자의 시선에서 보는 것이 아니라는 점이 암시되어 있다. 비루한 삶의 조건에 놓인 자신도 같은 궤적 위에 서 있음을 암시하고 있다. 매음녀와 자신의 삶을 '된가래의 추억'이라고 명명한다. '지독한 삶의 냄새로부터/ 쉬고 싶다'는 고백은 그녀가 지상에서의 삶을 긍정하지 않는다는 것을 의미한다. 매음이 몸을 판다라는 개념을 포함해 원하지 않는 방향의 삶을 살아가야 하는 불우함을 포괄하고 있다는 것은 다른 시에서도 찾아볼 수 있다.

　어머니, 날 낳으시고 젖이 없어 울으셨다.

어머니 숨 거두시며

마음 착한 남자, 등짝 맞대 살으라 이르셨다.

나는 부둣가에서

선술집 문짝에 내걸린 초라한 등불 곁에서

맨발톱 손톱을 키워 도회지로 흘러왔다.

눈 붙이면 꿈 속에서 어머니

이 버러지 같은 년아,

아침까지 흑흑 느껴 우신다.

내 심장 차가운 핏톨, 썩은 물 흐르는 소리.

나는 살 속 깊은 데서 손톱을 꺼내

무덤을 더 깊이 판다.

하나의 몫을 치르기 위해 삶이 있다면

맨몸으로 던지는 돌 앞에 서서 사는

이 몫의 삶은……

희미한 전등불 꺼질 듯 끄물거린다.

_「매음녀·6」전문

  돌아가신 어머니가 꿈에 나와 흐느껴 운 이유는 무엇이었을
까? 어머니의 유언이 지켜지지 않았기 때문이다. 착한 남자 만나
등 맞대고 살라는 어머니의 유언을 뒤로하고, '매발톱 손톱을 키

워 도회지'로 흘러들어온 사실에 어머니는 흐느껴 울고 있는 것이다. 도시는 매음의 현장이며 모든 사물이 썩고 부패한 냄새를 피우는 곳이기 때문이다. '이 버러지 같은 년아'라는 어머니의 절규는 매음으로 상징되는 도회에서 살아가야 하는 딸에 대한 안타까움을 담고 있다. 도회에서의 삶이란 스스로 무덤을 더 깊이 파는 행위와 등가의 의미를 띤다. 그것은 꺼질 듯 희미한 전등불처럼 자신의 삶이 위태롭다는 것을 뜻한다. 어머니로 상징되는 여성성은 이연주 시인에게 끝없이 일상으로 돌아올 것을 재촉하고 있다. 보편적 삶의 형식이야말로 자식을 보호하는 길이라고 믿었기 때문이다. 도회로 나가지 말라고 당부하던 것과 같은 맥락이다.

그 탱자나무 울타리, 어머니 생각나세요?
이젠 네 아들이 거기서 놀겠다, 네가 뜻을 바꾸거라.
희뜩하니 문지방까지 내려온 하늘…… 나는 중얼거리며
돈과 안락한 생활이 인간을 만족시킬 수는 없어요.
어머니가 절 포기하세요.
나는 너를 낳고 온몸에 두드러기로 고생했다.
알아요, 그러셨어요.
바느질감을 내려놓으시며 어머니, 긴 한숨이 차고 슬프다.

나는 시계를 본다.

왜 이렇게 어수선한지 모르겠군요. 날 좀 내버려둬요.

가족을 버리겠다는 거냐?

가족이 나를 필요로 하진 않아요. 벌써 오래된 일이잖아요.

그건 네가 환상을 꿈꾸었기 때문이야.

이제라도 뜻을 바꾸면 행복해질 게다.

행복? 그래요, 행복……

「지리한 대화」 부분

이 시는 어머니와 시적 화자의 갈등을 구체적으로 보여준다. '돈과 안락한 생활'로 상징되는 보편적 삶의 형식을 시적 화자는 거절한다. 아이를 낳고 '마음 착한 남자, 등짝 맞대 살'라는 어머니의 말씀을 받아들일 수 없었다. 그것은 인간을 만족시킬 수 있는 요소가 아닌 까닭이다. 어머니와의 대화를 지리한 대화라고 명명한 이유는 서로의 생각이 너무 먼 곳에 자리하고 있었기 때문이다. '절 포기하세요' '날 좀 내버려둬요'라는 시구는 일상을 견딜 수 없어 하는 시적 화자의 절박함이 묻어 있다. 가족과 결별하는 이유는 시적 화자가 환상을 꿈꾸었기 때문이라고 진술되어 있다. 그 환상을 깨면 어그러진 모든 것이 복구될 것이며 행복하게 될 것이라는 믿음을 어머니는 가지고 있다. 그러나

이연주

가장 큰 문제는 행복의 개념이 서로 너무 달랐다는 데 있다. '멍든 곳을 훤히 드러낸 나무들 몸통'이 겨울을 버티듯이 가시에 찔린 시퍼런 손톱 끝으로 이 세상을 버티는 것이야말로 자신에게 부과된 생의 조건이라고 믿었던 그녀에게 일상의 행복이란 어떤 위선의 그것으로 비추어졌던 것이다. 일상에 내재된 허위와의 싸움이 시에서는 가열하고 선연한 이미지로 드러났으며 지독하게 절망적인 몸부림으로 표출되었던 것이다.

첫 시집 출간 후, 최승자 시인과는 또 다른 위악적 뒤틀림의 세계에 대해 많은 시인과 독자들은 주목하였다. 그러나 이연주 시인 자신은 그러한 평가에는 별 관심이 없는 듯 보였다. 자신의 시에 대한 평가에 일희일비하지 않았다. 가끔 "내 시를 잘못 읽었다"는 이야기를 중얼거리듯 했다. 그것은 자신의 시에 대한 평가에 대한 반응과는 다른 것이었다. 자신이 쓴 의도와는 전혀 다르게 시를 이해했을 때 원작자가 갖는 약간의 불만 같은 것을 뜻한다. 이연주 시인의 시는 어떤 중독성이 있다. 어쩌면 이연주 시인은 자신의 독자가 누구인지 철저히 인지하고 있었을지 모른다는 생각을 하게 된다. 모든 시의 독자들이 자신의 독자가 될지도 모른다는 어리석은 기대가 그녀에게는 없었다는 말이다. 첫 시집이 나오고 나서 이연주 시인의 시에 마니아 독자들이 생기기 시작했다. 그들은 소수지만 끔찍이 이연주 시인의 시를 사랑했다. 이연주 시인이 세상을 떠난 후 한참 뒤에 보편화된 인터넷이라는 공간에서 그녀의 시가 적지 않게 떠도는 이유도 그녀의 시를 잊지 못하는 마니아 독자들이 여전히 있다는 것을 뜻한다. 그것은 이연주 시인이 보여준 가열한 대결 의식 때문일 것이다. '살 것인가/ 죽을 것인가 싸울 것인가/포기할 것인가'(「수박을 밑그림으로」 부분)라는 물음에 대해 그녀는 '승산 없어도/ 싸우다 죽는 사람들은 위대한/ 싸운다는 젊음이여'라고 답하고 있다. 한국 현대시사에서는 보기 드문 내면의 싸움을 이연주 시인의 시들은 보여준다. 서정시라는 고전적 개념에서 멀리 떨어져나온 하나의 행성을 의미 있게 바라본 사람들이 그녀의 시 독자들이었던 것이다.

그녀의 그로테스크한 내면은 더러 사람과 시를 매치시킬 수 없게 만들기도 했으며, 왼손에는 담배, 오른손에는 소주잔을 들고 한참을 이야기하는 이연주 시인의 눈빛은 매혹적인 광기를 내뿜고 있었다. 당시 서로 왕래했던 시인들에 의하면 그녀의 집은 소품까지도 빨간색으로 치장되었을 정도로 빨간색을 사랑했다. 피와 정열을 상징하는 빨간색은 그녀의 시 전편에 고여 있는 죽음의 이미지와도 상통하는 것이다. 또한 그녀의 시에 기독교적 요소들이 빗물에 젖은 종이처럼 물들어 있다. 그러나 성경이 정전으로서의 성격이라기보다는 죽음으로의 인도와 같은 예언적인 언술로 시에 드러나 있는 것이다. '얼음처럼 식은 마태오, 루가의 복음을 펼쳤느냐?'(「방화범」 부분)라는 물음은 종교적 안락함을 제공하는 것이 아니라 죽음의 사제를 연상케 한다. '살아남아 슬프지 않은 나라,/ 옳거니, 기쁜 일이다, 가자.'(「방화범」 부분)고 죽음의 세계로 인도하는 장면은 섬뜩하다. 죽음의 세계에 대한 경사는 당연히 하나의 상징성을 내포하고 있을 터이지만, 자신의 현재적 상황을 그만큼 위태로운 것으로 인지하고 있었다는 뜻으로도 이해할 수 있다. 죽음과의 친연관계는 자신의 죽음에 대한 예언도 서슴지 않는다.

1992년 8월 25일.
모르핀 치사량으로 죽은 내 기일(忌日).
그 면도날, 팔목을 자르거나, 아니, 어쩌면
내가 벌거숭이로 태어나던
날, 내 기일(忌日).

_「탄생의 머릿돌에 관한 회상」 부분

그녀의 실제 기일이 1992년 11월 12일이니, 약 석 달간의 차이가 있다. 그녀의 시에 나오는 예언은 두렵게도 실현된 것이다. 어떠한 이유인지는 정확치 않지만 불안한 공기가 당시 그녀를 휩싸고 있었으며, 유고 시집의 제목 『속죄양, 유다』처럼 원죄 의식 같은 것이 자리 잡고 있었던 것처럼 보인다. 그녀는 세계를 철퍼덕거리는 생존의 장이자 '시궁창을 저벅거리는 다 떨어진 누더기의 삶'으로 보았으며, 죽은 아기를 신문지에 둘둘 말아 쓰레기통에 쿡 박는 부조리한 곳으로 느꼈다. 모든 것들이 썩은 생선 토막들처럼 줄줄 물을 흘리며 흐물텅 녹을 때 그녀의 시 도처에 등장하는 재 혹은 불의 이미지는 정화의 속성을 띠고 나타난다.

나는 탔다
석유기름 불꽃으로
그리고 나는 재가 됐다
깡마른 시간을 끌고 온 굴욕의 날들은
아주 쉽게 단순해졌다

「재의 굿놀이」 부분

온통 부패로 질퍽거리는 세상을 그녀는 참을 수 없어 했으며, 재가 된 자신의 몸을 세계에 보시하며 춤을 추는 모습을 이 시는 보여준다. 삶과 죽음 사이의 간격에 어떤 심연이 가로놓여 있다고 그녀는 믿지 않는다. '아주 쉽게 단순해'지는 사건으로 죽음을 인지했던 것이다.

이연주

에미의 생식낭에서 부화하고 나와
허망한 죽음에 이르기까지
지극히 단순한 종교적 삶
절망은 유물을 남기지 않는다, 하찮은 거미 한 마리의 주검엔
그래서인지
그놈에게선 부패의 냄새가 없다

나는 두루마리화장지를 조금 풀었다
머리카락 한 올을 집어내듯
쓰레기통에 던져 넣었다 그게 끝이다
삶과 죽음 사이가 실은
이토록 쉽고 간단한 것을……

_「긴 다리 거미의 주검」 부분

거미의 주검에서 한없는 신성성을 느끼는 것은 부패의 냄새
가 없기 때문이다. '절망은 유물을 남기지 않는다'는 구절은 어쩌
면 그녀의 삶의 한 방식이었는지도 모른다. 지독한 절망을 통해
다다른 나라에서 그녀는 썩어 흐물거리는 그 무엇도 되고 싶지
않았을 것이다. '부패의 냄새'가 없는 나라가 그녀가 원했던 공간
이었다. '삶과 죽음 사이가 실은/ 이토록 쉽고 간단한 것을……'

이라는 시 구절은 그녀의 죽음을 보는 것만 같아 두렵고 쓸쓸하다. 느닷없는 죽음은 그녀의 시 구절처럼 '질 나쁜 공기'가 되어 그녀를 덮쳤다. 친구와 함께 자신의 집에서 잠을 자다 스스로 목을 맨 것. '나는 간다, 종은 울린다/ 콧등이 이렇게도 싸아해 두렵기 한이 없는/ 해질녘 안개의 냄새'(「안개 통과」 부분)처럼 그녀는 떠났다. 죽음을 예감한 듯한 한 편의 시가 남아 있다.

> 이마에 재 뿌리고
> 쑥향과 빈 촛대 들고
> 들판으로 갔다.
>
> 나는 밀기울 껍데기로
> 홑껍데기로
> 주여,
> 용서하소서.
>
> 어두움 실핏줄이 터져
> 못 이길 두려움에
> 혼절할 듯
> 외마디 소리를 질렀다.

주여,/ 용납하소서.

바람이 죽은 날들을 닦았다.
나는 혼신을 다해
촛대 위로 올랐다.

불을 그어다오.

_「종신(終身)」 전문

이연주 시인이 대체적으로 구사하던 산문적 경향의 시와는
다른 한 편의 시가 여기에 있다. 나열하고 내지르던 시 형상 방법
을 버린 정갈한 한 편의 시가 죽음을 뜻하는 「종신」이다. '주여,
용납하소서'라는 시구에서 자꾸 눈길이 머문다. 삼청동 부근 칼
국숫집에서 후배들에게 국수를 사주고 막걸리를 받아주던, 단발
머리의 큰 눈망울을 가졌던 시인이면서, 물리적 시간을 넘어 섬
뜩한 자의식에 몸부림치던 사춘기 소녀를 가슴에 품고 있던 시
인이 세상을 떠난 것이다. 장례 추도식은 평론가 이경호의 사회
로 진행되었으며 시종 비통할 수밖에 없었다. 벽제까지 향하는
고인의 마지막 길에 동행했던 평론가 이경호는 화장터에서 한 시
간 남짓 소각되고 나온 몇 줌의 재와 서너 개의 뼈를 젖은 눈으

로 바라보았다고 고백하였다. 조사를 한 정진규 시인은 뒷날『현대시학』에 쓴 글에서 "우리는 왜 이렇게 해마다 젊은 시인의 죽음으로 한 해를 마감해야 하는가. 심상치 않다. 그 개인의 정황에 의한 것일 뿐이며 흔히 있는 일상적인 죽음 그 자체만으로 말하기가 어려운 어떤 짙은 기류가 오늘의 우리 시 속에 흐르고 있음을 체감한다"고 추도했다. 그녀의 유언에 따라 그녀의 모든 책들은 〈풀밭〉 동인에게 넘겨졌다. 그들의 문학적 우의가 그만큼 두터웠다는 뜻일 것이다. 화장한 그녀의 유골은 양평 가는 길 귀곡산장 골짜기 북한강에 뿌려졌다. 평소 북한강을 좋아해 가끔 다녀가던 곳에 자신의 거처를 정한 것이다. 유고 시집『속죄양, 유다』는 정갈하게 갈무리되어 있었다. 그녀가 떠나고 이듬해 봄, 세계사에서 출간되었다. 아직도 〈풀밭〉 동인들은 그녀의 죽음에 즈음하여 북한강 그의 거처에 다녀오곤 한다고 했다. 그녀의 시를 읽는 일은 기실 두렵다. 죽음의 색이 너무 선명하여 시를 읽다가 자꾸 미끄러진다. 그녀의 시를 읽다가 쓴 한 편의 졸시가 있다. 여기에 올린다.

이연주

손톱

아침부터 이연주의 시를 읽었다. 매음녀부터 가롯 유다까지. 읽으면서 나는 내가 아는 반야심경 몇 구절과 주기도문을 외웠다. 심지어 화엄경 마지막 구절을 외우다가 잠잠하게 평화에 들었다. 이월에도 미풍이 부는군요. 최후의 만찬은 몇 시부터 시작하지요? 손에 음식을 쥘 때 어떤 표정을 지어야 하는지요. 또 누구를 보아야 하는지요. 저는 범인이 아닙니다. 그때 기억하시지요. 예루살렘에 눈이 쏟아져 내리던 날. 그 눈에 성기를 박박 문지르던 공회당의 우물 앞. 깨끗해지고 싶습니다. 천국에 발 하나만이라도 아니면 손톱 하나만이라도 들여놓고 싶습니다. 평화가 평화를 박살내는 아침 나는 다시 급하게 평화의 진언을 읊지 않을 수 없었다.

매음녀·1

이연주

팔을 저어 허공을 후벼판다.
온몸으로 벽을 쳐댄다.
퉁, 퉁-
반응하는 모질은 소리
사방 벽 철근 뒤에 숨어
날짐승이 낄낄거리며 웃는다.
그녀의 허벅지 밑으로 벌건 눈물이 고인다.
한번의 잠자리 끝에
이렇게 살 바엔, 너는 왜 사느냐고 물었던
사내도 있었다.
이렇게 살 바엔-
왜 살아야 하는지 그녀도 모른다.
쥐새끼들이 천장을 갉아댄다.
바퀴벌레와 옴벌레들이 옷가지들 속에서
자유롭게 죽어가거나 알을 깐다.
흐트러진 이부자리를 들추고 그녀는 매일 아침
자신의 시신을 내다버린다. 무서울 것이 없어져버린 세상.

철근 뒤어 숨어 사는 날짐승이

그 시신을 먹는다.

정신병자가 되어 감금되는 일이 구원이라면

시궁창을 저벅거리는 다 떨어진 누더기의 삶은……

아으, 모질은 바람.

이연주 시인 연보

1953.	전라북도 군산 출생.
1991.	『작가세계』 봄 호 「가족사진」 외 9편으로 등단.
1991.	첫 시집 『매음녀가 있는 밤의 시장』 출간.
1992. 11. 12.	서른아홉의 나이에 타계.
1993.	유고 시집 『속죄양, 유다』 출간.

알짜마트 주임,
열혈 시인

신 기 섭

족보를 펼친다
투명한 발이 달린 눈물들이 기어나온다

_「눈물」 부분

시집을 펼친다. 시집 표지부터 온통 붉은색이다. 시집 날개에 한 컷의 사진이 있다. 차창 밖을 바라보는 청년, 그리고 흐릿한 창밖의 풍경. 그는 무엇인가 골똘한 생각에 잠겨 있다. 저 청년에게 그로테스크한 가족사진이 있으리라고는 믿어지지 않는다. 크고 깊은 눈에서 조금은 쓸쓸한 영혼의 울림 같은 것이 느껴졌다. 그 울림은 점차 파동이 커진다. 너울처럼 커진 파동은 이내 잠잠해진다. 지금은 모든 것이 고요하다. 스물여섯의 청년이 떠난 자리에 온 세계를 흔들던 흐느낌이 서서히 가라앉고 있는 것이다.

신기섭 시인은 1979년 경상북도 문경에서 태어났다. 그를 증언해줄 가족과 연락하기가 몹시 어려웠다. 그즈음 이승희 시인이 신기섭 시인과 절친했던 소설가 김봄을 소개시켜주었다. 여러 번의 약속 뒤에 그를 방배역 부근에서 만났다. 만나고 나는 놀랐다. 10년이 지난 한 죽음을 아직까지도 진심으로 애도하고 나아가 그를 기리는 '신기섭 장학회'를 운영하고 있다는 사실에 깊은 마음의 감명을 받았다.

만불사 출장을 가면서
찍은 사진이다.

"신기섭 시인과는 어떤 인연인가요?"

"02학번 동기지요."

"그렇군요. 학창 시절의 신기섭 시인은 어떤 친구였습니까?"

이 부분에서 김봄 소설가는 하고 싶은 말이 있는 눈치였다.

"저는 당시 언론에서 기섭이를 이야기할 때 많은 불만이 있었어요. 초점을 가난과 불우함에 맞추어놓은 듯한 논조들이 대개였는데, 실제 기섭이는 그렇지 않았습니다. 더할 수 없이 유쾌했으며 자신에게 부과된 조건들을 스스로 잘 타개해나갔지요. 가난에 억눌려 세상을 비관했다던가 술을 지나치게 먹었다던가 하는 일은 전혀 없었습니다."

"저널의 속성이란 사실보다는 대중들이 원하는 것들에 초점을 맞추는 편이지요. 가난, 청년, 시, 죽음 이런 구도로 얽어매면 대중들이 관심을 가지게 된다고 판단했을 것입니다."

"예, 맞아요. 기섭이가 세상을 떠난 직후 유명 일간지에 기섭이에 관한 기사가 나왔는데 비루하다는 느낌을 받고 분개했어

신기섭 시인의 유고 시집
『분홍색 흐느낌』의 표지.

요. 또 모 방송에서 문화에 대해 다루면서 기섭이를 인터뷰한 내용이 있는데 고시원의 방 한 칸에 초점을 맞춘 것을 보면서도 비슷한 느낌을 받은 적이 있습니다. 기섭이는 같이 있으면 재미있고 모두가 좋아하는 밝은 청년이었습니다. 물론 그가 지닌 어떤 쓸쓸함의 내면은 있었지요. 기섭이는 마음이 여리고 세심한 친구였습니다. 할머니 1주기에는 시골에 제사 지내러 갈 형편이 못 되는 자신이 서글퍼 수업 내내 눈물짓기도 했고요. 그래서 제가 동생 둘을 챙겨 같이 내려가 제사를 모시고 왔던 거지요. 다만 자신의 삶의 질곡에 대해 절망에 빠지거나 그것 때문에 누구를 원망하거나 하지는 않았습니다. 저는 그런 기섭이가 참 좋았습니다."

신기섭 시인은 입학 당시, 빨간 운동복에 던힐을 물고 교내를 활보했다. 친구들에게는 서글서글하게 인사를 건넸으며, 시 창작에 매진했다. 세상에 대한 위악적인 시선이 그에게는 없었다. 주성치의 코미디를 좋아했던 시인답게 그는 세상을 긍정했다. 강인한 자존을 지닌 자들은 자신의 내면을 생짜로 드러내는 일은 거의 없었다.

신춘문예에 당선된 그해 1월,『주간한국』의 '한국 초대석'에 실린 인터뷰 내용을 보면 신기섭 시인의 불우한 가족사와 성장 과정에 대한 이야기가 실려 있다. 문경초등학교 4학년 때부터 가요에 탐닉해 중학교 1학년 당시 서태지와 아이들의 노래 가사를 4집까지 모두 외울 정도였으며, 소방차, 박남정, HOT 등의 가수들에 빠져 살았다. 그들은 당대 최고의 댄스 가수들이었다. 신기섭 시인이 그 가수들을 탐닉했다는 것은 단지 노래 가사뿐만이 아니라 율동까지 포함했을 가능성이 크다. 그것은 세상에 드러난 바와 같이 그가 불우한 가족사 속에서 성장했지만 우울한 발라드풍의 분위기에 침윤되어 세상을 살지는 않았다는 것을 뜻한다. 뒷날 그는 밴드를 구성해 보컬로 활동을 하였으며 자작곡과 육성으로 녹음된 곡들이 아직 남아 있다. 내면적 상처에 대한 단련을 통하여 보다 단단한 지상의 삶을 꿈꾸며 그는 살아온 것이다. 그의 시에 나오는 고향 문경 점촌에는 70~80년대의 읍내 풍경이 여실히 그려져 있다.

읍내 사거리에 가면 나에게 침 뱉는 법과
좆춤 추는 법을 가르친 선배들이 있고
장날마다 땅바닥에 뒹구는 몇 알의 튀밥이 있다
어린아이들도 누구나 다 침을 뱉고
여자아이들은 여관처럼 잘 더러워진다
한번 이 읍을 떠났다 돌아온 사람은
겨울잠을 자고 온 곰처럼 온순하지만

금세 다시 사나움을 되찾고 만다
그리고, 다시는 떠나지 않는다

읍내 사거리에 가면
아무것도 없다

_「읍내 사거리」 부분

　이 시는 시골 읍내의 풍경이 감수성 예민한 소년의 시각에서 그려져 있다. 아이들은 읍내에 모여 어른 흉내를 내며 성장해갔으며 타인에게 위화감을 주는 행위를 통해 자신만의 고유한 영역을 구축해나갔다. 이빨 사이로 찍찍거리며 침을 뱉음으로써 서로의 동질성을 회복했으며 영역을 표시했고, 타지인이나 이방인에게는 한없는 적의를 드러냈다. 더러 또래들의 성적 타락상이 은밀한 소문처럼 읍내를 떠돌았고 아이들은 몸서리를 치며 그 이야기를 주고받았던 것이다. 읍내를 떠나 도회를 떠돌다 실패하고 돌아온 자들은 처음에는 온순하지만 이내 읍내의 사나움을 되찾아 으르렁댔다. '노인 하나가 죽으면 꼭 이웃 노인 하나 더 죽고' '젊은이들도 짝을 지어 대처로 떠나'(「문경」 부분)는 곳이 바로 신기섭 시인이 어린 시절 포착한 문경의 모습이었다. 그는 또래의 아이들처럼 침을 뱉으며, 선배들이 가르쳐준 좆춤을 추며 어린 시절을 보냈다. 그것은 불경스러운 어떤 장면이라기보다는 자연스러운 성장과정의 단면으로 보아야 한다. 그가 자신의 고향을 사랑했다는 것은 앞선 인터뷰 내용에서도 알 수 있다. 자신의 고향 마을을 산 높고 수려한 동네로 기억하고 있었으며 고향에 대한 자긍심이 깊게 배어 있었다.

신기섭 시인의 가족사는 불우하다. 어머니는 그를 낳고 곧 분가하였으며, 아버지는 할머니와 할아버지에게 어린 기섭을 맡기고 집을 나갔다. 당시 어렸던 그의 부모는 자신들의 삶을 올곧게 감당할 수 없었다. 그러한 사실은 분명 신기섭 시인에게는 지울 수 없는 상처의 기원이 되어 나타난다. 신기섭 시인의 시에 나타나는 어머니 혹은 엄마는 두 가지 이미지로 형상화된다. 아이와 관계된 엄마의 모습과 할머니의 모습이 투영된 엄마가 그것이다. 아이와 관계된 엄마의 모습은 죽음과 관련되어 위태로운 형상을 하고 있다. 일가족 살해 장면을 그리고 있는 「가족사진」이 그러하고 아이를 수태한 채 자살한 장면을 그리고 있는 「즐거운 엄마」가 그러하다. '짧은 비명 소리 같은 엄마!/ (엄마, 언제부턴

점촌 집 옥상에서 친구와 함께.
오른쪽이 신기섭 시인이다.

45

가 모든 엄마는 비명이었다)'(「가족사진」 부분)라는 시구는 신기섭 시인의 무의식에 내재한 엄마라는 이미지에 대한 단말마적 절규를 보여준다. 「즐거운 엄마」라는 시에서는 아이를 수태한 채 죽은 장면을 '나는 사진을 찍고 기록해야 한다'고 말하고 있다. 그의 무의식 속에 세상의 많은 아이들은 위험에 노출되어 있으며 엄마들은 아이들을 지킬 힘이 없는 것으로 묘사되고 있다. 반면 할머니의 모습이 투영된 엄마는 분명 육친에 대한 정과 연민이 흘러 넘치고 있다.

중학교까지 고향에서 마친 신기섭 시인은 1995년 대구의 대중금속고등학교에 입학한다. 이 학교는 1978년에 대한중석에서 국가기반산업인 중화학공업 육성책으로 설립한 금속 분야 특수목적 공업고등학교로 출발한 학교이다. 학교 개교 당시는 소위 공업고등학교가 사회적 지지를 받으며 사회 진출의 교두보 역할을 했던 시절이었다. 그러나 그가 입학하던 시기 공업학교라는 곳은 이전과는 달리 그 의미가 많이 퇴색되어 있던 시절이었다. 어쨌든 학교를 졸업하고 취업해 열심히만 한다면 한세상을 살만한 기반이 마련된 것이다. 그러나 1997년 3학년 때 안산 피스톤 공장으로 소위 현장실습을 나갔던 그는 외환위기로 인해 학업을 그만두고 다시 점촌으로 돌아갈 수밖에 없었던 것으로 알려져 있다. 다시 그는 읍내로 돌아갔고 읍내 사거리 꽃집 위층의

신 치과 간호사와 연애를 했으며, 그가 보낸 장미를 그녀는 짓밟아버리고 떠나갔다. 어쩌면 그의 시처럼 그는 다시 읍내의 사나움을 되찾고 있었다.

그가 엄마라 불렀던 사람, 할머니는 그의 생명줄이었으며 시의 원천이었다고 할 수 있다. 생각해보면 할아버지와 할머니, 그리고 외증조할머니와 함께 사는 젊은 청년의 삶은 고단했을 법하지만 그는 특유의 강인한 내면으로 그들을 끝없이 사랑했고 보듬었다. 특히 할머니와 그는 서로 생명을 불어넣는 관계였다.

세상에 나올 때 나는 울지 않았다고 한다 할머니가 나를 때렸다고 한다 오늘은 보답하듯 나도 그녀의 가슴을 때렸지만

_「울지 않으면 죽는다」 부분

세상에 나올 때 그를 때려 생명을 불어넣은 사람이 할머니였고, 할머니의 죽음 앞에서 할머니에게 생명을 불어넣기 위해 가슴을 친 사람이 시인이었다. 할머니와 그의 관계가 어떠했는가를 보여주는 가장 명백한 시구가 나는 이것이라고 생각한다. 지독한 인연, 그리고 생명을 나누기 위한 지난한 몸부림이 그에게는 사랑이었고 시였던 것이다.

눈물을 흘릴 때 내 얼굴은 할머니의 얼굴 같다
입술을 내밀 때 내 얼굴은 외증조할머니의 얼굴 같다
먼 옛날 할아버지가 집어던진 목침에 맞아 이마가
깨진 할머니의 얼굴이 어느 날 내 애인(愛人)의 얼굴에

가을, 붉은 단풍이 든다

_「영향」전문

　이 짧은 한 편의 시에서 할머니와 시적 화자의 모습은 동일인의 그것으로 육화되어 있다. 그 육화는 심지어 자신이 사랑하는 애인의 얼굴에도 나타난다. 자신이 애정을 가지고 바라보는 모든 대상에 할머니의 모습이 투영되었던 것. 그러나 할머니의 모습은 늘 고단한 삶의 상처를 간직하고 있다. 할머니와 자신은 이토록 슬프고도 아름다운 영향을 주고받은 사이였다. '내가 엄마라고 부르는 것들은 모두 할머니가 된다'(「할아버지가 그린 벽화 속의 풍경」 부분)는 그의 선언은 하나의 이데올로기를 연상케 한다. 그 선언은 그에게 투철한 신념 체계로 자리 잡은 것이어서 다른 신념 체계로 전향할 가능성은 매우 낮은 것이다.

　빨랫줄 잡고 할머니 변소 가네요

신기섭

땅을 비집고 올라온 느릅나무 뿌리처럼
돌아간 왼쪽 발목 왼쪽 손목은
자꾸만 못 간다, 못 간다 하는데도
할머니 손에 빨래집게 하나, 둘, 셋, 넷……
계속해서 밀려가고 영차영차
할머니 변소에 막 당도했네요
때려치운 공장의 기계 돌아가는 소리처럼
매미들이 지겹게 우네요
말벌 한 마리 슬레이트 변소 지붕 끝을 툭
툭 건드리고 있네요

이놈아, 변소간 천장에 매달아놓은 줄
또 라이터로 지졌냐!

할머니 변소 문을 활짝 열어놓고 앉아
씨부랄 새끼, 한 말씀 하시네

_「할머니의 새끼」 전문

할머니에 대한 그의 시가 신성한 그 무엇으로만 그려졌다면,
신기섭 시인의 시는 다른 자리에 닿아 있을 터이다. 가령 어머니

의 은혜와 같은 관념의 자리에서 시가 솟아올랐다면, 독자들도 당위적 세계를 당연한 것으로 받아들였을 것이지만 그의 시는 다르다. 여항의 삶이 밀도 높게 그려져 독자로 하여금 아찔한 추억에 동참하게 한다. 할머니가 화장실에 다다르는 저 먼 길에 대한 묘사는 눈물이 날 정도로 탁월하다. 빨랫줄을 밀고 가는 할머니의 손과 발은 이미 이 세상에서 그 쓸모가 끝난 것처럼 보이지만, 자신의 마지막 것을 타인에게 보이고 싶지 않은 자존은 시도 때도 없이 먼 길을 여행하게 한다. 그리고 할머니의 한 말씀은 직설의 묘미를 더해준다. 아마 신기섭 시인은 야단법석에서 내지르는 큰스님의 법어처럼 할머니의 육두문자를 받아들였을 것이다. 변소문을 활짝 열어놓고 내지르는 할머니의 법어는 '씨부랄 새끼'였다. "할머니, 사람은 다 '씨부랄 새끼'예요." 흐흐거리며 응답했을 신기섭 시인을 떠올리는 것은 그리 어렵지 않다. 말보로 담배를 피워 물고 뒷간에 주저앉아 매달아놓은 줄을 라이터로 지지며 그는 무슨 생각을 했을까? 뒷일을 보는 그의 시야에 들어온 천상에서 지상으로 내려온 새끼줄은 적어도 이 공간에서만큼은 할머니를 천상으로 이끌어주지는 못해도 지상의 가장 낮은 곳으로 처박히는 것을 막아주는 유일한 사물이었다. 매미가 울기를 그치기 전 신기섭 시인은 새끼를 다시 매달아놓았을 것이다. 할머니를 천상으로 이어주는 유일한 끈을 매달며 그

신기섭

는 휘파람을 불었을 것이다. 그 말고는 새끼를 달아줄 식구는 아무도 없었기 때문이다. 그는 할머니의 유일한 '새끼'였다.

학업을 중단하고 고향으로 돌아온 신기섭 시인은 여러 가지 생업에 종사한다. 그는 부양가족이 셋이나 있는 한 집안의 실질적인 가장이었다. 군대를 면제받은 사정도 이와 무관치 않다. 유선방송 기사, 자동차 부품공장 기사 등등을 전전했지만 그가 가장 오랫동안 일을 했던 곳은 문경 최초의 대형마트인 '알짜마트'였다. 그의 성실성이 빛을 발해 그곳에서 주임으로 일하게 된다. 그의 시집 속에서 빛나는 시 가운데 한 편이 이 시절 이야기를 담고 있다.

구름도 시름시름 늙어 아프면
땅바닥에 내려와 눕습니다 할머니
정거장에서 당신을 기다리며 나는
그 늙은 구름들을 묻을
땅을 파고 놀았습니다

십 년을 그랬습니다 어느덧 할머니 당신이
정거장에서 나를 기다리며
그 늙은 구름들이 묻힌 땅을 밟고서

계십니다 오늘은
몇 박스나 팔았느냐
몇 박스의 땀을 흘렸느냐
아직 일러요 요즘은 마진도 하나 안 남아요 할머니
이제 마중 나오지 마요 나도 이제, 스물셋. 이에요

어쩌면 내가 묻어준 그 늙은 구름들 속에
내가 미처 보지 못했던 몇 박스의 꿈들도
묻혔나봅니다
할머니 당신이 이토록 작은 몸 웅크리며
떨고 있습니다
이제 마중 나오지 마요 나도 이제 어른이에요

그 늙은 구름들을 묻은 정거장 담벼락 아래
할머니와 나는 맞담배를 태우고 오늘도
집으로 돌아갑니다

_「안개」 전문

그의 유고 시집 『분홍색 흐느낌』 가운데 가장 수일한 시 가
운데 한 편인 이 시는 담담한 어조와는 달리 할머니와 그의 아

름다운 인연이 고스란히 담겨 있다. 어린 날, 땅바닥에 낙서를 하며 할머니가 돌아오기를 기다리던 소년은 십 년이 지나 청년이 되었고, 청년이 된 그를 이제는 할머니가 마중을 나와 기다리고 있다. 그들의 배경이 되는 늙은 구름은 여전하지만 할머니는 그에게 묻는다. '몇 박스의 땀을 흘렸느냐'고. 이 물음은 혈육에 대한 안타까움을 고스란히 담고 있다. 그에 대한 손자의 답도 마찬가지이다. '이제 마중 나오지 마요 나도 이제 어른이에요'라는 대답은 일그러진 생명의 원형을 회복시켜주는 힘을 발휘한다. '시란 무엇인가'라는 물음에 그가 당당히 '할머니'라고 답할 수 있는 이유가 바로 여기에 있다. 서로에 대한 이 연민이야말로 늙은 구름 아래서도 살아갈 수 있는 힘이 되었다고 할 수 있다. 더욱이 할머니와 맞담배를 태우고 집으로 돌아가는 모습은 한국 시의 가장 아름다운 장면 가운데 하나로 기록될 법하다.

2002년 그는 서울예대 문예창작과에 입학한다. 문학과 전혀 상관없었을 것 같던 그가 문예창작과에 입학하게 된 배경은 『주간한국』의 인터뷰에서 찾아볼 수 있다. 피시방에서 시를 만났다는 것이다. 그 나이의 청년들에게 피시방이란 게임을 의미하는 것이었지만 그는 퇴근 후 닥치는 대로 시를 읽었다. 대개의 시인들이 시를 쓰게 된 배경을 이야기할 때 이미 저 어린 시절부터 문학에 탐닉했거나 아니면 적어도 책과의 필연적 연관성을 화려

한 수사와 함께 장식하는 것을 수도 없이 목격한 터이고 보면 참 이런 일이 가능한가 하는 의아한 생각을 지울 수 없다. 피시방에서 외로움에 으르렁대던 청년이 뚫어지게 시를 보고 있는 장면을 생각하면 가슴이 먹먹해진다.

대학에 입학하기 바로 전, 할아버지와 외증조할머니는 세상을 떠났다. 할아버지는 그에게 애증의 모습으로 드러난다. 「할아버지가 그린 벽화 속의 풍경들」 연작이 따로 있을 정도로 할아버지에 대한 인상은 깊게 각인되어 있었다. 흥미로운 것은 할머니에 대한 시편과는 전혀 접근 방식이 다르다는 것이다. 할아버지는 자신이 엄마라고 생각하는 할머니의 얼굴을 목침으로 찍어 상처를 내고, '기저귀를 돌돌 말아 붓처럼 쥐고 그림을 그리'며 징징대는 아기의 모습으로 그려져 있다. 생의 저 끝자리에서 자신의 몸조차 가눌 수 없는 할아버지의 곁에는 항상 할머니가 있었다. '봄이 오면 엄마가 온대요, 봄이 오면 엄마가 온대요, 할머니는 할아버지를 달래며 미친 듯이 웃음을 터뜨렸다'(「할아버지가 그린 벽화 속의 풍경들·2」 부분)는 시구에서 보여주듯이 할머니는 할아버지를 아기처럼 달래고 또 달랬던 것이다.

안산에서 자취를 하며 그는 대학생활을 했다. 동기생 가운데 가장 시를 잘 쓰는 축이었으며 스승으로부터는 기대받는 문학청년이 되어갔다. 소설가 김봄의 증언에 의하면 신기섭 시인의 머릿속에는 놀라울 정도로 많은 시가 담겨져 있었다고 한다. 시를 공부하면서 그는 시처럼 말하고 시처럼 살았다. 대학 재학 시절, 이광호 선생의 수업 시간에 김수영 시인의 「거대한 뿌리」를 줄줄 외어 사람들을 놀라게 했고, 특기할 것은 공간과 관련된 시를 기억하고 읊는 능력이 탁월했다는 사실이다. 시청이나 경복궁 등 어디를 가도 그 공간과 결부된 시를 떠올려 읊을 줄 아는 능력이 그에게 있었다. 다른 하나는 그의 교우관계였다. 유머가 풍부했고 센스가 뛰어났던 그를 많은 동료 선후배들은 사랑했다. 그의 사망 후 동기생들이 자발적으로 '신기섭 장학회'를 발족시키고 현재까지 이어오고 있는 사실을 보면, 그의 교우관계가 어떠했는지 추론하는 것은 어렵지 않다. 그에게 동기생들은 말 그대로 가족이었으며 피붙이였다. 함께 먹고 글을 쓰고 여행을 했다. 그는 어쩌면 추상적으로 생각하던 가족의 모습을 친구들을 통해 구체화했을지도 모른다는 생각을 하게 된다. 소설가 김봄에게 보낸 한 통의 메일에서 그러한 사실을 확인할 수 있다. 신

봄날 서울예대 안산캠퍼스
뒷동산에서.

춘문예 시상식장과 관련된 내용을 담고 있는 메일에는 친구들과 사진을 찍고 사진 기사가 가족들하고 사진을 찍을 것을 권하자 그는 이렇게 답한다. "이게 가족인데요." 신기섭 시인에게 친구들은 가족이었다. 유고 시집 『분홍색 흐느낌』의 해설에서 권혁웅 시인이 "뜻하지 않은 사고든, 예감된 몰년沒年이든, 죽음은 한 사람의 일생을 바로 그 순간부터 역순으로 꿰어버린다"라고 말한 것처럼 신기섭 시인의 삶을 돌이켜보건대, 그의 시편 속에 죽음의 색채를 느끼게 하는 부분이 곳곳에 부비트랩처럼 설치되어 있지만 대학생활은 행복했다고 말할 수 있다. 적어도 그러한 최종, 죽음에 이르는 목적론적 기술로 그의 생을 치환시킨다 해도 할머니의 죽음을 제외한다면 대학생활은 어떠한 죽음과도 관련짓기 어렵다. 1학년 때 그의 엄마인 할머니가 타계한다. 온통 비극으로 세상은 물들었다.

빈 방, 탄불 꺼진 오스스 추운 방,
나는 여태 안산으로 돌아갈 생각도 않고,
며칠 전 당신이 눈을 감은 아랫목에,
질 나쁜 산소호흡기처럼 엎드려 있어요
내내 함께 있어준 후배는 아침에 서울로 갔어요
당신이 없으니 이제 천장에 닿을 듯한 그 따뜻한

밥 구경도 다 했다, 아쉬워하며 떠난 후배
보내고 돌아오는 길에 주먹질 같은 눈을 맞았어요
불현듯 오래전 당신이 하신 말씀: 기숙아,
인제 내 없이도 너 혼자서 산다, 그 말씀,
생각이 나, 그때는 내가 할 수 없었던,
너무도 뒤늦게 새삼스레 이제야
큰 소리로 해보는 대꾸: 그럼요,
할머니, 나 혼자도 살 수 있어요,
살 수 있는데, 저 문틈 사이로 숭숭 들어오는,

눈치 없는
눈발
몇
몇,

_「뒤늦은 대꾸」전문

　　할머니의 장례는 동료 선후배들의 도움으로 함께 치렀다. 이
시는 장례가 끝나고 할머니와 살던 집에서 보낸 하루를 그리고
있다. '내내 함께 있어준 후배'마저 떠나고 불 꺼진 방에 누워 할
머니를 추억하는 장면은 보고 또 보아도 슬프다. 할머니를 추모

하는 신기섭 시인의 시편 가운데 수일한 시들은 대화체 내지는 독백체로 구성되어 있다. 툭툭 담담하게 던지는 말들은 언어의 외면과는 달리 늘 깊은 생의 이면을 담고 있기 때문이다.

'기습아,/ 인제 내 없이도 너 혼자서 산다'는 말씀에 '그럼요,/ 할머니, 나 혼자도 살 수 있어요'라는 대답은 정녕 그가 할머니를 피안의 사람으로 여기지 않는다는 것을 보여준다. 늘 주변을 맴돌기 때문에 할머니를 안심시켜드려야 한다는 어떤 배려를 그 대답에서 느끼게 된다. 앞서 말했듯이 할머니의 1주기 기제사는 친구들과 함께 모셨다. 친구들이 십시일반 약간의 돈을 모으고 문경으로 내려가서 제사를 지냈다. 신기섭 시인은 그 고마움으로 영주 사과를 사들고 올라와 친구들과 나누었다고 한다. 이렇듯 슬픔과 위안이 교직되면서 대학생활을 마쳤다. 졸업 바로 전, 서울예대 교지인 『예장』에서 실시하는 문학상에 그의 시가 뽑히기도 하였다.

졸업 후에 그는 서울대 입구 옥탑방에서 살았다. 2005년 〈한국일보〉 신춘문예에 「나무도마」가 당선되어 시인으로 등단했다. 그는 영천 만불사에서 운영하는 불광출판사에서 근무를 하며 외관상으로 보면 일상인으로서의 삶을 살고 있었다. 이제 시인이라는 날개까지 달았으니 그가 꿈꾸던 세상으로 날아갈 수 있을 것처럼 보였다. 등단하고 난 뒤 그의 삶은 더 활기찼지만 더 조신해졌다고 소설가 김봄은 증언하고 있다. 어릴 적 할머니와 용한 무당집에 간 이야기를 소설가 김봄을 통해 들을 수 있었다. 무당은 할머니에게 기섭이 이야기를 하며 스물여덟 살에 안 죽으면 장수한다고 말을 했다고 한다. 등단 후, 신기섭은 담배도 끊고 술자리에서 사이다를 마실 정도로 자기 관리에 소홀하지 않았다.

그가 세상을 떠나기 일주일 전 즈음 친구들에게 메일을 보내, 졸업하고 약간의 휴지기가 있었는데, 조만간 다 만나 함께 실컷 웃자고 제안한 것도 신기섭 시인이었다. 그 메일에서 친구들에 대한 진한 그리움이 묻어난다. "얼마 전에는 여기 옥탑에서 할매 제사를 지냈어. 언젠가 문경에 함께 내려가 제사를 지내던 그날이 떠올랐어"라고 그는 말하고 있다. 메일의 내용처럼 춥고도 따뜻한 시절을 그는 건너왔다. 2005년 12월 4일, 그는 영천 출장을 떠난다. 출장을 떠나기 전 블로그에 남긴 마지막 글은 아래와 같다.

밥을 지어 먹고 앉았다가 창문을 열고 내다보니 옥상에 흰 눈이 쌓이고 있다. 눈이 많이 온다는데 새벽에 출장, 영천行 ―무언지 모를 불길한 기분…… 옥상에 쌓이는 눈은 나 아니면 아무도 밟아줄 사람이 없는데, 그런 장소를 가지고 있는 내 생활이 좋다. 다녀와서 발자국 몇 개 꼭 남기리라. 옥상에 눈이 많이 쌓이고 있다.

그는 떠나기 전까지 자신의 생활을 사랑했다. 다시 돌아와 자신의 흔적을 남기고 싶어 했다. 그러나 그의 불길한 예감은 정확하게 맞아떨어졌다. 그는 다시 돌아오지 못했다. 그가 탄 버스는 충주휴게소에서 잠시 쉬었다. 대개 승객들이 버스에서 내려 잠시 쉴 때 그는 버스에 그대로 남아 있었다. 선배들에게 남긴 마지막 말은 "피곤하다"는 것이었다. 잠시 후 출발한 버스는 전복했다. 승객 가운데 한 사람이 얼굴이 약간 쓸린 것을 뺀다면 다친 사람은 하나도 없었다. 그러나 신기섭 시인만이 의식을 잃었다. 충주의료원으로 후송되고 응급조치를 취했지만, 그의 의식은 돌아오지 않았다. 피곤에 지친 그는 안전벨트를 매지 않고 있다가 화를 당한 것이다. 친구들이 충주의료원으로 모여들었고, 그는 사망 진단을 받았다.

자신의 불우한 생의 조건을 강인한 내면으로 극복하며 유

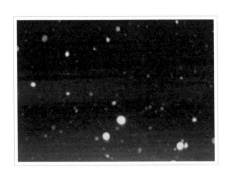

신기섭 시인이 살던 옥상의 전경이다. 출장 가기 전 찍은 마지막 사진이다.

쾌한 삶을 살고자 했던 스물여섯 살의 청년이 이 세상을 떠났다. 친구들은 공황상태에 빠졌으며 망연자실할 수밖에 없었다. 소설가 김봄도 그날 이후 장례까지 어떻게 진행되었는지 상세히 기억나지 않는다고 했다. 혼이 나간 듯한 시간이었다. 그는 화장 후, 만불사에 모셔졌다. 친구들은 다음 해부터 5년 동안 함께 모여 제사를 지냈다고 했다. 제사는 만불사에 가서 드린 적도 있고 거리가 너무 멀어 소설가 김봄의 집에서 지내기도 했다. 육친의 제사마저 팽개치고 휴가를 떠나는 세상에 어린 나이에 세상을 떠난 친구를 위해 5년 동안 제사를 지내주는 정리를 또 어디서 찾아보겠는가?

그는 떠났다. 1년 후에 친구들은 교정에 기섭이나무를 심었다. 홍목련 다섯 그루. 그의 사후 5년 뒤 그에 대한 제사를 대신해 그 돈으로 의미 있는 일을 해서 기섭이의 이름을 남기자 제안했던 것이 '신기섭 장학회'였다. 십시일반 십만 원에서 십오만 원의 돈을 갹출하고 서울예대 학생 가운데 뽑아 신기섭 시인의 이름으로 장학금을 주는 경이롭고 아름다운 일이 조용히 이루

신기섭 시인 뒤로 있는 건물이 사찰의 납골당이다. 현재 신기섭 시인이 있는 곳이다.

어지고 있었다.

떠난 지 10년이 다 돼가는 지금도 그는 이렇게 유쾌하게 현재형으로 남아 있다. 정치나 사업으로 세상에 일가를 이룬 이들의 이름을 건 장학사업이 수도 없이 많다. 그러나 스물여섯에 세상을 떠난 문학청년의 이름으로 친구들이 조그마한 힘을 모아 운영하는 이 장학회에 대해 어떤 성스러운 인상마저 받게 되는 것은 개인적 감상만은 아닐 것이다. 신기섭 시인이 할머니를 위해 매달아놓은 새끼처럼 친구들은 천상과 지상을 잇는 신기섭 시인의 끈을 연결시켜놓은 것이다.

신기섭 시인이 세상을 떠난 이듬해 봄, 그가 남겨놓은 시 원고를 친구들이 모았다. 같은 학보사 출신이었던 소설가 윤성희가 작품을 선하고 당시 서울예대에서 강의를 하던 신수정 선생의 도움으로 출판사 문학동네에서 신기섭의 유고 시집이 나왔다.『분홍색 흐느낌』. 시집이 나오고 소설가 김봄의 주관으로 사당동 부근 음식점을 빌려 출판기념회를 열었다. 시인, 소설가, 옛 직장 동료, 대구 친구들로 발 디딜 틈 없는 성황을 이루었고, 특히 120명 남짓의 서울예대 동기생 가운데 70~80명이 참석하여 애도한 사실을 보면, 살아서의 그의 인간관계를 짐작하고도 남는다. 그는 유쾌했으며 열혈의 청년이었다. 애제자를 위한 김혜순 선생의 조사는 언제 읽어도 상처 위에 소금물이 스미듯 아프다.

기스바! 네 할머니 톤으로 너 불러보자. 노래의 날개를 달고 이 세상에 와서는 이승을 저승처럼 살다가 노래의 나라로, 그 아득한 곳으로 가버렸구나. 네 시와 삶 속에 가득 들어찼던 죽음 버리고, 네가 그리 시 속에서 찾아 헤맸던 죽음 속에 깃든 삶의 나라로 날아가버렸구나. 거기선 기저귀 차고 목침 들어 할머니 얼굴 짓이기던 할아버지, 한 번도 불러보지 않은 아버지, 모두 잊어버려라. 네가 이 세상에 혼자 남는 것 안타까워 너 불러 가신, '엄마라고 부르면 늘 할머니 되던' 할머니, '비명 같은 엄마' 계시는 그곳에서 재미나게 살거라. 그곳에선 라이터로 변소줄 태워 할머니께 혼나지 말고, 너 행상 나갔다 늦게 돌아와 할머니 기다리게도 말고, 네가 그리워하는 연인 속에서 글썽한 그 큰 눈으로 웃고 살거라. 노래의 나라에서 그렇게 살거라, 기스바!

분홍색 흐느낌

신기섭

이 밤 마당의 양철쓰레기통에 불을 놓고
불태우는 할머니의 분홍색 외투
우르르 솟구치는 불씨들 공중에서 탁탁 터지는 소리
그 소리 따라 올려다본 하늘 저기
손가락에 반쯤 잡힌 단추 같은 달
그러나 하늘 가득 채워지고 있는 검은색,
가만히 올려다보는데 일순간
그해 겨울 용달차 가득 쌓여 있던 분홍색,
외투들이 똑같이 생긴 인형들처럼
분홍색 외투를 입은 수많은 할머니들이
나의 몸속에서 하늘을 향해 솟구친다
이제는 추억이 된 몸속의 흐느낌들이
검은 하늘 가득 분홍색을 죽죽 칠해나간다
값싼 외투에 깃들어 있는 석유 냄새처럼
비명의 냄새를 풍기는 흐느낌
확 질러버리려는 찰나! 나의 몸속으로
다시 돌아와 잠잠하게 잠기는 분홍색 흐느낌

분홍색 외투의 마지막 한 점 분홍이 타들어가고 있다

신기섭 시인 연보
1979.   경상북도 문경 출생.
2002.   서울예대 문예창작과 입학.
2005.   〈한국일보〉 신춘문예에 「나무도마」로 등단.
2005. 11. 4. 타계.
2006.   유고 시집 『분홍색 흐느낌』 출간.

천사는 지상에
오래 머무르지 않는다

기 형 도

기형도여 입을 열어라

그 속에서 신록의 잎을 발견하겠다

_유중하

1980년대 대학을 다니면서 시를 썼던 사람들에게는 두 가지의 부채 의식이 함께 자리 잡고 있다. 그 하나는 80년대 초반 광주에서 불어닥친 민주화의 불꽃이었으며, 다른 하나는 80년대 말 기형도의 죽음과 그의 시집이 던져준 충격이 그것이다. 1989년 5월 30일 발행된 그의 유고 시집『입 속의 검은 잎』이 문학청년들에게 던진 충격은 당시 이 땅의 문학적 풍토에서 어떻게 저 같은 시들을 쓸 수 있었는가 하는 경이였다고 해도 좋을 것이다. 그러나 그 경이로움은 기형도 시인의 돌연한 죽음과 맞물려 풍문으로 들려오는 기분 나쁜 사실을 직면할 때 느끼는 두려움을 불러일으켰다.

자의든 타의든 간에 그가 선택한 죽음의 장소인 극장은 대표적인 공공의 장소이면서 철저히 개별화된 감옥과 같은 곳이었다. 그것은 어쩌면 당시 시대상을 상징적으로 보여주고 있는지도 모른다. 광장으로 상징되는 당시의 현실 속에서 철저히 유폐된 개인의 실존을 기형도 시인의 죽음은 극명하게 보여주기 때문이다. 만 29세의 젊은 시인 기형도는 그렇게 시대의 광장 한가운데

〈중앙일보〉 문화부 기자
시절의 모습.

에서 쓸쓸히 자신의 생을 다하였던 것이다.

2006년 정초, 유난히 추운 날씨가 계속되는 가운데 수원교구 안성 천주교 공원묘지를 찾아갔다. 평택에서 안성으로 방향을 잡고 양성고개를 넘어 고삼저수지로 차를 몰았다. 하늘은 지나치리만큼 우울하고 흐리고 낮았다. 고삼초등학교를 지나면서 학교 관리인인 듯한 분에게 길을 물었다. 눈이 쌓인 운동장 한 구석에서 놀이 기구를 손보던 그분은 친절하게 길을 일러주었다. 덩치 큰 개와 함께 눈이 쌓인 방학 중의 학교를 지키는 중년 사내에게서 불현듯 고향과 같은 안식이 느껴졌다. 고삼저수지를 지나 용인 방향에서 다시 삼죽 쪽으로 차를 몰았다. 차령산맥 한 봉우리를 거의 다 오른 다음에야 공원묘지를 만날 수 있었다. '10구역 다 열'을 찾는 데 상당히 오랜 시간이 걸렸다. 바람이 매섭게 얼굴을 할퀴고 지나갔다.

기형도 시인 앞에 섰을 때 그가 누운 묘역이 너무나 작고 반듯하다는 인상을 받았다. 석상 위에는 국화꽃이 누렇게 얼어 눈을 뒤집어쓰고 있었다. 작년 가을쯤 누군가 꽃을 들고 작고 반듯

단출한 기형도 시인의 묘지 전경.
누군가 작년 가을에 이곳을
찾았나 보다. 시든 국화꽃에
눈이 내려 있다.

한 그의 묘역 앞에서 그를 애도했을 터였다. 그의 묘비에는 아래와 같은 비문이 새겨져 있었다.

幸州奇公 그레고리오 亨度之墓

1960. 2. 25 ~ 1989. 3. 7

그레고리오라는 세례명이 불현듯 너무나 무겁고 장중하다는 느낌을 불러일으켰다. 아마 대한민국 현대시단에서 가장 아름답고 슬픈 목소리의 소유자가 그가 아닐까 하는 생각도 떠오른다. 그가 바리톤으로 부르던 '그레고리안 성가'는 이미 지상의 노래가 아니다. 주변의 풍광과 함께 묘역을 사진에 담은 뒤 짧고도 긴 묵념으로 그를 애도하고 내려오는 길은 올라올 때와는 달리 너무도 가파르고 위태롭게 느껴졌다. 눈이 곳곳에 박힌 차령산맥과 함께 그 위태로운 풍광을 그는 담담히 받아내고 있을 터였다.

산에서 내려와 안성 방향으로 차를 몰면서 장석주 시인에게

기형도 시인이 잠든 곳에서
바라본 차령산맥의 겨울 풍광.

전화를 걸었다. 안성 금광저수지가 내려다보이는 수졸재에서 글쓰기에 여념이 없는 장석주 시인을 찾아간 것은 기형도 시인에 대한 단편에 관해 혹 들을 수 있을까 하는 바람과 함께 이 겨울날 아침, 기형도 시인을 찾아 나선 쓸쓸한 내 자신의 내면을 위로받고 싶어서였는지도 모른다. 장석주 시인은 책이 산더미처럼 쌓인 그의 서가에서 용케도 파일 하나를 찾아내어 잘 오려둔 신문 한 조각을 건네주었다. 어수웅 기자가 쓴 '나의 글 나의 서가'라는 제목을 단 2001년 6월 2일자 〈조선일보〉 기사다.

사실 산 자들이 죽은 자의 최후를 비극적으로 포장하는 건, 스스로를 위로하고 싶기 때문인지도 모른다. 작고한 평론가 김현은 시인에게 '그로테스크 리얼리즘'이라는 이름을 붙여줬다. 하지만 시인은, 최소한 자신의 서가 안에서만은, 무척이나 유쾌했던 것 같다.

기형도 시인이 세상을 떠난 지 십여 년의 세월을 훌쩍 넘긴

2001년 6월 2일 〈조선일보〉
'나의 글 나의 서가'에 실린 기사.

시점에서도 열두 개의 책장에 빼곡히 남은 책들은 그의 지적 편력을 보여주기에 부족함이 없었다. 정음사판 도스토옙스키 전집, 삼성판 세계사상 전집, 홍성사의 홍성신서, 현암사의 현암신서, 창비와 문학사상의 영인본들, 청하의 번역 시집들, 문지 시인선과 민음의 시들이 그의 서가에 꽂혀 있었다. 더욱이 깨알 같은 메모와 색색의 줄들, 그리고 습자지를 별도로 붙여 요약 정리한 메모지. 안양 천변 후미진 집에서 밤늦도록 책을 읽던 그의 모습을 떠올리는 것은 그리 어렵지 않았다. '시인은, 최소한 자신의 서가 안에서만은, 무척이나 유쾌했던 것 같다'는 어수웅 기자의 인상기는 어쩌면 기형도 시인의 시세계를 다른 방식으로 이해할 수 있는 탁견이기도 하다. 죽음이 주조를 이루는 그의 시 속에 소리 죽여 흐르고 있을 조심스럽고도 유쾌한 발걸음을 생각해보는 것이다.

장석주 시인은 소설가 원재길이 편집을 맡고 있었던 청하출판사에 김갑수 시인과 함께 자주 들르던 기형도 시인을 떠올렸다. 부드러운 내면의 소유자이면서 다른 사람과 더불어 이야기하기를 무척이나 좋아했던 사람으로 그를 기억하고 있었다. 또한 〈중앙일보〉 문학란에 김현 선생이 시에 관한 이야기를 하면서 기형도 시인 자신의 시에 관해 언급했을 때 그 부분을 빼달라고 청했을 정도로 그는 염결주의자의 모습을 띠고 있었다. 〈중앙일보〉 문화부 기자인 자신의 시에 관한 이야기가 같은 지면에 기사로 실리는 것을 스스로 용납하기 어려웠다는 뜻이기도 하다.

기형도 시인은 또한 〈시운동〉 동인들과는 막역한 사이로 알려져 있기도 하다. 세간에 알려진 바와 같이 〈시운동〉 동인과의 관계는 등단 이전부터이다. 〈동아일보〉 신춘문예로 등단하기 이전 〈중앙일보〉 최종심까지 오르기도 했던 기형도 시인을 지금은 영화평론가로 활동하는 하재봉 시인이 연세대로 찾아가 〈시운동〉 동인이 되기를 청했던 것이다. 그는 여러 사정으로 인해 동인으로 활동하지는 않았지만 등단 후 〈시운동〉의 행사에 늘 참석하며 문학적 교분을 나누었다. 당시 〈시운동〉 멤버들은 인사동 일대에서 한 사람의 시인을 초대하여 자유로운 대담과 토론을 나누었는데, 기형도 시인이 불려가기도 했으며 동인의 일원처럼 참여하기도 했던 것이다.

기형도 시인은 1960년 음력 2월 16일, 부친 기우민 씨와 모친 장옥순 씨 사이의 3남 4녀 가운데 막내로 출생한다. 황해도 벽성군이 고향이었던 그의 부친은 한국전쟁 때 연평도로 이주했으며 휴전 이후에도 그 섬에서 공무원 생활을 하게 된다. 그의 부친은 유교 집안의 교육을 받아 선비적 기질을 지녔으면서, 동시에 마을 개발과 같은 사회 운동에도 많은 관심을 가졌던 것으로 알려져 있다.

1964년경, 그의 부친은 간척 사업에 손을 댔다가 실패한 후 경기도 시흥군 소하리(현 광명시 소하동)에 정착하고 가족들을 다시 불러 모으게 된다. 안양 천변이었던 이곳은 삶의 터전을 잃은 사람들이 하나둘씩 모여들어 마을을 이루며 정착촌을 이루게 된다. 이 정착촌은 오늘날까지 그 흔적을 고스란히 간직하고 있다. 그의 부친이 자리를 잡은 곳은 천변으로부터 벗어난 남서쪽의 양지바른 곳이다. 그의 부친이 성실히 가업을 이끈 탓에 얼마간의 땅을 마련하기도 했고 집을 새로 짓기도 하였다. 지금도 남아 있는 그 집은 부친께서 손수 지어 적지 않은 시간이 걸렸던 것으로 알려져 있다.

1969년 그의 부친이 중풍으로 쓰러진 후 가세는 급속히 기울기 시작한다. 전답을 팔고 모친께서 가족들의 생계를 위해 나서게 된다. 그러나 어찌 보면 그러한 가난이야 당시 일반 사람들이 겪는 어려움과 매한가지였을 뿐이다. 60년대 말에서 70년대 초반까지 이 땅의 민초들의 삶이야 대개 어렵고 조악하기에 또 다른 설명이 필요 없을 것이다. 기형도 시인의 내면 풍경 가운데 이 시절의 가난이 하나의 상처로 남아 있기도 할 터이지만 형세들과 다락방에 있던 책을 꺼내 읽고 마치 게임하듯이 책의 내용을 더듬어가던 풍경이야말로 척박한 시대를 건너오면서도 그가 끝내 잃지 않았던 부드러움의 힘으로 작용하게 된다.

내 개인의 생각으로는 그의 시 많은 부분이 동화적 상상력으로 이루어져 있다고 믿는다. 가령 '선생님 가정 방문은 가지 마세요. 저희 집은 너무 멀어요. 그래도 너는 반장인데. 집에는 아무도 없고요. 아버지 혼자'(「위험한 가계家系·1969」부분)와 같은 부분이나 '열무 삼십 단을 이고/ 시장에 간 우리 엄마/ 안 오시네, 해는 시든 지 오래/ 나는 찬밥처럼 방에 담겨/ 아무리 천천히 숙제를 해도/ 엄마 안 오시네, 배추잎 같은 발소리 타박타박/ 안 들리네'(「엄마 걱정」부분)와 같은 시에서 앞에서 말했던 유년기 기형도 시인의 상처를 발견할 수 있다. 그러나 또한 '고맙습니다./ 겨울은 언제나 저희들을/ 겸손하게 만들어주십니다.'(「램프와 빵」전문)와 같은 시에서는 가난과 고통으로 상징되는 '겨울'을 순화하는 따뜻한 이미지를 만나게 된다. 「집시의 시집」과 같은 시편들도 어른들은 알 수 없는, 그러나 있었을지도 모르는 이야기를 환상적 상상력으로 풀어내고 있다.

저녁 노을이 지면
신(神)들의 상점(商店)엔 하나 둘 불이 켜지고
농부들은 작은 당나귀들과 함께
성(城) 안으로 사라지는 것이었다
성벽은 울창한 숲으로 된 것이어서

누구나 사원(寺院)을 통과하는 구름 혹은
조용한 공기들이 되지 않으면
한 걸음도 들어갈 수 없는 아름답고
신비로운 그 성(城)

어느 골동품 상인(商人)이 그 숲을 찾아와
몇 개 큰 나무들을 잘라내고 들어갔다
그곳에는…… 아무것도 없었다, 그가 본 것은
쓰러진 나무들뿐, 잠시 후
그는 공터를 떠났다

농부들은 아직도 그 평화로운 성(城)에 살고 있다
물론 그 작은 당나귀들 역시

_「숲으로 된 성벽」 전문

　　동화적 상상력으로 대표되는 것이 바로 위와 같은 시편이다.
'성'으로 상징되는 공간이야말로 낙원을 의미하는 것이다. 그러나
'성'으로 들어가기 위해서는 '구름'이나 '공기'와 같은 것이 되어야
한다. '골동품 상인'으로 상징되는 교환가치 우선주의자들은 성
안으로 들어갈 수 없다. 아니, 성을 볼 수조차 없다. '평화로운 성'

에서는 '농부'와 '당나귀들'이 아직도 살고 있다. 그 신비하고 비밀스러운 공간은 이미 그의 유년기에 확립된 또 다른 내면의 공간이기도 한 것이다. 형제들과 함께 읽던 다락방의 책들은 그 비밀스러운 성으로 통하는 비밀스러운 문이었던 것이다.

신림중학교를 수석으로 졸업하고, 1976년 중앙고등학교에 입학한 그는 교내 중창단인 '목동'에서 바리톤으로 활동을 하게 된다. 문단에 기형도 시인의 노래에 관한 증언이야 실로 전설처럼 남아 있다. 그가 단지 노래를 부르기만 한 것이 아니라 작곡까지 했다는 것도 잘 알려져 있다. 신대철의 시 「처형處刑 · 3」에 곡을 붙여 친구들과 함께 불렀다는 것을 소설가 원재길이 증언하고 있거니와 이경철 기자에 의하면 트로트풍의 대중가요 가사도 작사했던 것으로 알려져 있다. 2003년 2월 10일 〈중앙일보〉 기사에 의하면 기형도 시인이 작사했던 대중가요 '내 마음 낙엽'이 작곡가 박광수의 곡으로 발견되었다는 것이다. 그에게 노래는 귀천이 없었다고 볼 수 있다. 로미오와 줄리엣, 2인의 척탄병, 에덴의 동쪽은 물론 트윈폴리오, 송창식, 조용필, 조영남, 양희은에 이르기까지 무수한 노래를 부르고 또 불렀던 것이다. 노래야말로 그를 위로한 진정한 벗이었다. 안양 뚝방길을 걸어 집으로 가는 길에서도, 연세대 백양로를 걸어가는 길에서도, 술집의 한 귀퉁이에서도 그는 노래를 불렀다.

기형도 시인은 1979년 연세대 정법대 정법계열에 입학하여 '연세문학회'에 가입하게 된다. 그해 교내 신문 〈연세춘추〉에서 제정한 '박영준 문학상'에 소설 「영하零下의 바람」으로 가작에 입선된다. 「영하의 바람」은 가정 형편이 어려운 두 남매가 고아원에 갔다가 다시 남동생만 엄마와 함께 집으로 돌아온다는 내용으로 되어 있다. 중풍에 걸린 아버지, 아버지 병환으로 팔아치운 밭, 사라진 아버지의 명성 등등 유년의 체험을 바탕으로 재구성한 작품이다.

이 무렵 그는 안양을 중심으로 활동한 〈수리시〉 동인이 된다. 안양 수리산의 이름을 딴 이 문학회의 주요 구성원은 기형도를 비롯 박인옥, 김복영, 홍순창, 이재학, 유재복 등이었다. 수소문 끝에 함께 동인을 하던 박인옥 씨를 그가 원장으로 있는 안양 청맥학원에서 만났다. 〈수리시〉 문학회 당시의 이야기를 낮고 부드러운 톤으로 말해주었다. 가장 활발하게 활동했던 시기는 81~82년경이었던 것으로 기억하고 있었다. 기형도 시인은 동인지 3집까지 참여하였고, 그 기간에 방위병으로 복무하기도 한다. 그들의 본거지는 안양다방이었다. 한국화가 천기원 선생은 술값, 담뱃값으로 그들을 지원하고 보살펴주었다. 그들은 화랑다방 같은 곳에서 시화전을 열기도 했다. 그의 일기에 보면 '안개는 들의 아래로'라는 시화전에 관한 이야기도 바로 〈수리시〉 문학 동인으로서의 활동을 기록하고 있는 것이다. 이 시화전에서 그가 제출한 작품은 「삼촌의 죽음」, 「포도밭 묘지」이다.

그해엔 왜 그토록 엄청난 눈이 나리었는지. 그 겨울이 다 갈 무렵 수은주 밑으로 새파랗게 곤두박질치며 우르르 몰려가던 폭설. 그때까지 나는 사람이 왜 없어지는지 또한 왜 돌아오지 않는지 알지 못하였다. 한낮의 눈보라는 자꾸만 가난 주위로 뭉쳤지만 밤이면 공중 여기저기에 빛나는 얼음 조각들이 박혀 있었다. 어른들은 입을 벌리고 잠을 잤다. 아이들은 있는 힘 다해 높은음자리로 뛰어 올라가고 그날 밤 삼촌의 마른기침은 가장 낮은 음계로 가라앉아 다시는 악보 위로 떠오르지 않았다. 그리고 나는 그 밤을 하얗게 새우며 생철 실로폰을 두드리던 기억을 지금도 잊지 못한다.

_「삼촌의 죽음 - 겨울 판화(版畵)·4」 전문

「겨울 판화」 연작들은 눈과 얼음, 그리고 바람의 이미지를 통하여 쓸쓸함의 정서를 환기시킨다. 우리의 주의를 요하는 것은 바로 시적 화자가 모두 어린아이라는 것이다. 어린아이에게 세계는 이해할 수 없는 그 무엇인 까닭에 끝없이 질문을 던지게 된다. 「바람의 집 - 겨울 판화·1」에서는 '그 작은 소년과 어머니는 지금 어디서 무엇을 할까?'라고 물으며 「성탄목-겨울 판화·3」의 맨 마지막 구절에서는 '참, 그런데/ 오늘은 왜 아까부터'라는 의문형으로 시를 맺고 있다. 이런 양상은 새로 찾아낸 미발표시 「얼음의 빛-겨울 판화」에서도 나타난다.

> 겨울 풀장 밑바닥에 피난민(避難民)처럼 아직도 남아 있는 것은 무엇이어요?
> 오늘도 순은(純銀)으로 잘린 햇빛의 무수한 손목들은 어디로 가요?
>
> _「얼음의 빛-겨울 판화(版畵)」 전문

많은 논자들이 그의 시에서 읽어내는 비극적 상상력의 출처는 바로 이 지점에서 비롯된다. 세계가 부조리하다는 것을 몰랐던 어린 시절에 그는 끊임없이 왜 그러한가를 물었지만 성장한 후엔 의문형의 어투를 바꾸어 비극적 자기 부정으로 몰아가게 된다. '단 한 번도 스스로 사랑하지 않았노라'(「질투는 나의 힘」부분)나 '이런 것은 아니었다, 나는 일생 몫의 경험을 다했다'(「진눈깨비」부분)와 같은 부정적 자기 확신은 기형도 시인의 성장과정을 말하는 것과 동일한 의미를 지닌다. 「삼촌의 죽음-겨울 판화·4」에서도 의문형을 취하지는 않고 있지만, '그해엔 왜 그토록 엄청난 눈이 나리었는지. 그 겨울이 다 갈 무렵 수은주 밑으로 새파랗게 곤두박질치며 우르르 몰려가던 폭설. 그때까지 나는 사람이 왜 없어지는지 또한 왜 돌아오지 않는지 알지 못하였다' 와 같이 도저히 이해할 수 없는 세계에 대한 질문들로 시작하고 있다. 입을 벌리고 자는 어른들—예를 들어 병든 아버지와 삼촌, 그리고 노인 등으로 표상되는—의 불우함을 알아가는 것이 그에게는 성장의 과정이었다.

〈수리시〉 동인 시절이야말로 문학청년으로서 기형도의 면모를 잘 보여준다. 김대규 시인은 기형도 시인의 대학 선배일 뿐만 아니라 문학 교사의 역할을 감당하고 있었다. 1982년 6월 17일자 일기에도 김대규 시인과 신화와 사조에 대해 담화한 기록이 남아 있다. 또한 김종철 시인이 안양에 거주할 무렵 동인들이 함께 찾아가 시에 관한 조언을 듣기도 하였다. 〈수리시〉 동인은 지금은 거의 활동을 하지 않고 있지만, 현재 활발하게 활동하는 조동범 시인이 과천고등학교 시절부터 선배들을 따라다니며 오늘날의 맥을 이어가고 있다. 〈수리시〉 동인 가운데 기형도 시인의 시는 단연 최고로 돋보였다고 박인옥 씨가 증언하고 있거니와 특히 다른 동인들의 시를 평가하는 데에서는 탁월한 안목을 보여주었다. 기형도 시인이 자필로 쓴 시화전 팸플릿에서 '속도의 시詩와 연체동물의 시詩─수리 동인同人 근래의 시편詩篇, 그 단상들'

이라는 제목으로 동인들의 시에 대해 비평한 장면을 만나게 된다.

홍순창의 시(詩)들을 읽다 보면 언제나 '속도'를 느끼게 된다. 그는 시에 있어서 소재를 몰고 있는 주제라는 것이 빠른 운전을 하면 할수록 그것이 얼마나 시를 압축적이고 비약적 초월 공간으로 이끄는가를 잘 알고 있다. (……) 즉 탄탄한 리얼의 기반 위에서 상징과 뉘앙스의 층계를 밟아 올라가는 기법이 지극히 비약적이어서 공감대 형성에 무리를 줄 수 있다는 것이다. 그는 평범을 본능적으로 혐오하는 사람이다. 따라서 역으로 그는 그의 '비범성'이 가끔씩 주관적 오류를 범할 수 있다는 데 주안해야 할 것이다.

1981년경이면 기형도 시인이 군에 입대하기 위해 휴학을 하거나 방위병으로 근무하던 기간이다. 그가 남긴 몇 편의 평문들은 시를 보는 그의 안목을 충분히 감지할 수 있게 해준다. 적어도 시에 대한 의미론적 해설 정도의 수준에서 그는 이미 멀리 나가 있었던 것이다. 시에 대한 미학적 문제를 검토하고 있거니와 시가 나가야 할 바에 대한 구체적인 지적이 평문의 주요 논점이다. 기형도 시인의 대학 후배였던 황경신 씨도 시 선생님으로서의 기형도 시인을 기억하는 짤막한 일화를 전하고 있다.

나뿐 아니라 많은 후배들이 그에게 시를 보여주고 싶어 했다. 하지만 그는 한 번도 귀찮은 내색을 하지 않았다. 아니, 후배들과 함께 시를 이야기하는 시간을 너무나 즐거워하는 듯했다. 오랜 세월이 흐른 후에야 깨달은 것이지만, 그와 시 이외의 것에 대해 대화를 나누었던 기억이 별로 없었다.

그는 다정다감한 사람이었다. 그를 아는 많은 친구와 후배들에게 시에 대해 말했으며 노래를 가르쳤다. 화음을 넣어 함께 부르는 노래를 그는 꿈꾸었다. 천재들에게서 보이는 독선과 오만이 그에게는 없었다. 두레박으로 물을 긷듯 시와 노래로 자신의 저 깊은 곳에서 슬픔의 우물을 퍼 올렸던 것이다. 이제는 소설가가

된 성석제의 2002년 동인문학상 수상 인터뷰에서도 이러한 기형
도 시인의 모습을 만날 수 있다.

- 요절한 시인 기형도가 연세대 동기동창이었는데.
- 대학교 1학년 때 만났다. 그 친구는 정외과였고, 나는 법
대였다. 집이 같은 방향이라 버스 막차를 늘 같이 타곤 했
다. 나는 마냥 놀기를 좋아하고 그는 시를 좋아했다. 나는
그에게 당구, 바둑, 고스톱을 가르쳐줬고, 그 대신 그는 가
끔 시집을 빌려줬다. 2학년 마치고 군대를 다녀와 그에게서
2년 동안 '속성'(웃음)으로 시를 배웠다. 학교에서는 가르쳐
주지 않는 것들이었다.

기형도 시인의 젊은 날의 초상에서 시를 빼고는 아무 말도
할 수 없음을 너무도 많은 부분에서 확인하게 된다. 시는 학교에
서 가르쳐주지 않았다. 감각의 더듬이로 스스로 구원의 문을 찾
아 헤쳐가야만 하는 밀교密教와도 같은 것, 기형도 시인은 시라
는 밀교의 교주였던 것이다.

1983년 3학년에 복학하면서 교내 신문인 〈연세춘추〉에서 주
관하는 '윤동주 문학상'에 시 「식목제植木祭」가 당선되고, 그해 겨
울 〈중앙일보〉 신춘문예 최종심에 오르며 중앙문단 진출에 한

발 다가선다. 이듬해 10월, 대학 졸업 전 〈중앙일보〉에 입사하여 수습기자 생활을 시작한다. 1985년 〈동아일보〉 신춘문예에 「안개」가 당선되어 작품 활동을 시작함과 동시에 〈중앙일보〉 정치부에 배속되어 본격적인 기자 생활을 하게 된다.

정치부 기자로서 그의 삶은 그리 행복하지 않았던 모양이다. 박해현 기자가 증언하고 있듯이 중앙청 출입 기자로서 시를 거의 쓰지 못했고, 발표하는 작품에 대한 평가도 그리 좋지 않았다. 생리적으로 정치부 기자는 그에게 맞지 않았다. 『시인세계』에 문학평론가이자 당시 〈중앙일보〉 문화부장이었던 정규웅 선생이 쓴 「기형도, 그 짧은 삶 속의 긴 흔적들」을 보면, 그는 문화부로 자리를 옮기고 싶어 했다. 정규웅 선생을 찾아간 그는 "제가 문화부에서 일할 수 있게 힘 좀 써주세요. 소원입니다"라고 간곡히 부탁해 결국에는 문화부로 자리를 옮겼다. 그는 시와 출판, 그리고 소설에 관한 기사를 열심히 써냈다.

당시의 기형도 시인은 산타클로스라는 별명을 가지고 있었다고 전해진다. 학교에 후배들을 찾아갈 때도, 친구 집을 놀러 갈 때도 그의 양손에는 늘 무엇인가 들려져 있었다. 거의 타고난 듯싶은 도덕적 감각이 그에게는 있었다. 〈수리시〉 동인이었던 박인옥 씨도 모나지 않고 반듯한 사람으로 기형도 시인을 기억하고 있었다. 등단 후에는 〈수리시〉 동인과는 약간의 거리가 있었던 듯싶다. 기자로서의 바쁜 생활, 그리고 좋은 시인이 되고 싶은 열망이 그에게 마음의 여유를 주지 않았을 것이고, 〈수리시〉 동인의 입장에서 보자면 친구를 자유롭게 해주어야겠다는 강박 같은 것이 무의식적으로 작용했을 것이다. 그럼에도 불구하고 그들은 문학청년기를 함께 보낸 치열한 문우였으며 안양을 터전으로 삶을 살아가는 절친한 친구들이었다.

기형도 시인이 타계하기 7~8개월 전 여름, 그동안 소원했던 안양의 문우들을 찾은 그는 술을 한잔 마신 끝에 자신의 집으로 친구들과 동행한다. 갑자기 문학적 치기가 발동한 기형도 시인은 기아대교가 아니라 석수동 검문소 앞 안양천으로 물을 건너가자고 제안한다. 지금이야 하천 개수 사업으로 오리가 살 정도로 정화되었지만, 산업개발의 논리가 한창이던 당시에 안양천이란 거의 똥물에 가까운 것이었다. 공장 불빛에 번뜩이는 늦은 밤의 안양천을 허벅지까지 걷어 올린 청년들이 시시덕거리며 건너가는 장면은 슬프도록 아름다운 것이기도 했다. 허허벌판의 집에 도착한 그들은 펌프를 켜 올려 몸을 씻으면서도 여전히 시시덕거렸을 것이다. 늙은 모친은 아마도 다 큰 아들과 그 친구들의 등짝을 때리며 쓸데없는 치기를 타박했을 터이다. 그리고 허기진 아이들을 위해 프라이팬에 계란을 깨 넣었을 것이다. 기형도 시인은 적어도 자신이 아는 사람들에 대해 특유의 친화력을 베풀어 사람들로 하여금 행복감을 느끼게 하는 힘이 있었던 사람이었다.

1986년을 전후하여 〈시운동〉 동인들과는 물론 문단 선후배들과 활발한 교유를 한다. 1988년은 그의 짧은 문단 활동 기간 중 가장 활발하게 작품을 발표한 시기이기도 하다. 그해 여름휴가를 이용하여 대구, 전주, 광주, 순천, 부산 등지로 여행을 하면서 「짧은 여행의 기록」이라는 한 편의 여행기를 남긴다. 그는 그 휴가의 목적을 '희망'이라고 명명하였다. 지리산을 지나며 그는 '이제는 희망을 노래하련다'라고 쓰고 있지만 전주 서고사西固寺에서 소설가 강석경과 만난 기간을 제외하면 이 여행기는 고통스럽기 짝이 없는 기록이다. 희망을 위하여 떠나지만 이 여행의 종착이 희망으로 끝나지 않으리라는 것은 이 글 곳곳에 암시되어 있다.

시는 어쨌든 욕망이었다. 그러나 나에게는 지금 욕망이 사라졌다. 그건 성(聖)도 아니다. 추악하고 덧없는 생존이다. 어쨌든 나는 오래도록 기다려왔던 탈출 위에 있다. 나는 부닥칠 것이다. 공허와 권태뿐일 것이다. 지치고 지쳐서 돌아오리라.

아마도 이 시기에 자신의 시적 행로에 대한 많은 고민이 있었던 모양이다. 시에 대한 욕망이 사라졌다는 발언을 사실 그대로 새길 수는 없는 일이다. 자신과 자신의 시에 부과된 일상의 허울을 그는 벗어버리고 싶었는지 모른다. 여행 중 만난 '수산물 창고에서 물고기 썩는 냄새가 풍기는 순천'의 풍광이야말로 자신의 내면 풍경이 아니었을까. 자신을 가혹한 상황에 정면으로 세우고 싶다는 욕망이 그에게 있었다고 생각된다. 그것이야말로 일상적 관념의 갑옷을 벗어버리고 스스로를 구원하는 한 방법이라고 생각했을 터이기 때문이다.

　기형도 시인의 생가를 찾아 나섰다. 남쪽으로부터 올라오며 석수역을 지나 기아대교를 만나야 한다. 남쪽으로부터 올라오는 길에 기아대교 표지판은 없었다. 그냥 지나쳐 시흥 방향으로 가다가 직감적으로 지나쳤다는 생각을 하고 다시 돌아와 길을 물었다. 기아대교를 건너며 무슨 큰 다리만 연상했던 내 생각이 잘못되었음을 깨달았다. 다리를 넘자마자 안양 천변 쪽으로 좌회전을 했다. 천변으로는 게딱지 같은 키 낮은 판잣집들이 옹기종기 남아 있었고 곳곳에 붉은 페인트로 '생존권을 보장하라'는 문구들이 벽면을 장식하고 있었다. 천변의 물오리들은 추운 날씨에도 유유히 무리지어 물길을 가르고 있었다. 움푹 파인 판자촌을 지나다 언뜻 교회 간판이 눈에 띄었다. 이 낮은 곳에 교회가 있었다. 서너 평 될까 말까 한 교회에 예배 시간표가 희미하게 붙어 있었다. 이 낮은 곳을 신이 기억하실까? 기형도 시인의 시가 불현듯 떠올랐다.

읍내에서 그를 본 것은 이번이 처음이었다
철공소 앞에서 자전거를 세우고 그는
양철 홈통을 반듯하게 펴는 대장장이의
망치질을 조용히 보고 있었다
자전거 짐틀 위에는 두껍고 딱딱해 보이는
성경책만 한 송판들이 실려 있었다
교인들은 교회당 꽃밭을 마구 밟고 다녔다, 일주일 전에
목사님은 폐렴으로 둘째 아이를 잃었다, 장마통에
교인들은 반으로 줄었다, 더구나 그는
큰 소리로 기도하거나 손뼉을 치며
찬송하는 법도 없어
교인들은 주일마다 쑤군거렸다, 학생회 소년들과
목사관 뒤터에 푸성귀를 심다가
저녁 예배에 늦은 적도 있었다
성경이 아니라 생활에 밑줄을 그어야 한다는
그의 말은 집사들 사이에서

맹렬한 분노를 자아냈다. 폐렴으로 아이를 잃자
마을 전체가 은밀히 눈빛을 주고받으며
고개를 끄덕였다. 다음 주에 그는 우리 마을을 떠나야 한다

「우리 동네 목사님」부분

기형도 시인은 집단주의에 기초한 전체주의적 사고방식에 대해 혐오에 가까운 인식을 보여준다. 「홀린 사람」이라는 시에서도 '사회자' '분노한 여인'으로 표상되는 '군중'들의 '아우성'에 대해 냉소적인 시각을 보여준다. 그것은 그의 몸에 밴 예술에 대한 낭만주의 역시도 합리성에 기초하고 있기 때문이라고 보인다. 이 시에서도 '큰 소리로 기도하거나 손뼉'을 치는 감정우월주의에 의해 함몰되어가는 합리성에 대한 옹호를 보여준다. 신의 존재에 대한 확신이 사라진 자리에 남은 광신주의에 대해 혐오에 가까운 냉소를, 합리성에 기초한 목사에 대해서는 연민의 감정을 동시에 표출한다. 신의 전지전능에 대한 오해는 모든 이성적 기능을 마비시킨다는 점에서 이 시를 당대 현실에 대한 알레고리로

대명기계 상호가 붙은
기형도 생가의 전경.

읽어도 무방하다고 생각된다. 개인의 실존이 집단의 논리에 의해 재단되는 현실을 기형도 시인은 참을 수 없었던 것이다.

천변을 끼고 왔다 갔다 하면서도 들은 이야기만 가지고 시인의 생가를 찾기는 쉽지 않았다. 주변에 인가가 없는 탓에 누구에게 물어볼 수도 없었다. 다른 길을 찾아보기로 하고 굴다리 아래로 방향을 틀고 더듬거리며 KTX 철길 아래를 지나고 나니 마을의 초입이 나타났다. 마을 초입 첫 집이 시인의 생가였다. 이제는 기찻길 옆집이 되었거니와 기차가 지나가도 손을 흔들 수조차 없는 쓸쓸한 공간으로 바뀌어 있었다. 집 마당으로 들어서자 트럭 위에 커다란 쇠파이프들이 놓여 있었고 청년 하나가 흩어진 커다란 쇠파이프를 정리하고 있었다.

"이 집이 기형도 시인이 살던 집이지요?"

"예……."

청년의 표정이 밝지 못하다. 아마도 나같이 찾아오는 사람들이 더러 있었던 모양이다.

"한번 둘러보고 사진 몇 장 찍어도 되겠지요?"

뒤에서 바라본 생가.
뒤편으로
고속철도가 지나간다.

"그러세요. 그런데 안에는 찍을 게 없을 거예요."

집 초입에 걸린 상호는 '대명기계'였다. 철공소보다 약간 큰 규모의 가내 공장이 운영되고 있었다. 앞뒤로 돌아가면서 사진을 몇 장 찍고 다시 집 앞에 섰다. 먼 들판에 한 채의 외로운 집은 이제 공장이 되었다. 1990년 3월 15일, 살림출판사에서 출간된 『기형도 산문집』에 생가를 찍은 한 컷의 흑백 사진이 오래도록 내 마음에 남아 있었다. 길을 다시 되짚어 나오며 안양 천변에 돌멩이를 몇 개 던져보았다. 놀란 물오리들이 차가운 겨울 하늘로 날아올랐다.

이제 그의 죽음을 이야기해야 한다. 1989년 3월 6일, 퇴근하고 집으로 돌아온 기형도 시인은 평소와 다름없이 밥을 달라고 청했다. 밥을 차리는 도중 한 통의 전화를 받고 가방을 메고 집을 나선다. 인사동에서 그의 행적은 묘연해진다. 아마 밥을 먹었을 것이다. 전화를 한 사람과 아니면 혼자 지상에서의 마지막 밥을 그는 특유의 조급함으로 후딱 먹어치웠을 것이다. 그리고 심야극장에 들어가기 전까지 그는 무엇을 했을까? 그를 인사동으로 불러낸 사람은 왜 끝내 자신을 밝히지 않았을까?

심야극장에서 새벽에 발견된 그의 사인은 뇌졸중으로 추정된다는 것이 담당의사의 소견이었다. 추운 날 얼어 있던 몸이 따뜻한 극장 안에서 풀어지면서 몸에 급격한 변화가 생겼다는 것이다. 죽음을 추정하다니, 아마 그럴 것이라니, 이 세계의 부조리는 아주 악랄한 방법으로 그를 덮친 것이다. 그러나 그의 부드러운 힘은 생의 부조리를 그대로 받아들였다. 마찰계수가 영(0)에 가까운 그의 부드러움은 이 세계로부터 내던져졌지만, 그 무엇과도 충돌하지 않고 사람의 마음에 그리고 빈집에 등불을 밝히는 점등인이 된 것이다. 소설가 강석경은 『인도기행』에서 '천사는 지상에 오래 머무르지 않는다'라고 그 결벽한 영혼을 애도했다.

지금 '시간은 0시'다. '눈이 내린다'(「조치원」 부분). 이 새벽 이미 김현 선생이 인용했지만, 소설가 김훈의 조사 말고는 무엇으로도 지금의 심경을 표현할 길이 없다.

싸움판을 벌인 너의 동료 시쟁이들의 슬픔도 아랑곳하지 않고 가거라. 그리고 다시는 생사(生死)를 거듭하지 말아라. 썩어서 공(空)이 되거라. 네가 간 그곳은 어떠냐…… 누런 해가 돋고 흰 달이 뜨더냐.

빈집

기형도

사랑을 잃고 나는 쓰네

잘 있거라, 짧았던 밤들아
창밖을 떠돌던 겨울 안개들아
아무것도 모르던 촛불들아, 잘 있거라
공포를 기다리던 흰 종이들아
망설임을 대신하던 눈물들아
잘 있거라, 더 이상 내 것이 아닌 열망들아

장님처럼 나 이제 더듬거리며 문을 잠그네
가엾은 내 사랑 빈집에 갇혔네

기형도 시인 연보

1960. 3. 13. 경기도 옹진군 연평리 출생.

1964. 시흥군 소하리(광명시 소하동) 안양 천변으로 이주.

1969. 부친이 뇌졸중으로 쓰러져 긴 투병 생활 시작.

1976. 신림중학교 수석 졸업. 중앙고등학교 입학.

1979. 연세대학교 정법대 입학. 교내 신문 〈연세춘추〉에서 공모한
'박영준 문학상'에 「영하(零下)의 바람」으로 입선.

1981. 〈수리시〉 문학 동인에 참여하여 활동 시작.

1983. 〈연세춘추〉에서 실시하는 '윤동주 문학상'에 「식목제(植木祭)」로 당선.

1984. 〈중앙일보〉 입사.

1985. 대학 졸업. 〈동아일보〉 신춘문예에 「안개」 당선.

1986. 정치부에서 문화부로 옮김. 시작 활동에 매진.

1988. 여름휴가를 이용하여 대구, 전주, 광주, 순천, 부산 등지로
여행을 하면서 「짧은 여행의 기록」이라는 한 편의 여행기를 남김.

1989. 3. 7. 새벽, 파고다극장에서 숨진 채 발견.

안개 속으로
걸어간 새

여 림

이 길이 끝날 즈음에 네가 서 있어 주었으면 좋겠다

_「마석우리 詩 · 1」부분

장승포 바다 앞에 등대가 서 있다. 항구는 동그랗게 바다를 감싸고 그 끝에 빨간 등대와 하얀 등대가 먼 바다를 향해 불빛을 보낸다. 한밤의 빛이란 생명에 대한 열망을 뜻하는 것. 거친 바다 사내들이 굵은 동아줄을 척척 감아올리거나 맥주잔에 소주를 따라 들이켠다. 장승포 바다 앞에서 태어난 한 젊은 시인은 그러한 바다의 광포한 이미지와는 전혀 다른 삶을 살다 갔다. 여림 시인을 생각할 때마다 나무처럼 빛을 따라 자신의 몸을 뻗어가다가 빛을 향하는 다른 식물들의 악착스러움을 물끄러미 쳐다보는 한 그루 나무를 떠올린다. 그 악착스러움에 치를 떨다가 빛을 향해 나가기를 스스로 포기한 나무 한 그루가 서서히 말라가는 풍경은 우리가 얼마나 그악스럽게 삶을 살아가고 있는 것인가 하는 물음을 스스로에게 던지게 한다.

1967년 장승포 태생으로 5남 1녀의 막내였던 본명 여영진, 필명 여림 시인은 2002년 11월 16일 자신의 짧은 생을 마감한다. 그의 수중에 남은 것은 시 백여 편이 전부였다. 어쩌면 그것조차 세상에 드러나기를 그는 원하지 않았을 수도 있다. 여림 시인의 유고 시집 『안개 속으로 새들이 걸어간다』 해설에서 평론가 홍용희가 지적하고 있듯이 그의 시편들 속에는 정겨운 원형 공동체에 대한 지향들이 곳곳에 드러나 있다.

이제 나는 하루살이 떼 같은 눈발이 날리는 저녁이면 김장
독에 묻어둔 김칫돌을 들추어 한 포기 맛깔스런 배추를 담
아내다 수저 위에 툭툭 걸친 더운 저녁을 지어 먹고 푸근한
아랫목에 무릎을 펴고 앉아 알토란 같았던 나날의 생애 위
로 다보록하게 피어날 거맹빛 꽃망울들을 쓰다듬게 되리라
이윽고 막장에서 건져 올린 금모래에서 익숙한 함지질로 물
목을 잡아내는 저 신비로운 난장꾼처럼

_「폐경기, 그 이후」부분

이 아름다운 풍광은 물질과는 상관없는 풍요로운 한 저녁
시간을 연상케 한다. '다보록하게 피어날 거맹빛 꽃망울'을 쓰다
듬는 장면은 아름다운 동화적 상상력이다. 그러나 왜 읽는 이는
쓸쓸함을 느끼게 되는 것일까? 곰곰이 시를 읽다 보면, 이 시에
등장하는 인물은 그 외에는 아무도 없다는 것을 알 수 있다. 김
칫돌을 들추어 배추를 꺼내는 사람도, 수저 위에 김치를 걸쳐 더
운밥을 먹는 사람도, 푸근한 아랫목에 무릎을 펴고 앉은 이도,
알토란 같았던 생애를 회상하는 이도 모두 시적 화자 자신일 뿐
이다. 이 자족적 행위들은 기실 그의 외로움을 소급해가는 열쇠
가 된다.

아버지는 언제나 저녁을 드시고 오셨다
보리와 고구마가 쌀보다 더 많았던 저녁밥을
밥그릇도 없이 한 양푼 가득 담아 식구들은 정신없이
숟가락질을 하다가도 조금씩 바닥이 보일라치면
큰형부터 차례로 수저를 놓았고 한두 알 남은
고구마는 언제나 막내인 내 차지였다

이제 나는 혼자 밥을 먹는다

_「어린 시절의 밥상 풍경」 전문

    어린 시절의 밥상머리의 풍경은 시인에게 유토피아였다. 먹거리 공동체의 숟가락질은 생명의 나눔 그 자체였으며 어려운 시절 서로에 대한 배려가 없었다면 그것은 아귀다툼을 연상케 했을 법하다. 그러나 순한 식구들은 막내를 위해 숟가락질을 거둔다. 막내는 언제나 서두는 법 없이 남은 양식을 천천히 맛있게 먹는다. 문제는 현재다. '이제 나는 혼자 밥을 먹는다'는 고백은 그가 유토피아에서 추방되었음을 의미하는 것이다. 그를 둘러싸고 있던 훈기들이 사라졌다는 것이고, 같이 숟가락질하던 사람들이 사라졌다는 것을 뜻한다. 그러나 인간의 생의 주기로 본다면 그것은 당연한 일이기도 하다. 때가 되면 형제들도 독립하여 새로운 공동체를 구성하고 그들을 위해 헌신하며 살아가게 되는 것이 일반적인 삶의 방식이기 때문이다. 혼자 남은 그는 자신을 위해 밥상을 차리고 어떻게 하든 행복해지려고 노력하고 있다. 이 부분에서 고독한 인간의 실존을 보게 된다. 행복해지고 싶은 생의 욕망이 죽음을 향해 뿌리를 드리울 때 무섭게 번져가는 죽음으로의 진행은 우리를 전율케 한다.

그는 거제시 장승포읍 해성고등학교를 졸업했다. 어릴 때부터 일기를 잘 썼으며 누이에게 자신의 일기를 보여주기도 하였다. 섬세하고 감수성이 예민한 아이였으며 타인에게 해가 되는 일은 할 수 없는 선천적인 기질을 타고났다고 가족들은 증언하고 있었다. 서울에 거주하고 있는 여림 시인의 누님과 형님을 만났다. 박형준 시인이 알려준 형님의 연락처로 전화를 드리고, 요절 시인에 관한 책을 보내드렸다. 며칠 후 만나자고 연락이 왔다. 여림 시인에 대한 말이 나오기도 전에 형제들은 눈시울을 붉혔다. 이승의 육친들은 서른여섯에 떠난 그를 아직도 집안의 막내로 안

중학교 3학년 때의 모습이다.

타깝게 기억하고 있었다. 여림 시인에 관한 이야기는 누님이 많이 알고 있을 것이라며 함께 나왔다고 했다. 여림 시인의 유고 시집 『안개 속으로 새들이 걸어간다』가 테이블 위에 놓였다. 이 순간 잠시 침묵이 흐른다. 형님이 먼저 말을 건넸다.

"한참 망설이다 연락을 드려 좀 늦었습니다. 죄송합니다."

"아닙니다. 저도 늘 조심스럽습니다. 더욱이 세상을 떠난 지가 오래되지 않아 더 그렇습니다. 여림 시인은 어릴 적부터 글쓰기를 좋아했습니까?"

누님이 말을 이었다. 말에는 경상도 사투리 억양이 살짝 남아 있었다.

"예, 늘 일기를 쓰던 아이였습니다. 아마 본격적인 글쓰기는 고등학교 시절이었을 것입니다. 당시 고등학교 국어선생님, 이름은 기억이 나지 않지만 여선생님이셨는데 아이가 많은 영향을 받은 것으로 알고 있습니다."

그 선생님은 손정미 선생님으로 어린 영혼을 이끌어 문학이

여림 시인의 유고 시집
『안개 속으로 새들이 걸어간다』의 표지.

라는 물가로 인도하였던 것이다. 고교 시절, 그는 교내 백일장에서 여러 차례 입상을 하였으며 대외 백일장에도 참가했다. 고교 시절부터 그는 세련된 문학적 자질을 보여주었다.

"서울예대 문창과는 실기로 입학하는 것으로 유명한데, 지방의 고등학교를 졸업하고 혼자 공부해서 단번에 입학한 것을 보면 어린 시절부터 문학적 재능이 상당히 뛰어났다고 볼 수 있지요."

함께 동석한 박완호 시인이 거들었다.

"서울에 올라오면서부터 글쓰기를 본인의 전공으로 생각했던 것 같아요. 어릴 때는 막내라 늘 형제들의 보호 속에 자랐다고 할 수 있지요. 형제들이 업어 키웠다는 말 있지요? 그렇게 컸지요. 큰오빠는 영진이에게는 거의 아버지뻘 되는 나이였으니까, 오죽했겠습니까. 영진이가 죽던 날 밤 큰오빠는 마치 아들이 죽은 것처럼 크게 통곡을 했더랬지요."

유고 시집에 실려 있는 시편들 가운데 의외로 고향에 관한 시들이 많지는 않았다. 시집에는 들어 있지 않지만 그가 남긴 시편에는 고향에 관한, 바다에 관한 더 많은 시들이 있었을 것이라고 어렴풋이 추측해본다. 그의 시에 나오는 집들의 이미지들이 사실은 사라져버린 그의 고향집과 같은 내포적 의미를 가지고 있기 때문이다.

떠난 집 그 집의 연대기를 쓰려 한다 떠난 집 그 집은 1963
년 소읍에서는 관공서 다음 세 번째로 벽돌로 지어졌으며
1975년 개축되었다 그리고 1987년 도시개발 계획으로 헐리
워지고 지금은 일반 도로화되었다 한다 떠난 집 그 집과 함
께 그곳에서의 나의 삶도 헐리워졌다 나는 떠난 집 그 집을
가끔 이리 불렀던 적도 있다 마당의 끝이 바다였던 집 내게
있어 떠난 그 집은 있되 없는 집이며 없되 있는 집이다 떠난
집 그 집을 추억하려 한다 떠난 집 그 집에 나는 태를 묻었
으므로 떠난 집 그 집에 들어가려 한다 떠난 집 그 집이 나
를 용서해주기만 한다면

_「떠난 집」 전문

누님에게 물어보니 장승포읍 경찰서와 전매청 사이에 집이
있었고 마당 앞은 바다라고 했다. 그런데 언제 집이 사라졌는지
는 정확하게 기억하지 못하였으며, 더욱이 도로화되었다는 구체
적인 사실을 모른 채 단지 없어진 것으로 알고 있었다. 간혹 고
향에 가면 친구들이 너네 집은 없어졌다고 농담처럼 말하였다는
것이다.

그러나 형제들이 남겨준 양식을 맛있게 먹던 어린 막내는
고향집의 내력을 정확히 기억하고 있었다. 읍내에서 세 번째로

지어진 벽돌집이란 사실과 개축된 연도까지 어린 그에게는 너무도 선명하게 기록되어 있었다. '있되 없는 집이며 없되 있는 집'은 그에게 연어와 같은 회귀본능을 자극시켜주는 매개물이었다. 그의 의식에는 또렷이 새겨져 있지만 실제로는 존재하는 않는 '그 집에 들어가려 한다'는 구절이 마음에 걸린다. 그의 시에 등장하는 집은 현실계라기보다는 근원적인 상징계를 이루고 있기 때문이다.

포장을 걷으면 환하고 따뜻한 길
좀 전에 내린 것은 눈이 아니라 별이었구나
옷자락에 묻어나는 별들의 사금파리
멀리 집의 불빛이 소혹성처럼 둥글다

_「나는 집으로 간다」 부분

'구겨진 지폐처럼 등이 굽어 돌아가는/ 사람들을 볼 때마다 나는 오랜 친구처럼/ 한두 마디 인사라도 허물없이 건네고 싶어진다'(「나는 집으로 간다」 부분)고 고백하던 순한 영혼이 자신의 집을 끝내 멀리 소혹성의 불빛으로 인지하고 있다는 사실은 그가 얼마나 깊이 쓸쓸함을 병으로 앓았는가 하는 것을 보여주는 하나의 징표가 될 것이다. 여림 시인이 세상을 떠난 후, 친구인 시인

박형준은 "그는 지금 저 밤하늘의 소혹성처럼 둥근 집에 있다"고 애도한 바 있다. 어쩌면 여림 시인에게 집은 궁극적인 안식처이지만, 지상에서는 끝내 도달할 수 없고, 그리워해야만 하는 표상이었는지 모른다.

다시 누님의 말이 이어졌다.

"어릴 때는 제법 공부도 잘한 편이었어요. 원래 불교 집안이었으나 중학교 즈음인가 기독교로 가족들이 대개 개종을 하였고, 영진이도 어렸을 때는 교회에 열심히 다녔지요. 대학에 가고 난 후부터 세상과 짝하고 살면서 술을 많이 마셨습니다."

그는 86학번으로 서울예대 문창과에 입학한다. 기라성 같은 선생님과 선배들이 활거하던 그곳에서 자신의 소리를 들어 줄 수 있는 스승과 친구들을 만난다. 최하림 선생님이 바로 그분이다. 누님은 물론 친구 박형준 시인이 증언하듯 그는 자신의 필명을 최하림 선생의 마지막 이름 자를 빌려 지었던 것이다. 최하림 선생은 시인으로서 출판인으로서 개결하고도 고명한 분으로잘 알려져 있다. 여림 시인이 그렇게 우러러 사모했던 것도 세속

대학교 때 친구와 함께
즐거운 시간을 보내고 있다.
오른쪽이 여림 시인이다.

의 명리와 이권으로부터 적절한 거리를 유지하면서 냉철하고 뜨겁게 시를 향해 나가는 선생의 모습을 가슴에 담았기 때문이었을 것이다. 여림 시인은 최하림 선생을 아래와 같이 기억하고 있었다.

선생님께서 강의가 없어 학교를 나오시지 않는 날이면 나는 선생님께 술을 얻어먹겠다고 작당한 몇몇과 학우들 틈에 슬쩍 끼어 선생님께서 계시는 동숭동으로 향했다. 선생님께서는 당시 강단에서 시 창작을 가르치는 것 외에도 동숭동에 있는 한 출판사를 맡고 계셨는데 우리가 사전에 아무 연락도 없이 불쑥 찾아가도 언제나 웃는 모습으로 우리를 반겨주셨다. (……) 선생님께서는 그만큼 우리들의 입장에서 우리를 이해하려고 노력하셨고 그 같은 맥락으로 문학의 열병에 들뜬 우리들의 고민을 가슴으로 함께 받아들이고 얘기하려 하신 순수한 분이셨다.

젊은 날의 문학적 치기를 언제나 따뜻한 눈으로 바라보던 스승의 모습은 그의 짧았던 평생에서 지울 수 없는 아름다운 흔적이었다. 창작이란 보이지 않는 다리를 건너가야 하는 법이다. 참된 스승이란 기꺼이 흔적도 없는 다리가 되어주는 존재라는 점에서 최하림 선생은 여림 시인에게 참된 스승이었다 할 것이다. 학교를 다니면서 그는 섬세한 여성적 정서로 교우관계를 맺었다. 그 친구들이 박형준, 이승희, 이기인 시인 등이다. 오늘날 모두 자기만의 시풍을 구축하며 용맹정진하는 시인들이다.

누님은 다시 여림 시인의 흔적을 말해주었다.

"어느 해던가 학비를 줬는데 학교는 안 가고 전국여행을 다녀왔다 그러더라고요. 문인들에게 있는 떠돌이 기질이 아마 그 아이에게도 있었나 봐요."

역마의 기질이란 들끓는 피와 같아 떠나지 않고 견딜 수 없는 상처다. 그러나 그가 목적한 곳에 도착해도 그곳은 이미 그가 원하던 곳이 아닐 가능성이 농후하다. 역마는 외로움의 소산이기에 그 병을 치료하기 위해서는 세상과의 사회성을 회복해야 하지만 그것은 다른 의미의 타락을 뜻하는 것이기도 하다. 여기서 타락이란 나 아닌 것을 받아들인다는 점에서 그렇다. 점점 외로움의 기미가 싹트기 시작한 것이다.

"영진이의 시가 점점 어두워지는 것을 저도 알고는 있었습니다."

누님의 마지막 말을 듣고 가족들과 헤어지며 함께 동행한 박완호 시인과 수원행 버스에 올랐다. 막바로 사당동 어느 술집으로 들지 않은 것은 어떤 쓸쓸함과 동년배 의식이 작동한 탓이기도 하다. 그와 절친했던 이승희 시인과는 모두 막역하게 지내는 사이였으며 박형준 시인과도 만나면 반가운 사이였다. 생전에 나는 그를 본 적이 없다. 신문에서 신춘문예 작품을 본 것이 전부였다. 같은 또래지만 누군가는 갔고 누군가는 남았다. 최하림 선생은 속절없이 가버린 어린 제자를 아래와 같이 추억하였다.

여림의 시를 관류하는 것은 홀로 있음이었다. 홀로 있다는 사실 때문에 그는 두려웠고 밤 골목을 헤맸다. 살 만한 그럴 듯한 이유가 있느냐고 묻고 있는 것도 홀로 있다는 사실의 두려움을 담고 있는 물음이다. '죽음에 이른 병'이라는 말이 담지하듯 홀로 있음은 인간의 얼굴을 돌로 만들며 검은 침묵으로 포장한다. 홀로 있음과 침묵은 하나이거나 외로움의 더께가 침묵이다. 침묵하고 있을 때 인간은 고슴도치처럼 온몸을 웅크리고 울에 갇힌 짐승처럼 포효하고 긴장한다. 실제로 침묵은 울에 갇힌 언어라 할 수 있다.

최하림 선생은 어린 제자를 죽음에 이르게 한 병을 침묵이라고 술회하였다. 울타리 갇힌 언어가 곧 침묵이라는 명제는 절묘하다. 그럼 울타리 안에서 얼마나 많은 울부짖음이, 언어의 난파가 있었겠는가? 단, 그것이 울타리 밖으로 드러나는 법이 없어 타인

들은 듣지 못했던 것이다. 여림 시인은 수척한 얼굴과 맑고 쓸쓸한
눈으로 겨울 북한강에서 죽음과 삶의 언어들을 토해내고 있었던
것이다.

흐르는 강물에도 세월의 흔적이 있다는 것을
겨울, 북한강에 와서 나는 깨닫는다
강기슭에서 등을 말리는 오래된 폐선과
담장이 허물어져 내린 민박집들 사이로
하모니카 같은 기차가 젊은 날의 유적들처럼
비음 섞인 기적을 울리며 지나는 새벽
나는 한 떼의 눈발을 이끌고 강가로 나가
깊은 강심으로 소주 몇 잔을 떨구었다
조금씩 흔들리는 섬세한 강의 뿌리
이 세상 뿌리 없는 것들은 잠시 머물렀다
어디론가 쉼 없이 흘러가기만 한다는 것을
나는 강물 위를 떠가는 폐비닐 몇 장으로 보았다
따뜻하게 안겨오는 강의 온기 속으로
수척한 물결은 저를 깨우며 또 흐르고
손바닥을 적시고 가는 투명한 강의 수화,
너도…… 살고 싶은 게로구나

깃털에 쌓인 눈발을 털어 내며 물결 위로 초승달
보다 더 얇게 물수제비 뜨며 달려나가는 철새들
어둠 속에서 알처럼 둥근 해를 부화시키고 있었다

_「겨울, 북한강에서 일박」 전문

　섬세한 그의 시선은 북한강가에서 그 주변의 모든 풍경들을 내면화시켜 페시미틱한 절창의 시를 우리에게 보여준다. 1930년대 말에 만주로 떠난 시인 백석이 그러했듯이 여림 시인도 세계와 화해할 수 없는 쓸쓸함의 감정을 칼날처럼 예리하게 그려 내고 있다. '이 세상 뿌리 없는 것들은 잠시 머물렀다/ 어디론가 쉼 없이 흘러가기만 한다는 것'을 그는 깨닫는다. 침묵의 언어에서 거둬 올린 그 깨달음에는 비극적 세계 인식이 내포되어 있다. 그럴수록 세계에 대해 시인은 더 따뜻한 태도를 보여준다. 무한한 연민으로 그는 세계를 바라보았다. 뿌리 없는 것들에 대한 동질 의식이 그에게 있었던 것이다. '너도…… 살고 싶은 게로구나'와 같은 세계에 대한 연민이 시인 자신으로 치환되었을 때 침묵의 언어는 가학적인 절규로 비추어지게 된다. '어둠 속에서 알처럼 둥근 해를 부화시키'는 불임의 이미지가 죽음을 떠올리게 하는 것도 그와 같은 사정과 관련이 깊다.
　그는 성장한 후, 남양주에 거주하며 북한강 주변을 떠나지 않았다. 누님께서는 여림 시인이 북한강 주변을 떠나지 않은 이유 가운데 하나는 아버지 때문일 것이라고 말해주었다. 앞서 말했듯이 여림 시인이 떠돌던 무렵 그의 아버지께서는 간암 판정을 받고, 서울백병원에서 치료를 받고 계셨다. 배의 기관사로 일하셨던 아버지께서는 막내였던 여림 시인을 애틋한 시선으로 아끼고 사랑했다. 6개월 판정을 받은 아버지는 병마와 싸우다 세상을 떠나셨고, 방랑의 한 시절을 보내던 여림 시인은 아버지의 임종을 지키지 못했다. 아버지는 북한강 주변인 경춘공원묘지에 모셔졌다. 여림 시인은 짧은 일생 동안 자식의 도리를 못다 한 것에 대한 자책감을 가지고 있었다. 결혼도 안 한 집안의 막내인 자신이 어머니를 모시고 살아야 한다는 강박도 이 지점에서 비롯되었을 가능성이 크다. 봄 햇살을 받으며 연로하신 어머니를 모시고 아버지의 산소를 찾아가는 아름다운 장면을 그린 것도 그 무렵 즈음일 것이다.

몸보다 무거운 옷을 걸치고 옷보다
더 무거운 봄 햇살을 받으며 공원묘지
꼭대기에 있는 아버지 산소를 오르는 길
나는 앞서 가는 어머니의 등허리를
무거운 짐수레를 밀 듯 뒤에서

천천히 밀어드리고 싶었다

_「마석우리 詩·2」부분

문학사상사에 근무하는 이승희 시인과 연락이 닿았다. 그의 사무실 근처 카페에 앉아 여림 시인에 대해 이야기를 나누었다. 최하림 선생을 유독 좋아하여 몸이 아파 요양 중이던 스승을 찾아 충북 영동을 오가던 시절의 이야기, 그리고 마석 집에 찾아갔을 때 벽장에 숨겨놓은 술을 마시던 이야기, 유고 시집 출판기념회 풍경 등을 이야기해주었다. 그러나 이승희 시인이 못내 아쉬워한 부분은 여림 시인이 세상을 떠나기 얼마 전에 나눈 통화 내용이었다. 새벽에 걸려오던 전화. 모든 것을 죽음과 관련지어 이야기하던 시절, 좀 더 따뜻하게 맞아주지 못했다는 고백이 그것이다. 그 미안한 마음은 뒷날 쓴 이승희 시인의 애도에서 볼 수 있다.

외로워, 외로워 죽을 것만 같다고 말했던 너의 시간이 책갈피마다 강물의 푸른 안개로 피어나고 때로는 인사동에서 마석 가는 막차를 놓치고 난 뒤의 쓸쓸함처럼 새벽안개로 흩어지는데, 벼랑진 너의 시간은 아직도 골목 끝에서 첫사랑처럼 나를 맞고, 쓸쓸한 여인숙 방 너머에서 들리는 라디오 노랫소리처럼, 통화가 끊어진 뒤의 부재음처럼, 네 목소리가 단음으로 들려온다.

침묵의 언어로 고투하던 그에게 술은 위안이며 독약이었다. 그 스스로 '술을 마시는 게 두려운 나날이었습니다/ 옷장 속에, 책상 서랍에 술병을 숨겨 두고/ 혼자 마시는 술은 독약이었습니다(「나는 공원으로 간다」 부분)라고 고백하는 장면은 죽음을 향한 그의 여행이 얼마나 고독한 것이었는지 보여준다. 그러나 시를 읽다 보면 그 고독에 비해 생의 열망 또한 만만치 않았다는 느낌을 지울 수 없다.

초록이 튼다
아주 조금씩 꿈틀거리며
제 키를 한 발짝씩 발돋움하며
보리 싹보다 더 옹골진 튼실한 몸짓으로
저기
살아 있는 빛으로 스스로 아름다운
초
록
초

록

들창을 두들기는 봄비의 푸른 속삭임으로

내 귀의 달팽이관에 잠든 황금빛 달팽이를 깨워

세상 어디쯤으로 나가자고 자꾸만

초

록

초

록

_「물잔디」 전문

여림 시인의 시가 대체적으로 어두운 빛을 띠고 있는 것도 사실이지만, 이 시처럼 작은 생명의 몸짓을 바라보는 그의 시선은 초록의 생명력을 띠고 있기도 하다. '세상 어디쯤으로 나가자고 자꾸만' 보채는 초록의 열망, 그 속에서 여림 시인의 세상을 향한 열망을 엿보는 것은 부질없는 일처럼 보이지만 그의 시를 이해하는 한 통로를 제공해준다고 생각한다. 세상과의 소통

신춘문예 시상식 때
찍은 사진으로,
맨 오른쪽이 여림 시인.

이 거세된 자리에 피어오른 것이 변두리, 주변인에 대한 사랑과 연민의 감정이라고 보이기 때문이다. 타인에 대한 연민과 사랑은 돌이켜 생각하면 자신에 대한 치유를 뜻하는 것이기도 하다. 그가 사랑했던 것은 그렇고 그런 일상과 사회적으로 보잘것없는 사람들이었다. '사람 사는 맛은 밥맛과도 같은 거야'(「밥이 내게 말한다」 부분)와 같은 시구는 일상을 통찰한 혜안을 보여준다. '밥 대신 소주 한 병을 꺼내 놓는 노인'(「나는 공원으로 간다」 부분)을 바라보는 따뜻한 시선이 그렇고, '흐린 공장의 불빛 속에서나 새벽 거리를 비질하는 청소부 아저씨의 굽은 등'(「마음 속의 나무」 부분)에서 들려오는 청명한 노랫소리를 듣는 장면이 또한 그러하다. 그는 이렇듯 여리게 세상을 만나고 있었으며 낮고 어두운 것들 속에서 노래를 듣는 시인이었다.

1999년 〈한국일보〉 신춘문예에 「실업」이 당선되었다. 그는 진심으로 기뻐했다. 특히 최하림 선생에 대한 보답의 마음이 뼈저리게 느껴졌다. 그는 그러한 마음을 '신문사에서 전화를 받았을 때 나는 가슴 저 구석에 오래된 체증처럼 걸려 있던 선생님께 대한 죄스러움에 일말의 용서를 구한 기분이었다'라고 쓰고 있다.

그는 이제 신춘문예라는 일종의 통과의례를 거친 것이다. 열심히 쓰고 다른 작가들과 교분을 나누고 시집을 내는 일련의 과정들이 그 앞에 놓여 있었다. 그런데 왠지 그는 별다른 작품 활동을 하지 않았다. 신춘문예란 하나의 축제와 같아 화려한 그날 밤의 조명이 꺼지면 스스로 그 길을 짚어가야만 한다. 아마 그래도 그에게 몇 번 정도의 청탁이 오갔을 법한데 거의 발표를 하지 않았다는 사실은 그의 내면의 풍경을 살펴보지 않고는 알 수 없는 일이다. 당시 〈한국일보〉 신춘문예 심사위원은 신경림 시인, 이성부 시인, 김재홍 교수 등이었고 심사평은 아래와 같았다.

얼마간의 논의 끝에 우리는 여림의 「실업」을 당선작으로 합의하였다. 이 작품은 어느 면에서 이즈음 시대고와 연관돼 있으면서도 바람직한 시대정신을 제시한 것으로 판단되었기 때문이다. 더구나 건강한 생명력이 희망의 상상력과 결합되면서 서정적 형상력을 확보하고 있다는 점에서 앞으로 기대를 갖게 하기에도 충분한 것으로 여겨졌다.

심사위원들은 여림의 시에서 당대의 시대정신을 읽어냈다. 당선작 「실업」은 실업자로 전락한 가장의 일상을 담담하게 그려낸 작품이다. 아마도 심사위원들이 높이 샀던 부분은 희망의 끈을 놓지 않으려는 한 가장의 고투를 그려낸 부분이라고 생각한다.

이력서를 쓰기에도 이력이 난 나이

출근길마다 나는 호출기에 메시지를 남긴다
'지금 나의 삶은 부재중이오니 희망을
알려주시면 어디로든 곧장 달려가겠습니다'

「실업」 부분

소위 IMF 이후 서민들이 겪은 살림살이의 몰락을 이 시에서
읽었을 것이며 희망이 있는 곳이면 어디든 달려가겠다는 시구에
서는 바람직한 시대정신을 읽었을 것이다. 누가 보아도 별다른 문
제는 없어 보인다. 그러나 여림 시인은 최하림 선생의 말에 따르면
"그 시인은 〈한국일보〉 신춘문예에 시를 몇 편 보내어 당선의 영
예를 안았을 뿐, 그 이후 어떤 곳에서도 작품 한 편 발표하지 않
았으며, 시인이라는 관사를 쓰고 어느 자리에도 나타나지 않았다"
고 한다. 이에 대한 어렴풋한 이유를 그의 시에서 찾아볼 수 있다.

나는 절망한다
아니,
절망도 아닌 그 무엇
어머니는 새벽 기도를 나가시고 나는,
갈수록 흐려지는 눈을 헤집으며 여기 앉았다
이빨을 지그시 짓누르는 삶의 회한들

그러고도 모자란 듯 호흡은 갈수록 나를 괴롭힌다
시를 쓰는 자들의 영특함, 혹은 영악함
자신과의 어떤 축, 혹은 성(城)을 구축하려는 모습이
눈을 감고 그 눈 속이 쓰릴 만큼 아프다
나는 꿈을 이루었다
이것으로 되었다
시인이 되고 싶었을 따름이지 시인으로서 굳이
어떤 말을 하고 싶지 않았다
(……)

힘이 든다
여지껏 시와 내가 지녀왔던 경계심, 혹은 긴장감들이 한꺼번
에 용해되면서 나는 밤낮으로 죽지 않을 만큼만 술을 먹었
고 그 술에 아팠다.
생각해보라
35년을 아니, 거기에서 10년을 뺀 나머지의 생애를 한 사람
이 시로 인해서 피폐해갔다

_「1999년 2월 3일 아침 04시 40분」 부분

절망보다 더 나쁜 상태가 그를 덮쳤다. 시인들의 영악함, 섹

트주의에 그는 치를 떨었다. 일찍이 김현 선생은 문학의 쓰임이 무용지목無用之木에 있다는 의미심장한 통찰을 보여준 바 있다. 실제적 쓰임이 없기 때문에 문학은 힘을 발휘할 수 있다는 아이러니한 명제는 오늘날 문학을 하는 사람들이 다시 새겨보아야 할 문제가 아니겠는가? 시인들이 문학을 통해 지나치게 실리에 복무할 때 문학의 힘은 사라지는 법이다. 사실 살아오면서 많은 인사들을 만나지만 시인들만큼 머리 좋은 집단도 없다고 개인적으로 생각한다. 작은 뉘앙스 혹은 기미 하나도 자연스럽게 간파해내는 사람들이 시인들이다. 하물며 그들이 영악하게 마음먹었을 때 벌어지는 일련의 사태들은 말하지 않아도 알 법하다.

여림 시인은 등단 후 불과 한 달 만에 그러한 징후들을 느꼈으며 혐오했다. 그리고 선언한다. '나는 꿈을 이루었다/ 이것으로 되었다'. 시인이 되었다는 사실 그 자체 외에는 어떠한 욕망도 꿈꾸지 않겠다는 선언은 그의 짧은 생애를 그대로 관통하고 말았다. 더 큰 문제는 시에 대한 긴장과 경계심이 일시에 용해되었다는 사실이다. 시와의 팽팽한 긴장 속에서 밀고 당기는 언어를 건 싸움은 시인만이 누리는 괴로움이자 최고의 쾌락이 아니겠는가? 그것이 사라졌을 때, 그는 술을 마셨다. 시로 인해 피폐해진 자신의 젊음을 돌아보는 일은 고통스럽고 괴로울 수밖에 없었을 것이다. 황폐화된 내면을 다스릴 수 있는 것은 이제 그에게 남아 있지 않았다. 술, 그리고 침묵의 언어만이 그를 따를 뿐.

종일,
살아야 한다는 근사한 이유를 생각해봤습니다.
근데 손뼉을 칠 만한 이유는 좀체
떠오르지 않았어요.

소포를 부치고,
빈 마음 한 줄 같이 동봉하고
돌아서 뜻 모르게 뚝,
떨구어지던 누운물.

저녁 무렵,
지는 해를 붙잡고 가슴 허허하다가 끊어버린 손목.
여러 갈래 짓이겨져 쏟던 피 한 줄.
손수건으로 꼭, 꼭 묶어 흐르는 피를 접어 매고
그렇게도 막막히도 바라보던 세상.
그
세상이 너무도 아름다워 나는 울었습니다.

_「살아야 한다는 근사한 이유」 부분

살아야 하는 근사한 이유를 찾기 위해 몸부림치다가 제 손목을 긋는 시인에게 세상은 막막한 곳이었지만 역설적이게 너무도 아름다운 곳이기도 하였다. 아름다운 곳이기에 그는 살고 싶어 했고, 살아야 하는 이유를 증명하기 위해 몸부림쳤던 것이다. 저 울음은 침묵을 비집고 나온 한 영혼의 떨림을 뜻하는 것이기도 하다. '누구보다 열심히 살아 있고 싶습니다'는 고백은 그가 지상에서 피운 마지막 불길이었는지 모른다. 그의 시집에 실린 연애시 형식의 시편들은 처연하고도 숨 가쁘다. '흐르는 피 꽉 움켜쥐며 그대를 생각했습니다'는 시구는 침묵 속에서 간절히 대상을 갈구하는 모습을 연상케 한다. 이제 그 대상인 그대는 실제이든 혹은 상상이든 간에 시인으로부터 떠났으며 시인을 존재하게 하는 신과도 같은 모습으로 드러난다. '네가 떠나고, 네가 없어지고, 네가 사라지고/ 난 뒤부터/ 나는 내 몸 밖에 있는 세상을 죽여버렸다'(「네가 떠나고」 부분)에서의 섬뜩한 언어는 이 세상의 마지막 끈이 그대였다는 것을 보여준다.

2012년 8월, 연희문학창작촌에서 극단 '두목'은 시인이자 극작가인 최치언의 연출로 요절 시인에 대한 추모 공연을 올렸다. 기형도, 진이정, 이연주, 여림, 신기섭 등의 시인들과 시를 소재로 한 공연은 초만원을 이루었다. 그것은 아직도 그들을 기억하는 또 기억하고 싶어 하는 사람들이 적지 않다는 것을 의미한다. 공

여림

연이 끝나고 관객들에게 요절 시인들을 소개하고 설명해달라는 최치언 시인의 부탁을 받고 나도 한쪽에 자리를 잡고 앉아 있었다. 싱어송라이터 김샛별 씨는 여림 시인의 시 「네가 가고 나서부터 비가 내렸다」를 노래로 불렀다. '네가 가고 나서부터/ 비가 내렸다./ 너를/ 보내는 길목마다.' 몽환적인 분위기가 공연장을 가득 메웠다. 그날은 실제 비가 내리고 있었다. 어떠한 감정도 실리지 않은 듯한 노랫소리는 피안을 향해 흘러가는 배처럼 우리 모두를 묘한 슬픔의 강가로 인도하고 있었다. 비 속에서 누군가 불쑥 나와서 어깨를 툭 칠 것만 같은 그 밤에 우리는 술집에서 다시 허기를 달랠 수밖에 없었다.

그는 이제 제어할 수 없을 정도로 술에 깊게 중독되어 있었다. 형제들과 상의하여 스스로 알코올중독 치료를 위해 요양병원에 입원했다. 죽음의 기운이 다가올수록 삶에 대한 의지도 강렬하게 불탔던 것. 그때 누님에게 준 한 장의 편지가 있었다. 스

병상에서 누님께 쓴 편지로
당시 절박한 심정이
곡진하게 묘사되어 있다.

프링노트를 찢어 급하게 쓴 한 장의 편지에는 죽음을 앞둔 여림 시인의 내면이 잘 담겨 있다. 하루 종일 노래를 부르거나 끊임없이 걸어다니기만 하는 사람, 틈만 나면 싸우고 하루 종일 소리를 지르는 사람, 약 기운에 취해 밥만 먹으면 종일 침대에서 잠을 자는 사람, 멀쩡한 사람이 한순간 게거품을 물고 쓰러지는 요양병원에서 그는 편지를 썼다.

기억도 가물거리겠지만 다락방에 켜켜이 쌓여 있던 그 노트와 책은 내겐 보물 같은 거였어. 또한 누나에 대한 속절없는 그리움이기도 했고… 이제 나는 내 꿈을 이루었어. 물론 그것만으로 모든 게 끝난 게 아니듯이. 오래된 상처는 생채기로 남겨 한 번씩 자신도 몰래 쓰다듬어 볼 적이면 불꽃에 데인 것처럼 놀랍고 또 한편 외로워지기도 하지. 지금의 누나와 나의 속절없는 줄다리기처럼 죽도록 힘이 들다가도 끝내는 허무한 거지. 엄마가 계시지 않았더라면 내 삶은 이미 그만두었을지도 몰라. (……) 엄마가 보고 싶네 불현듯, 그만큼 엄마와 누나는 내 영혼의 순례자이기도 해. 누나, 걱정하지 말기로 해. 우리에겐 무엇보다 소중한 그분이 함께 하시잖아. 마음 많이 상했으리라 걱정했어. 이제 우리 서로 지켜보는 존재이면 어떨런지. 누난 나보다 더 사랑하는 사람이 더 많은 축복받은 사람이니까.

_사랑하는 누나의 동생 여林

죽음을 앞에 둔 한 실존의 서늘한 내면을 이 편지에서 만나
게 된다. 육친에 대한 사랑과 안타까움, 그러면서도 좀 더 냉철해
지고자 하는 의지는, 여림 시인이 어떤 의식으로 죽음을 받아들
였든 간에 자신의 의식과 육체의 상태를 객관적으로 인지하려고
노력했다는 것을 보여준다. 시 「고릴라」는 그가 죽음 전의 자신
을 얼마나 투철하게 바라보았는가를 보여준다.

우리 집 뒷산에는 고릴라가 산다.
낮이면 꼼짝도 하지 않고 웅크리고 앉았다가
밤만 되면 한 잎 두 잎 나뭇잎을 따먹는다.
천천히 아주 천천히 고릴라는 제 몸을
움직인다.
유성이 소리 없이 지듯
풀벌레가 움직이듯
고릴라는 가만가만
몸을 뒤척인다

_「고릴라」 부분

그는 간경화로 복수가 찬 자신의 몸을 고릴라로 표현했다. 온몸이 말라가면서도 배가 불러오는 상태를, 인적을 피해 천천히 또는 가만히 움직이는 고릴라의 이미지로 형상화해서 보여준다. 식물성의 모습으로 그려진 고릴라에 여림 시인이 겹쳐지며 명징하게 자신의 종생을 지켜보는 섬뜩함을 이 시에서 느끼게 된다.

　　그의 몸은 이미 간경화로 망가져 있었다. 그가 세상을 떠나기 바로 전날, 마석 원병원에 찾아갔던 이승희 시인은 피골이 상접한 채 흰자위만 보이는 친구 여림을 보고 돌아오는 길에 참을 수 없는 눈물을 흘렸다고 했다. 다음 날 바로 부음을 받고 다시 남양주 장례식장에 도착한 그 풍경을 이승희 시인은 잊지 못했다. 11월 초였음에도 눈발은 날리고 어떤 살풍경에 몸을 떨었다고 고백했다. 박형준 시인도 말하고 있거니와 그곳은 산중턱에 있는 쓸쓸하고 외진 장례식장이었다. 친구들의 김장을 담가주고 싶어 했고, 누군가 김밥이 먹고 싶다 하면 정갈하게 김밥을 말아 친구를 찾아가고, 아르바이트로 얼마간의 돈을 벌면 이것저

것 잔뜩 사가지고 집으로 돌아오던 고운 성품의 시인이 살았을 때의 쓸쓸함과 마찬가지의 모습으로 죽음을 받아들이고 있었다. 그의 누님은 그가 죽기 전날 밤 산속 눈밭을 뛰노는 사슴 꿈을 꾸었는데 장례식장에 내려 보니 꿈에 본 곳이었다고 했다. 그의 형도 하루 전날 동생이 꿈에 나타났다고 했다. 형의 손을 잡고 "형, 우리 교회 가자"고 그를 끌었다고 했다. 동생의 죽음 이후 그의 형은 오늘날까지 교회에 다닌다고 했다.

정확한 사인은 간경화 쇼크.

마지막 운구 장면은 기이하고도 가슴 아프다. 화장을 마친 그의 유골을 들고 가족들은 남양주 그가 살던 아파트, 그의 방에 들렀다고 했다. 결혼을 하지 않았으니 아래로 혈육은 없었고 밤을 새워 시를 쓰고 침묵의 언어를 내지르던 그의 방을 한번 들렀다 가는 것으로 이 세상과 마지막 작별을 고해주고 싶었던 것이다. 고층의 아파트인 그의 방을 들렀다가 나와 엘리베이터에 올랐을 때, 문이 닫히고 엘리베이터는 갑자기 고장으로 멈추었다. 눈물겹도록 아름다운 세상에서 살아야만 하는 이유를 찾고 싶어 하던 한 영혼이 마지막 길에서 주저하였던 것이다. 한참 만에야 엘리베이터는 움직였고, 그는 자신의 길을 떠났다. 용미리 납골당에 안치되었다가 3~4년 전에 여의도 순복음교회 기도원인 크리스천 메모리얼 파크에 옮겨졌다고 한다.

◀ 1주기 추도식 겸 유고 시집 출판기념회에서
이승희 시인이 추도사를 읽고 있다(왼쪽).
많은 동료들이 참석해서 여림 시인의 죽음을
애도했다(오른쪽).

127

'나는 내 몸 밖에서는 다시는 너를 찾지도 않았고 기다리지도 않았다'는 그의 시구처럼 이곳으로부터 먼 곳에서 아프지 않기를 간절히 바란다. 그를 추모하는 박형준 시인의 시 한 편이 지금 우리 앞에 있다.

계단의 끝
— 여림을 추억함

친구는, 계단의 끝은 벼랑이었다, 라고 말하고 죽었다. 진눈깨비, 휘어진 산길, 순간순간 비명을 지르며 뒤로 미끄러지는 택시. 날이 어두워졌다. 장례식장에 내렸을 때 가장자리에 몰린 낙엽들은 얼어서 한생의 무늬로 감금되어 있었다.

늦은 밤에 귀가하면 나는 계단을 올라간다. 계단 밑에는 어둠에 가려진 그림자가 살고 있다. 그림자는 내가 한 계단 한 계단 올라갈 때마다 맑은 빛을 띠며 조금씩 형상을 갖춘다. 한 층을 올라 휘어진 난간을 돌면 차바퀴에 깔려 너덜너덜해진 담비처럼 까만 그림자도 따라 돈다. 푹신푹신해진 털뭉치같이 끌리는 소리를 내며 엉덩이에 바싹 붙어 따라온다. 내가 옥상으로 올라가는 마지막 계단을 밟을 때면, 어느 날은 담비처럼 까만 그림자에서 눈부신 빛이 흘러나와 완전한 형상을 갖추기도 하고, 혹은 형상을 갖추지 못해 고통에 찬 신음 소리를 토하다가 계단 아래로 굴러떨어진다.

어둠 속에서 봄비에 젖은 살구꽃이 현관 유리문에 붙어 있다. 깨진 창의 옹이처럼 여린 빛이 흘러나오는 꽃잎. 실핏줄이 자잘한 작은 상처. 나는 그 작은 틈으로 밀려 들어가듯 계단을 올라간다. 친구는, 계단의 끝은 벼랑이었다, 라고 말하고 죽었다. 그림자는 매번 내 뒤를 따라 계단 끝까지 올라왔다가 아래로 굴러떨어진다. 그림자는 순간 속에 결빙된 비명이거나 환희이다. 운(韻)이 맞는 날은 강렬한 빛으로 완전한 형상을 갖추지만, 그것마저 다시 저 바닥으로 굴러떨어진다.

나는 반지하도 아니고 일층도 아닌 지층에 산다. 그림자는 매번 계단 끝에 굴러떨어진다. 산비탈에 선 남양주 장례식장, 얼어 있는 낙엽, 비 내리는 봄밤 내가 사는 집 현관에 옹이처럼 달라붙은 살구꽃, 그 순간의 이미지로 계단 아래 살고 있다. 그리고 늦은 밤에 귀가하면 나는 그림자와 함께 계단의 끝을 향해 다시 올라간다.

_박형준, 「계단의 끝」 전문

나는 집으로 간다

여림

몇 번이나 주저앉았는지 모른다
햇살도 걸리고 횡단보도 신호등에도 걸려
자잘한 잡품들을 길거리에 늘어놓고 초라한
눈빛으로 행인들을 응시하는 잡상인처럼
나는 무릎을 포개고 앉아 견뎌온 생애와
버텨가야 할 생계를 간단없이 생각했다
해가 지고 구름이 떠오르고 이윽고
밥풀처럼 입술 주위로 묻어나던 싸라기눈
아줌마 여기 소주 한 병 주세요.
나는 석유 난로 그을음 자욱한 포장마차에 앉아
가락국수 한 그릇을 반찬 삼은 저녁을 먹는다
둘러보면 모두들 살붙이 같고 피붙이인 사람들
포장 틈새로 스며드는 살바람에 찬 손 가득
깨진 유리병 같은 소주 몇 잔을 털어 넣고
구겨진 지폐처럼 등이 굽어 돌아가는
사람들을 볼 때마다 나는 오랜 친구처럼
한두 마디 인사라도 허물없이 건네고 싶어진다

포장을 걷으면 환하고 따뜻한 길
좀 전에 내린 것은 눈이 아니라 별이었구나
옷자락에 묻어나는 별들의 사금파리
멀리 집의 불빛이 소혹성처럼 둥글다

여림 시인 연보

1967.	경남 거제도 장승포 출생.
1985.	서울예대 문예창작과 입학.
1999.	〈한국일보〉 신춘문예에 「실업」으로 등단.
2002. 11. 16. 타계.	
2003.	유고 시집 『안개 속으로 새들이 걸어간다』 출간.

하얀,
해변의 죽음

이 경 록

나는 마침내 한 개의 마침표가 되겠다.

그대여.

모든 그대의 쉼표가 쉼표로써 끝나고,

어미 〈……겠다〉와 함께 종결로 올 때

나는 그 끝에 쓰러져 마침표가 되겠다.

끝없는 죽음, 그 백면(白面)을 나 혼자 만나겠다.

그대여.

_「사랑가 · 3」 부분

자신의 죽음을 저토록 냉철하게 바라본 시인이 또 있었을까? 화산 같은 육신을 하얗게 소진해가던 핏발 선 눈빛이 흰 병실에서 나와 방어진으로 걸어간다. '이젠 돌아가지 말자'(「방어진 方漁津 ·2」 부분)고 다짐했던 그의 시처럼 그는 다시는 이곳으로 돌아오지 않을 것이다. 죽음을 의미하는 흰 얼굴을 혼자 만나야겠다'는 시적 진술은 시에 대한 그의 신념 혹은 의지와 관련되어 있다. 그에게 시는 모든 한계상황을 뛰어넘는 삶의 주관자였다. 그의 죽음이 여실히 그것을 증명한다. 시에 대한 그의 숭배는 종교적 모럴과도 같았던 것. 나는 한 폭의 피에타를 떠올린다. 그리고 느낀다. 옆구리에 창을 맞고 숨을 거둔 그의 주검을 안고 있는 시의 주관자를. 광배를 두른 그 주관자의 더할 수 없는 따뜻한 눈빛을. 시는 분명 그를 구원했을 것이다. 그러나 그는 '그레고리안 성가'는 거절했을 터이다. 그 자신이 스스로 노래 불렀을 것이다. 그는 자신이 '닿을 곳이 어디인지 알고 있었기 때문에 불우했고, 행

이경록 시집
「그대 나를 위해 쉼표가 되어다오」
표지 일러스트.

복했다. 욥의 고통에서 보듯 구원이란 늘 모순된 이중의 세계에서 완성되는 법이다. 고통을 스스로 관철시키는 길이야말로 참된 구원의 외길이기 때문이다. 피안에서 부른 그의 노래는 마치 남극의 텅 빈 수도원에서 들려오는 공명과도 같다. 아픔이나 슬픔도 없다. 지상이 아닌 때문이다.

> 이 뇌수의 물이 마르면, 사고도
> 모든 상상력의 힘도 내게서 사라질 것이다.
> 말 잘 듣던 신경도 자랑스럽던 햇살도
> 흙 속으로 스며 축축한 수분으로 변하고,
> 마침내 메마른 뼈들만 남아서 덜그럭거리며
> 노래부르리라.
> 나는 왔다. 세상의 끝엔 아무것도 없다고.
>
> _「사후(死後)」 부분

그는 죽어서 부를 노래를 생전에 지었다. 그에게 죽음이란 느닷없는 그 무엇이 아니라 병病이라는 이름으로 짧은 그의 삶과 늘 동행했다고 보는 편이 옳을 것이다. 존재의 소멸 끝에서 '나는 왔다. 세상의 끝엔 아무것도 없다고' 그는 노래를 부르고 싶어 했다. 그가 그 노래를 불렀을 것이라고 나는 믿고 싶다. 육탈의 지경에서 뼈만 남아 부르는 노래가 들린다. 모든 감정이 다 쓸려내려가 인간 원형의 목소리가 빚어내는 영혼의 노래가 들린다.

이경록 시인은 1948년 경북 월성군 강동면 다산 2리에서 부 이환익 씨와 모 김순연 씨의 2남 3녀 중 장남으로 출생했다. 월성군은 지금의 경주시 외곽에 위치하고 있다. 경주고등학교 재학 시절 충남대 고교 백일장에서 시가 장원으로 뽑히고, 건국대 고교 현상문예에 시가 당선되는 등 문명을 날렸다. 당시 시인들의 말을 들어보면 이미 고등학교 시절 많은 예비 시인들이 서로 교우했던 것을 알 수 있다. 대학의 백일장과 『학원』지에서의 활동 등을 통하여 서로 우편으로 또는 직접 만나 문학적 친분을 쌓아갔다. 이경록 시인도 쟁쟁한 고교생 문인이었던 것이다. 1966년에는 경주고등학교 졸업과 함께 〈충청일보〉 신춘문예 학생부에 시가 당선되기도 하였다. 그의 문학적 고뇌의 씨앗은 이미 오래전 배태되어 있었음을 알게 해준다.

그의 유고 시집에 해설을 쓴 이동순 시인께 전화를 드렸다. 혹 이경록 시인을 언급한 서지 자료가 더 있을까 싶어서였다. 자신이 쓴 해설 이외의 자료는 없을 것 같다고 친절히 답해주셨다. 이 글을 쓰게 된 경위를 물어와서 요절 시인 기획에 관한 말씀을 드렸다. 격려와 염려가 뒤섞인 중견 시인의 혜안이 대화 속에 담겨 있었다. "참 의미 있는 일이군요. 그런데 어…… 죽음의 기운과는 너무 가까이하지 마시기를……"

죽음의 기운이란 죽음보다도 더 음습하고 사소한 풍문들이 몸을 들락거리는, 일종의 질서를 와해시키는 혼돈 상태를 연상시켰다. 다음 날, 대구로 갔다. 〈자유시〉 동인과 이경록 시인의 초기 시 경향에 대해 들을 수 있을까 기대하며 이하석 시인께 전화를 드렸고 한번 오라는 답을 받았던 터였다. 맑고 푸른 4월의 봄날이었다. 대구 시내 한 음식점에서 이하석 시인은 이경록 시인을 추억했다. 1976년 4월경 이태수 시인과 이하석 시인의 주도로 〈자유시〉 동인이 결성되었다. 동인은 박정남, 박해영, 이기철, 이동순, 이태수, 이하석, 정호승 시인 등으로 1982년까지 6권의 동인지를 대구 흐름사에서 발행하였다. 그 가운데 정호승 시인은 중간에 〈반시〉 동인으로 옮겼고 강현국, 서원동 시인 등을 새로 받아들였다. 지금 그 면면을 보면 가히 대구를 넘어 한국 시단의 중진 시인들로 동인이 구성된 셈이다. 만약에 이경록 시인이 살아 있었더라면 그도 역시 한국 시의 중심에 서 있었을 것이다.

"이경록 시인의 시는 지금 읽어도 치열성과 현대성의 정도에서 탁월한 느낌을 받습니다. 알게 모르게 젊은 시인들 사이에서 그의 시는 성경의 외경처럼 읽혀왔습니다. 당시엔 어땠습니까?"

"그렇습니다. 시 정신의 측면에서 극도로 자신을 몰고 갔던 시인이죠. 한창 평가를 받으려는 찰나에 세상을 떠난 셈이지요."

"시에도 죽음에 대한 시가 자주 보입니다만……."

"자신의 죽음을 예감했다고 생각할 수밖에 없는 시편들이 많이 보입니다. 물론 발병 후에 쓴 작품들은 말할 나위 없고…….「빈혈」과 같은 시가 대표적일 것입니다."

밤이 되면 내 몸에서 피가 빠져나갑니다. 피는 어디로 가나. 피는 공중으로 공중으로 흘러서 하늘로 갑니다. 하늘나라, 피가 가는 그곳은 언제나 내 죽음의 집입니다.

피가 빠진 몸은 홀로 꿈을 꾸다가 차게 굳어서 흑연이 됩니다. 연(鉛)이 된 몸. 연(鉛)의 꿈. 연(鉛)이 눈물을 흘립니다. 내 피는 하늘에서 별이 됩니다.

_「빈혈」전문

그는 자신의 죽음을 목도한다. '밤'이야말로 시인이 우주의 미세한 움직임까지도 통찰할 수 있는 시간이다. 백혈병은 그에게 피가 빠져나가는 병으로 인식되었던 것. 피가 흘러가는 곳은 '하늘'이다. '피가 가는 그곳은 내 죽음의 집'이라는 표현은 그가 끊임없이 죽음을 의식했다는 것을 뜻한다. 그것은 그가 천상의 죽음을 꿈꾸었다는 것을 뜻하기도 한다. 피가 빠져나간 육체가 딱

이경록

딱하게 굳어 흑연이 된다는 것은 육체의 죽음을 의미한다. 그렇다면 '피'는 정신을 뜻하는 것이면서 동시에 '피'의 행방은 정신의 행로를 뜻하는 것이기도 하다. 그 정신의 꿈이 바로 '별'이다. 그의 피는 하늘로 흘러 별이 되고자 했던 것이다. '피'의 행방에 대한 목격과 증언이 바로 그에게는 시였던 셈이다.

이하석 시인의 이야기는 더 이어졌다. 강동면 그의 고향 선산으로 상여가 나가던 당시의 상황을 떠올리고 있었다. 진달래가 만발한 봄날, 젊은 주검은 모두를 비장함으로 이끌고 가기에 부족함이 없었다. 이경록 시인과 가까웠던 문인들이 진달래를 꺾어 그의 상여를 붉게 수놓았다는 것이다. 나중에 확인해보니 이경록 시인의 기일은 음력 2월 25일, 양력으로는 대체적으로 3월 말에 가까울 무렵이다. 아랫녘에는 진달래가 만발했을 때였음을 짐작할 수 있었다. 붉은 진달래꽃 상여가 젊은 시인의 주검을 감싸고 산으로 산으로 올라갔다. 슬픔을 가슴에 담고 산에서 내려올 때 상여에서 떨어진 진달래로 좁은 산길은 온통 핏빛으로 물이 들었다고 했다. 봄날 일몰을 가슴에 담고 내려오던 온몸에 금이 간 시인들을 나는 떠올릴 수 있었다. 그들은 이경록 시인이 떠난 지 2년 6개월이 되는 1979년 9월, 유고 시집 『이 식물원을 위하여』를 발행한다. 이하석 시인이 작품을 선정하고 아담하게 엮은 이 시집 책머리에는 시집 발간 경위 및 발간 비용에 대해 자세히 밝히고 있다.

이 시집은 애초 서울의 그의 대학(중앙대학교 문창과) 동문들에 의해 발간될 계획이었으나 사정에 의해 우리가 맡게 되었다. 당시 갹출됐던 십만 원을 우리가 인수했으며, 〈자유시〉 동인에서 이십만 원, 부인 이수인 여사가 이십만 원, 이경록의 향리인 경주에서 그의 친지로부터 갹출된 칠만 원으로 발간비가 충당되었다. 뒷날을 위해 이 사실을 밝혀둔다.

내가 이 글을 쓰는 시점이 윗글에서 말하는 '뒷날'이라고는 생각하지 않는다. 내가 느끼는 것은 다만 진달래꽃을 뿌리던 살아남은 자들의 따뜻한 애정이다. 시인 이경록을 잊지 않고 남겨두고 싶은 강한 욕망이 그들에게 있었던 것이다.

봄날 오후, 나는 대구를 떠나 이경록 시인의 모든 체취가 고스란히 담겨 있는 경주로 향했다. 유고 시집을 꺼내 다시 한번 읽기 시작했다. 그의 시적 문법은 여전히 날카로운 창이 되어 어지러운 내 두 눈을 찌르고 있었다. 내겐 창이 되어 날아오는 그의 시를 막아낼 방패가 없었다. 나는 그것을 온몸으로 고스란히 받아낼 수밖에 없었다.

이경록

나의 눈은 투창을 한다.
그 어느 곳이든, 장면의 한복판
날카로운 창날을 박는다.
몇 그루 나무, 흙, 돌멩이, 다족류의 벌레

그런 것들을 찍어내 온다.
찍어내 온 사물들을, 철저히 파헤치고
하나하나 분석하고, 검토한다.

그리고 다시 편성한다. 나의 눈은,
굳은 풍경의 틀, 거기에 맞춰 잘라 놓은 허상들을
시각을 통해 토막토막 반영한다.
몇 그루 나무, 흙, 돌멩이, 다족류의 벌레

나의 귀는 투망을 한다.
그 어느 곳이든, 공간의 한복판
빠짐없이 그물을 던진다.
꼬리 달린 쉼표, 마침표, 강건체의 일절(一節) 수식언들

그런 것들을 잡아내 온다.

잡아내 온 부호들을, 하나하나 풀어 놓고
철저히 분석하고, 검토한다.

그리고 다시 구성한다. 나의 귀는,
일정한 문법의 틀, 거기에 맞춰 잘라 놓은 구점(句點)들

청각을 통해 토막토막 반향한다.
꼬리 달린 쉼표, 마침표, 강건체의 일절(一節), 수식언들

_「두 개의 방법」 전문

    이 시는 그가 시를 어떻게 포착하는지를 잘 보여준다. 그의
눈과 귀는 '투창'과 '투망'이다. 시적 포에지를 획득할 때 그는 사
냥꾼이며 어부이다. 그가 노리는 것은 언제나 '장면의 한복판'이
며 '공간의 한복판'이다. 정면의 순간을 위하여 그는 창을 갈고 그
물을 손질한다. 치열한 시 정신이라는 추상적인 의미를 이처럼 구
체적인 시로 보여준 예도 드물 것이다. 그의 시가 단순한 정서의
반영 혹은 형식의 실험에 치우친 것이 아니라 온몸으로 밀고 가
고 있다는 것을 감지할 수 있다. 시가 영감의 소산이기 때문에 스
스로도 설명할 수 없다고 하는 논리는 이 시 앞에서 초라하기 짝
이 없다. '찍어내 온 사물들을, 철저히 파헤치고/ 하나하나 분석

하고, 검토'하여 기존의 '굳은 풍경의 틀, 거기에 맞춰 잘라 놓은 허상들을' 새롭게 보여주겠다는 것은 그가 가시적인 세계를 신뢰하지 않는다는 것을 보여준다. 이런 회의가 그의 시적 출발이며 동시에 방법론이기도 하다. 이동순 시인이 해설에서 지적했듯이 그의 시에는 언어학(음운, 품사, 기호)에 대한 표현이 자주 보인다. 그의 '귀'가 거둬 올린 것들은 '꼬리 달린 쉼표, 마침표, 강건체의 일절 수식언들'이다. 이 언어학적 기호와 문법의 구조를 '귀'로 잡아낸다는 것은 언어의 본질에 대한 천착을 의미한다. 일상적 발화 행위로서 '쉼표'나 '마침표' 하나도 '청각을 통해 토막토막 반향'하려는 행위야말로 시가 언어를 매개로 한다는 치열한 인식의 소산이기도 하다. 누구나 당연하다고 생각하는 것, 즉 문장이 끝나고 찍는 마침표 하나도 다시 회의하겠다는 태도를 보여주는 것이다. 또 다른 하나는 언어가 갖는 단순한 의미를 넘어 언어가 주는 떨림 혹은 울림과 같은 것에 주목했다고 볼 수도 있다.

저 허공중에 소리가 몇 개 떠 있다.
소리의 기호가 몇 개 떠 있다.

내 귀에서 그물이 던져진다. 그걸 잡는다.
내 귀의 그물은 실핏줄로 엮어진

보이지 않는 망사,

(……)

그것이 뇌로 보내지고 전파로 떨린다.
온몸의 구석구석까지, 신경망을 통해 떨려
비로소 하나의 표현이 된다.

_「표현법」 부분

　이 시도 앞의 시와 같은 발상을 보여주는데 소리의 기호를 잡아내는 것은 역시 '귀'다. 왜 '귀'인가 하는 의문은 뒤의 구절로 어느 정도 이해할 수 있다. 바로 뇌를 통해 연결된 감각기관이기 때문이다. 물론 시각도 시신경을 통해 뇌로 전달되지만 전파로 떨린다는 것은 청각을 통해 음성을 감각할 때 가능한 일이다. 그가 시를 감각의 즉각적 반응으로 쓴 것이 아니라 온몸 구석까지 떨려오는 신경망을 통해 썼다는 것을 보여주는 좋은 예들이 바로 위의 시편들이다.

　경주 시내에서 고도 제한의 기준은 왕릉이라는 소리를 들었다. 낮고 소담한 건물들이 약간은 비좁은 듯한 길을 사이에 두고 늘어서 있었다. 연녹의 새싹들은 온몸으로 자신의 생을 밀어내고 있었다. 왕릉보다 높은 건물을 지을 수 없다는 경주에 들어오면서 어떤 신령한 기운 같은 것을 느낀 것은 그다지 이상한 일이 아닐 터였다. 만약 이 길이 여행이라면 나는 아마 시내로 들어서지 않고 불국사와 보문단지를 거쳐 감포로 빠졌을 것이다. 천년의 고도가 주는 감동과 그에 비례하는 무거움을 나는 아마 바닷가에서 술로 털어버렸을 것이 뻔하다. 이하석 시인의 소개로 이경록 시인의 미망인 이수인 여사를 천마총 앞에서 만나기로 약속이 되어 있었다. 뭔가 미안한 마음이 들면서도 꼭 만나뵙고 싶다는 절박감이 앞섰다. 그런데 그 약속 장소가 바로 천마총이었다. 왕릉 앞에서 만나자는 약속을 하면서 소설 『다빈치 코드』에서와 같이 성배를 찾아가는 어떤 참을 수 없는 호기심이 내 속을 꽉 채우고 있었다. 여사를 처음 만나뵙는 순간의 인상은 풍화風化로 자신의 쓸데없는 겉모양을 털어낸 경주 남산의 마애불 그것이었다. 이수인 여사의 안내로 우정의 동산에 위치한 이경록 시인의 시비를 찾아갔다. 이경록 시인과 어떤 인연이 있었으리라. 그렇지 않고서야 까마득한 후배 시인인 내가 그를 찾아 불원천리 이 길을 헤매고 다니는 일이 어떻게 가능했겠는가?

마침 경주가 고향인 정병근 시인이 전화를 해왔다. 경주에

이경록 시비 전면의 모습.

왔음을 알리자 경주에 가게 된 이유를 자꾸 물어왔다. 사정을 말했더니 고맙다고 했다. 그날 밤이 되어서 그는 다시 내게 전화를 했다. 고맙다고 했다. 술을 한잔 사겠다고 했다. 군더더기의 그 무엇도 필요치 않았다. 그도 시인인 탓이다.

시비 앞에 섰다. 1985년 〈자유시〉 동인의 발의로 경주고 동문들이 추진하여 건립된 것으로 되어 있었다. 시비의 형상이 보통 시비들처럼 천편일률의 그것이 아니라 좌우 비대칭의 형상이면서 하늘로 비상하는 새의 모양을 하고 있었다. 누가 조각한 것인가 보았더니 기록이 남아 있지 않았다. 자세히 살펴보니 시비 뒤편 왼쪽 귀퉁이에 누군가 못으로 긁어 서명을 해놓았다. 향석 向石 이동호. 아마 그가 이 시비를 조각했을 터인데 어떤 연유에서인지 기록되지 못하고 그 자신이 아마 스스로 간단한 도구로 새겨놓은 듯싶었다. 어쩐지 돌을 향한 그의 마음과 시를 향한 이경록 시인의 마음이 서로 통했던 듯도 싶다. 시비에는 「사랑가·1」이 새겨져 있었다.

그대 며칠 전 팔백 리 밖 아화(阿火) 안말에서 띄워 보낸 사
랑한다는 말 한 마디, 오늘 아침 동남풍과 함께 닿아 내 몸
의 숨구멍을 타고 흘러 들어온다. 흘러 들어와 그 말의 숨결
이 내 심장의 피를 덥히며 온몸을 흐른다. 팔백 리 밖 사람

146

아, 그대 사랑한다는 말의 하늘 길로 또 내 말을 보낸다.

오늘 밤 금강이나 추풍령 상공에서 내 말은 사랑한다, 사랑
한다고 소리치며 떠 헤매 가리라. 잠 못 들고 뒤척이는 이 나
라의 사랑하는 마음들아, 한 마디씩 씨 받아 팔 괴고 잠들
어라.

_「사랑가·1」 전문

「사랑가」 연작은 세 편이 시집에 실려 있다. 이 시편들은 젊
은 날의 사랑에 대해 피로 쓴 절규이다. '아화'는 경주에서 영천
으로 가는 중간에 위치해 있는 작은 마을이다. 경주-금장-율동
-모량-건천-아화-익포-송포-영천으로 차의 노선이 연결되어
있었다. 「사랑가·1」은 당시 〈매일신문〉에 '아내에게'라는 제목으
로 실렸던 시이다. 이경록 시인은 결혼 후 부인과 1년간 서로 떨
어져 살았다. 이경록 시인은 서울에, 이수인 여사는 자신의 고향
인 아화에 머물면서 영천의 북원중학교 교사로 있었다. 팔백 리
밖에서 날아온 그녀의 사랑한다는 말에 대해 그가 할 수 있었던
일도 그 방향을 향해 사랑한다는 말을 띄워 보내는 것밖에는 없
었다. 그 사랑의 말은 '오늘 밤 금강이나 추풍령 상공'을 울리고
떠다녔던 것이다.

연작 가운데 첫사랑에 대한 시가 「사랑가·2」이다. 발표 당시 제목도 '첫사랑'이었던 이 시는 결혼 전의 한 여자에 대한 사랑을 형상화하고 있다. 문제는 그 사랑이 금기였다는 것이다. '이제 걸어 보라 강동 십리江東十里/ 동성동본, 네 첫사랑 9년을……'(「사랑가·2」 부분). 9년 동안 그가 사랑했던 대상은 동성동본의 여인이었던 것. 그들은 저 모든 세상 사람들을 사랑의 적으로 삼고 피눈물을 삼켰던 것이다.

시비를 만져보았다. 차디찬 대리석에서 불같은 열기가 쏟아져 이 봄날을 온통 붉게 물들였다. 사랑도 갔고, 사람도 갔다. 지금도 강동 십리에는 온통 꽃들이 낭자하게 피고 날렸다.

우정의 동산에 서 있는 시비를 몇 장 사진에 담았다. 동성동본과의 첫사랑에 대해서 이수인 여사께서 먼저 말문을 열었다. 이경록 시인이 결혼 전에 이미 고백했다는 것이다. 나는 이경록 시인의 음택으로 방향을 잡으려고 했다. 이수인 여사는 그의 음택이 있는 광동면 다산리 선산은 지금은 길이 없어 가기가 매우 힘들다고 했다. 그래도 내친걸음이라 꼭 가보고 싶었으나 이수인 여사는 겨울이나 초봄이 되면 그나마 올라가기가 쉬울 것이라고 내년 초쯤에 한번 가보자고 했다. 보문단지 안에 있는 어느 커피숍으로 자리를 옮겨 궁금했던 일들을 물어보았다.

"두 분은 어떻게 만나셨습니까?"

"어느 날 우연히 친구들과 경주도서관 앞을 지나다 시화전을 보게 되었습니다. 사실 저는 시에 대해 그리 큰 관심이 없었습니다. 우연히 어떤 시 앞에 서 있는데 한 남자가 가위를 들고 옆에 다가오면서 마음에 드시면 잘라드리겠다고 하는 거예요. 단, 점심을 한번 사라고 그러더군요. 저는 점심을 사고 싶은 마음도, 그 시화를 가지고 싶은 마음도 별로 간절하지 않았어요. 그리고 그냥 집으로 갔어요."

"그럼 그 뒤에 이경록 시인이 찾아왔나요?"

나는 통속적인 시나리오를 생각하고 있었다.

"아니에요. 제가 학교를 졸업하고 교사 대기발령 중이었는데 실업학교에 가서 잠시 경력도 쌓고 기다리라고 하더군요. 저는 그 제안을 받아들이고 학교 교무실에 들어갔는데 그 사람이 씨익 웃더군요. 임시교사로 있었던 모양이에요."

이경록은 1967년 서라벌예대 문예창작과에 입학하고 생활이 어려워 학업을 제대로 이어가지 못하다가 2년 뒤 군에 입대하고, 1972년 제대한 후 경주에서 임시교사로 있었다. 이 시절의 삶을 소설가 표성흠은 다음과 같이 기록하고 있다.

그는 고향 경주의 조그마한 중학에서 어린 싹들을 교육하기로 한 것이다. 그에게 있어 가장 행복한 시간은 여기서부터 시작되었다고 그는 말했었다. (……) 이제 그는 그 자신이 동여매었고 규정지었고 사정없이 유배당했던 자신의 양심과 청춘과 사랑과 시를 되찾을 수 있었다. 그는 거기서 진실로 아름다운 참 사랑을 발견했다. 같은 학교의 여선생 이수인을 알기 시작한 것이다. 서로의 이해와 용서로 시작된 두 사람만의 사랑은 순식간에 뜨거워지기 시작했다.'

　　그들의 사랑은 이경록 시인에게는 치유의 과정이었는지 모른다. 지나간 사랑과 생활의 고통을 치유하게 되는 계기가 바로 이수인 여사와의 만남이었기 때문이다. 이 만남 속에서 1973년 〈매일신문〉 신춘문예에 당선되는 기쁨을 누린다. 당선작 「달팽이」는 맹목적인 현대인의 삶을 비판적으로 묘사하고 있다. 1974년 구식의 결혼식 후 1년간 따로 살다가 서울에 생활의 터를 잡는다. 남편은 학교에 가고 단칸방에서 이수인 여사는 과외를 하면서 뒷바라지를 했다. 75~76년경의 생활에 대해 이야기하며 이수인 여사는 행복한 표정을 지었다. 이수인 여사에게서는 낙천적 삶의 태도가 몸에 밴 분이라는 인상이 풍겨졌다. 그 당시의 삶이 그리 신산스럽게 느껴지지 않았다고 했다. 이세룡 시인과 등단 전의 오정국 시인 등이 자주 왕래했다고 기억을 떠올렸다. 이수인 여사는 친구들이 찾아오면 밥을 해주고 함께 먹고 하는 일이 몹시

이경록

즐거웠다고 추억했다. 혹 자신이 만든 음식이 맛이 없을까 염려스러워 남편에게 물으면 항상 최고라고 격려해주었다고 했다. 한번 이세룡 시인이 집에 와서 음식을 차려냈으나 찬은 들지 않고 밥만 먹고 돌아가서 남편에게 물었다.

"내가 한 음식이 맛이 없어요?"

"아이다. 와?"

"이세룡 씨가 갈치에 손도 안 대는 걸 보니……"

"아이다. 그놈 입이 이상한 거다."

부부는 박장대소하고 웃었다. 그들의 일상은 누구나 그렇듯 소탈한 것이었다. 과외가 성황을 이루자 방 한 칸을 더 빌리고 친정집에서 보내준 식모와 함께 생활했다고 말하며 지금이라면 가능키나 한 일이냐며 웃었다. 이경록 시인은 부인과 함께 잠들었지만 새벽에는 늘 깨어 있었다고 한다. 시란 아름다운 그 무엇으로 알았던 이수인 여사는 남편이 시를 쓰는 과정을 지켜보며 시란 고통의 결과물이라는 것을 알았다고 했다. 한 손가락이 없어지더라도 좋은 시를 쓸 수 있다면 그렇게 하겠다는 말을 듣고 시라는 것이 자신이 생각했던 아름다운 그 무엇이 아니라고 생각하기 시작했다. 이미 발표했던 시도 고치고 또 고쳤다는 것이다. 또 다른 일화는 밤에 잠 좀 자면서 시를 쓰라고 애정 어린 충고를 하자 "○○는 라면만 먹고 글을 쓰는데 지면 안 된다"고 자신을 스스로 벼렸다는 것이다. 치열한 그의 의식만큼 그의 시들 또한 극점에 이르게 하고 싶다는 강렬한 욕망을 보여준다.

> 지도로 보는 이 남극권의, 무수한 지명과 해안명, 그 위에 씌워진 날줄과 씨금, 그것은 누구의 것도 아니다. 람베르트, 오직 그대의 것이다. 비전도 없고, 사상도 없는 무정부주의, 문명과 비판에서 떨어져 살아온 역사 밖의 역사, 지리 밖의 지리, 이곳에서는 문법의 쉼표 마침표들, 또 말의 기침들까지도 얼어붙는다.

_「남극탐험」 부분

이경록 시인에게 남극이란 누군가에 의해 낙인찍힌 공간이 아니라 시원始原의 의식을 상징하는 공간이다. 그곳은 깊은 얼음 아래 생명을 품고 있으며 오로라의 환상이 펼쳐지는 불가사의한 땅이기도 하다. 아마 그가 지향했던 시 의식의 공간적 상징이 남극이었을 터이다. '역사 밖의 역사, 지리 밖의 지리'라는 시구가 의미하듯 그가 지향했던 시는 '시 밖의 시'였을 가능성이 크다. 새로 시작해야 하는, 처음 걸어가야 하는 시적 세계에 대한 그의 지향을 읽을 수 있다. 그는 아무도 가보지 않은 길을 가고자 했던 것이다. 비시非詩 혹은 반시反詩에 대한 지향은 그의 시가 가진 현대성과도 맥락이 상통한다. 그는 전통 서정의 세계로부터 이미 멀리 떠나 있었던 것이다. '비전도 없고, 사상도 없는 무정부주의'가 그가 거처하고자 했던 시의 집인 셈이다.

「이 식물원을 위하여」 연작은 그의 독특한 시세계를 유감없이 보여준 수작들이다. 오늘날의 많은 시인들이 무의식적으로 도용하는 식물의 정태적 안정감, 정서의 순수성과는 거리가 먼 식물의 야수성을 그의 시에서 볼 수 있는 것은 우리 시단에서 귀하고도 드문 현상이다.

> 지랄 좀 하게 해주세요. 너무 갑갑합니다. 아무 지랄이라도 좋으니, 좀 하게 해주세요. 이 울안에서 좀 벗어나게 해주세요. 내 지랄로 어떻게 벗어나느냐고요? 그래요, 벗어났다는 느낌이라도 들게 해주세요.

> 아침에 보면, 진달래가 시들고 개나리도 짓이겨져 있다. 벗어나기 위해서, 벗어남과의 싸움 끝에……

_「이 식물원을 위하여·4」 전문

식물원의 정적인 상태가 우리 삶의 한 알레고리이든 이경록 시인의 내적 세계에 대한 비유이든 간에 시적 화자는 지금의 상태로부터 벗어나고 싶다. 벗어나고자 하는 몸부림이 바로 '지랄'이다. 철창의 우리에 갇힌 사자의 울부짖음과도 같은 탈출의 욕망이 폭발하고 있는 것이다. 벗어나고 싶다는 절실함은 실제는 그러지 못하더라도 벗어났다는 '느낌'만이라도 갖고 싶다고 진술한다. '짓이겨져 있다'는 시적 진술은 현재 상태를 벗어나기 위한 심리적 싸움을 뜻한다. 그는 아침마다 싸움의 끝에 남은 짓이겨진 상처를 바라보았던 것이다. 그 싸움은 이경록 시인에게는 존재의 이유와도 같았던 것이라 할 수 있다. '우리 서로 합창합시다. 구화口話로/ 꽃을 피웁시다. 구화로/ 우리만의 암유暗喩를 위해서, 구화로/ 우리만의 결사를 지키기 위해서, 구화로'(「이 식물원을 위하여·5」 부분). 그는 식물원으로 상징되는 존재의 감옥을 벗어나기 위해 구화로 합창하자고 제안한다. 구화는 상대자의 말을 그 입술의 움직임과 얼굴 표정을 보고 이해하며, 그 모형을 모방하고 호흡을 조정함으로써 말을 할 수 있게 하는 방법이다. 소리를 들을 수 없는 절규라는 점에서 더 처절하게 읽힌다. 「이 식물원을 위하여·1」에서도 '몇 번이나 안타깝게 수화手話만 보내다가 놈은 마침내 쓰러지고 맙니다'라고 표현하고 있다. '구화'와 '수화'가 가진 동일성은 말할 수 없다는 것이다. 70년대 정치적 탄압을 여러 가지 방식으로 설명할 수 있을 터이지만 그중 대표적인 것이 말의 자유를 억압하는 것이었다. 이경록 시인의 시는 현실에

이경록

서 일정한 거리를 취한 듯 보이지만 늘 현실의 핵을 포함하고 있었다고 할 수 있다. '안경을 벗고 봐/ 해남에서 부령까지, 푸른 잎의 나무들/ 똑같은 동화작용하고 있어'(「도마질」 부분)와 같은 시도 민족의 현실에 대한 날카로운 비판 의식을 보여준다. 그는 이 연작을 쓰기 위해 남산식물원과 창경원으로 몇 번이나 답사를 다녀왔다. 그의 시적 안목은 이렇듯 냉철하고도 복합적인 인식의 결과였던 것이다.

「이 식물원을 위하여」 연작을 쓰던 시기는 짧은 그의 생애에서 가장 빛나던 시기였다. 이 무렵 김현 선생으로부터 「이 식물원을 위하여」 연작이 너무 신선하다는 격려를 받고 「겨울 바다」 연작을 부탁받은 시기이기도 하다. 이수인 여사는 당시를 이렇게 회상했다. "저는 그이가 김현이라는 분의 전화 한 통에 왜 그리 좋아했는지 잘 몰랐습니다. 그이는 「겨울 바다」 연작을 쓰려고 많은 준비를 했습니다."

한국 시 최고의 감별사 김현 선생의 평가는 그를 시에 더욱 매진하게 했을 터이다. 그러나 1977년은 그가 대학을 졸업한 해이자 타계한 해이다. 1976년 말경, 숨이 차고 어지러운 증상을 느낀 이경록 시인은 부인의 권유로 병원에서 진찰을 받는다. 악성빈혈로 생각한 병은 나중에 백혈병으로 판명난다. 죽음의 그림자가 그에게 다가온 것이다. 시작 초기부터 늘 죽음의 연기를 피워올리던 시편들을 다시 한번 떠올리게 하는 순간이다.

> 그대는 죽어서 무주총(無主塚)을 이루고,
> 나는 살아서 이렇게 무주총(無主塚)을 만든다.
> 한 아름 잘라내어 끝을 맺는 갈대꽃
> 새로 만든 그대 무덤에 갈대꽃을 뿌리고
> 돌아가며 누렇게 제주(祭酒) 몇 잔을 날린다.
> 이제 그대는 파헤쳤던 그대 죽음을 거두고
> 혼(魂)만 남아서 저 바람 속을 떠나리라.
> 떠나리라, 나는 무주총이장노동자(無主塚移葬勞動者)
> 살아서 이 세상의 어둠 속을 방황하고
> 죽어서도 그대처럼 죽음 속을 헤매일 몸
> 그래 내 마음도 산마루에 무주총(無主塚) 되어 남는다.
>
> _「무주총(無主塚)」 부분

이 작품이 경험의 소산인지 상상력의 소산인지 나는 알지 못한다. 그러나 너무도 생생한 묘사들은 온몸에 소름을 돋게 한다. 주인 없는 무덤을 옮기는 노동자가 된 화자는 죽은 자를 만난다. 그가 만난 것은 '외로운 얼굴'을 한 죽은 자의 형상이며 '그 대 살았던 날의 목소리는 잊히고, 웅웅거리는/ 몇 가닥 장모음'이

이경록

다. 주인 없는 무덤을 옮겨 새로 만들면서 그는 '혼만 남아서 저 바람 속을 떠나리라'고 죽은 자를 애도한다. 그리고 그 자신이 '산마루에 무주총 되어 남는다'. 그에게 죽음이란 오랜 연습과도 같이 내면에 자리 잡고 있었던 것이라 생각하지 않을 수 없다.

이수인 여사는 나중에 병명을 알게 되었지만 그 사실이 곧 죽음으로 연결될 것이라고는 생각조차 하지 않았다고 했다. 흑석동 성심가톨릭병원에서 6개월간의 투병 생활이 이어졌다. 차도가 있으면 경주로 내려오기도 하고, 다시 입원하기도 하는 힘든 시기였다. 이동순 시인은 정호승 시인의 말을 빌려 이경록 시인의 종생기 언저리를 다음과 같이 들려준다. '그의 종생 부근을 지켜본 정호승의 말에 의하면 임종 무렵 그의 병상을 둘러싼 수녀들이 그에게 사망 이후의 안식을 위하여 요셉이라는 가톨릭 본명을 큰 소리로 귓전에 환기시켜줄 때—그는 평소에 아무런 종교도 갖지 않았다— 의식이 혼미한 가운데서도 그는 도리질로 본명 받기를 거부했는데, 이것은 시인으로서의 그의 본연의 자세를 끝끝내 지키고자 한 것으로 볼 수 있겠다.' 신화같이 남아 있는 이 이야기를 조심스럽게 이수인 여사께 여쭈어보았다.

"맞아요. 그런 일이 있었어요. 요셉이라는 이름은 시인 이경록과는 다른 것으로 생각했던 거지요. 그러나 그때 돌아가신 것은 아닙니다. 그 일 이후에 다시 회복이 되어서 좀 더 사셨지요.

마지막 여행이 있었습니다."

"꼭 가보고 싶은 곳이 있으셨나 보네요."

"김현 선생으로부터 청탁받은 「겨울 바다」 연작을 쓰기 위해서 바다에 꼭 가고 싶어 했어요. 몸이 아파서 병원에 있으면서도 계속 시를 쓰려 했지요. 그러나 고통이 너무 커서 잘 쓰지를 못하다가 어떻게 해서든지 바다에 가고자 했습니다. 대구에 들러 문인들을 만나고 해운대까지 갔지요. 해운대에서 돌아와서 곧 돌아가셨습니다."

"마지막 여행이었던 셈이군요."

그렇다. 그는 이 세상을 떠나기 직전까지도 시를 쓰고자 몸부림쳤던 것이다.

파도소리, 한밤내 내 귓가에 쌓이고, 마침내 온 바다가 귓속으로 몰려든다. 귓속으로 몰려드는 바다. 나는 바다의 말라붙은 바닥을 걸어간다. 걸어가라 걸어가라 저 멀리 보이는 그대 잠의 해구(海溝). 그곳에 돋아 있는 무수한 꿈의 바닷말들, 오 일렁이는 바닷말들. 나는 말을 뜯어 대궁이째 씹는다. 질겅질겅 씹히는 말 대궁이, 몰려드는 바다. 이젠 돌아가지 말자, 돌아가지 말자고 온 바다가 소리친다. 한밤내 비린내 풍기는 그대 숨소리, 내 귓가에 쌓이고, 쌓이고, 쌓이다가 마침내 내 잠의 제방을 무너뜨린다. 이젠 돌아가지 말자.

_「방어진(方魚津)·2」 전문

그는 자신이 너무도 그리던 겨울 바다로 성큼성큼 걸어 들어갔다. 음력 2월 25일이 그의 기일이다. 두 달 뒤인 양력 6월 21일, 유복자가 태어났다. 생애 유일한 혈육인 그의 딸이 중앙대 문창과 대학원을 졸업한 것은 다만 우연만은 아닐 듯싶다. 이수인 여사는 남편으로 인해 맺어진 인연에 대해 말해주었다. 유복자인 딸은 남편의 은사였던 구상 선생님을 할아버지로 섬기며 30년을 살아왔고, 구상 선생님은 그 딸의 이름도 직접 지어주었다. 화정和庭이라는 이름 속에는 일찍 죽은 제자의 딸을 바라보는 간절한 바람이 서려 있을 터였다. 평생을 늘 관심을 가지고 바라보아준 사람은 정호승 시인이었다. 가끔 전화로 혹은 경주를 방문하여 따뜻한 말을 건네고 위로해준 인연에 늘 감사하고 있다고 하셨다. 한 장의 오래된 사진을 보여주셨는데, 그 안에는 임홍재 시인이 있었고, 신현정 시인도 있었다. 몇은 가고 몇은 남았다.

1992년, 시집 『이 식물원을 위하여』를 보완해서 고려원에서 『그대 나를 위해 쉼표가 되어다오』를 출간했다. 출판기념회의 사진이 남아 있었다. 정진규, 이하석, 정호승, 이태수, 이세룡 시인 등의 얼굴이 보인다. 지금은 사라진 불국사 문화원 자리에 그를 추모하고자 하는 문인들이 그렇듯 찾아들었던 것은 그가 남긴 시의 향기를 오래도록 잊지 못한 것 이외에 또 다른 무슨 이유가 있었으랴. 뒷날 한 젊은 후배 시인은 이경록 시인이 남긴 시의 향기를 아래와 같이 호흡하고 있었다.

어느 다락에서도 내쫓겨 고물장수 리어카에 사형수처럼 끌려 다니다가 헌책방 주인에게 구원받은 『이 식물원을 위하여』는 시를 쓰다 시인 행세 제대로 못해 보고 죽은 이경록의 시집이다. 덤으로 그저 주는 시집이란 말이다. (세상에 덤으로 주어지는 시집도 있단 말인가. 있기야 하지만 그에게는 억울한 일이다.) 그저 주는 시집이라고 해서 저주받은 시집이 아니다. 아니다. 혹 저주받은 시집인지도 모른다. 시집 한 권에 목숨을 바쳤으니 저주받았다 이야기할 수 있을지도 모른다.

― 저, 이경록 씨죠?
― 그렇습니다만.
― 요즘 식물원 잘됩니까?

― 그저 그렇죠. 식물은 원래 땅에 뿌리를 박고 살아야 하는
데 이곳엔 흙이 없어서.

― 흙 좀 보내드릴까요?

― 고맙지만 필요 없습니다. 이곳 식물들은 구름에 뿌리를 내
리고 사는 법을 알지요.

― 어떤 식물들인지 궁금하군요.

― 그런데 댁은 누구십니까?

― 저는……

거기서 통화는 두절되었다.
지상이나 천상,
어느 교환기의 고장이겠지.

_이진우, 「시인 이경록과의 통화」 전문

'눈 속에 묻혀 있는 이 시대에 우리는 떠나고 있다'(「폭우기」
부분)고 그는 노래했다. 시인이란 어쩌면 이 시대를 떠나야 하는
운명을 타고난 사람들일지도 모른다. 떠나지 않은 시인들이란 이
시대에 마춰당한 불우한 존재들일 뿐이다. '나는 나의 내장에, 구
형矩刑의/ 작고 빛나는 못을 박는다'(「시간」 부분)라는 시구는 자
신을 끝까지 밀고 간 한 시인의 빛나는 자기 고백이었던 것이다.

◀ 이경록 시인이 타계한 지 3년이 지난 뒤.
토함문학동인회 주관으로
추모의 밤이 경주에서 열렸다.

소금

이경록

1

나는 발표했어, 오늘 아침
저 바다에 관한 새로운 교서를,
오늘 아침 나는 발표했어.
지금까지는 너무 수월했어. 나도 알아.
너무 적에게 말려들었어.
한여름 내내 뜨겁던 여론, 뜨겁던
햇빛만으로 되는 줄 알았어.
어떤 국지전에도 견뎌낼 수 있는 강건한,
짜디짠 소금이 구워지는 줄 알았어.
나도 알아. 그게 나의 취약성이야.
부삽에 떠올려진 조수 속의 염분을
언제나 객관적으로만 보는 버릇,
사태의 핵을 뚫어보지 못하는 점,
그게 나의 고쳐지지 않는 결점이야.
물론 이번의 참패는 아무것도 아냐. 나는 발표했어.

2
전 해안은 이미 봉쇄되었어, 끝났어.
이제 내게 필요한 건 바다의 총면적, 아니
퍼렇게 끓고 있는 바닷물의 총량이야.
그 속에 숨어 있는 적들의 분포도, 희고 단단한
아마, 변하지 않는 소수의 강경파.
그들의 뿌리를 뽑고 구워내는 일이야.
그리고 나는 다시 휘어잡고 다스리겠어.
저 맹물만 남은 바다, 정신이 죽은 바다를……

이경록 시인 연보

1948. 1. 8.   경북 월성군 강동면 출생.
1965.   충남대 전국고교생 백일장 시 장원. 건국대 고교생 현상문예 시 당선.
1966.   《충청일보》 신춘문예 학생부 시 당선. 경주고등학교 졸업. 신라문화제 시 장원.
1967.   서라벌예대 문예창작과 입학.
1973.   《매일신문》 신춘문예 시 당선.
1974.   『월간문학』 신인상 당선. 이수인 씨와 결혼.
1976.   박정남, 박해수, 이기철, 이동순, 이태수, 이하석, 정호승 등과 〈자유시〉 동인 결성.
             백혈병 발병.
1977. 4. 14. 끈질긴 투병 끝에 타계.
1979.   동료들에 의해 『이 식물원(植物園)을 위하여』 발행.
1986.   경주시 진현동 '우정의 동산'에 이경록 시비 제막.
1992.   『이 식물원(植物園)을 위하여』를 보완하여 『그대 나를 위해 쉼표가 되어다오』 간행.

서른한 번의 죽음
그리고
서른한 번의 가을

김민부

내 젊은 몸을 뜯던
겨울 이(虱)를……
아— 밤마다 나는 되뇌었노라

이렇게 될 줄 알았더라면
학교에나 열심히 다닐 것을……

「비가 · 2」 부분

비감한 어조의 이 시를 읽으며 독일의 시인 프리드리히 횔덜린을 떠올렸다. "궁핍한 시대에 시인들은 왜 존재하는가를 나는 모른다"고 되새기며 방황했던 횔덜린의 시처럼 김민부 시인은 자신의 불우함을 밤마다 거울에 비추어 보았던 것이다. 일찍이 여러 논자들이 입을 모아 그가 천재였음을 증언하였지만, 정작 본인은 밤마다 자신을 물어뜯는 궁핍과 싸웠던 것이다. 그의 생을 돌이켜보건대 너무도 이른 나이에 가장 높은 정점에 이르렀다가 누구보다 빨리 가장 깊은 망각의 강으로 사라진 셈이다. 문학에서 천재적 재능을 지녔던 그가 '학교에나 열심히 다닐 것'이라는 서술로 자신의 고통을 드러낸 것은 아이러니하고도 슬픈 풍경이기도 하다. 그의 일생을 돌아보면 '학교'는 그에게 통과의례의 과정이었음이 분명하다. 초등학교 때의 월반越班이 그러하고 학교 성적이 그리 탐탁지 않았음에도 부산 시내 중학 입학고사에서 수석을 차지한 사실도 그러하다. 또한 고교 시절 신춘문예 당선도 '학교'라는 제도에서 보면 불가능한 일이기도 했다. 그러한 그가 '학교'에 열심히 다니지 못한 것을 반성하는 장면은 외적인 삶의 형태와 상관없이 내면적으로 끝없이 방황했다는 것을 의미한다.

김민부 시인을 기억하는 사람이라면 가곡으로 불리는 「기다리는 마음」을 떠올릴 수 있으리라. '일출봉에 해 뜨거든 날 불러주오/ 월출봉에 달 뜨거든 날 불러주오/ 기다려도 기다려도 님 오지 않고/ 빨래 소리 물레 소리에 눈물 흘렸네'. 이 시는 천상 노래일 수밖에 없다. 난삽하지 않으면서 우리 정서의 명치를 울리는 마지막 구절은 말 그대로 절창이 아닐 수 없다. '빨래 소리' 와 '물레 소리'에 스민 정서는 우리 내면에 잠재된 아련한 그리움의 향수 바로 그것이다. 그는 아마도 시가 노래라는 것을 선험적으로 체득하고 실천한 몇 안 되는 시인일 것이다.

어느 날 우연히 윤제림 시인과 술자리에서 만나 이야기를 나누던 중 김민부 시인에 대한 이야기가 화제로 떠올랐다. 윤제림 시인은 그 부분에서 자세를 고치며 그의 뛰어난 시편들에 대해 말해주었다. 그는 이미 동국대 신문 칼럼에 '시의 별들이 강물을 이루는 동악(동국대)의 하늘이지만 그만치 빛나는 별이 어디 그리 흔하던가'라고 김민부 시인을 애도한 바 있다. 김민부라는 이름을 기억하는 이도 드문 터에 윤제림 시인의 이야기는 김민부 시인을 찾아보아야겠다는 열망으로 나를 들뜨게 했다.

김민부 시인의 사진은 거의 남아 있지 않다.
이국적인 그의 마스크를 확인할 수 있다.

김민부 시인은 1941년 3월 14일 부산 수정동에서 김상필 씨와 신정순 씨의 장남으로 출생했다. 김민부 시인과 초등학교 동창인 조용우 전 〈국민일보〉 회장은 김민부 시인의 생가를 장다리꽃이 피어 있고 말들이 여러 필 있었던 것으로 기억하고 있었다. 특히나 기독교 신자였던 그의 부친은 많은 아이들이 벽에 낙서를 해도 그대로 둘 정도로 개방적이며 진보적이었다고 한다. 뒷날 김민부 시인의 기발한 상상력은 아마도 부친의 자유로운 교육 태도와도 많은 관련이 있었을 것이다. 동네 인근에 아버지 친구가 운영하던 서점에서 무릎을 꿇고 하루 종일 책을 보던 소년 김민부는 성남초등학교 2학년 시절 더 이상 배울 게 없어 3학년으로 월반을 하게 된다. 그가 평생을 통해 지닌 자신감 혹은 우월감은 이때부터 형성된 것이라 해도 무방할 것이다. 3학년으로 월반하여 다른 아이들로부터 두들겨맞던 김민부 시인을 따뜻하게 감싸주었던 사람이 바로 조용우 회장이었다. 그는 김민부 시인을 '어린 나이였지만 자기가 천재라는 데 대한 자부심이 강하고, 약간 과장기는 있었지만 상상력이 풍부하고, 독서량이 많고, 코를 많이 흘리던 친구'라고 기억하고 있었다. 흐르는 코를 안 닦고 쑥쑥 들이마시는 통에 친구의 누이로부터 "황소가 한 마리 왔다 갔다 한다"는 놀림을 받던 김민부 시인의 모습은 생각만 해도 악동의 그것으로 남는다. 한동네에 살면서 어린 우정을 나누던 이 두 친구는 서로 다른 중학교로 진학하면서 어느 정도 거리를 가지게 된다. 한 번 듣거나 본 것을 잊지 않는 그의 천재성은 초등학교 시절부터 인정받은 바 있다. 학교 생활이 그리 성실한 편은 아니었으나 공동 출제 중학 입시에서 부산 시내 최고 점수를 받을 정도로 뛰어난 천재성을 발휘한 김민부 시인은 중학교에 들어와 김병석이라는 본명을 김민부로 바꾸게 된다. 어느 날 조용우 회장 집을 방문한 부산중학교 2학년생 김민부 시인은 서가에 꽂혀 있던 이백의 시집 원전을 줄줄 읽어 또 한 번 친구를 놀라게 한다. 그는 또한 초량동 산동네에 좋아하는 여학생을 찾아가 하루 종일 그 집 앞에서 진을 치는 낭만성도 함께 지니고 있었다. 그의 평생의 친구였던 황규정 변호사는 어린 시절 김민부가 쓴 시의 일부를 기억하고 있었다. '산은 시그널/ 봄이 오면/ 알려주지요.' 아마 '시그널'이라는 시어의 구사에 어린 김민부가 스스로 몹시 흡족해했을 풍경이 눈에 잡힐 듯하다.

연역적으로 보자면 그의 인생의 최절정기는 부산고등학교 시절이었다고 할 수 있다. 그에 대한 추억의 절반이 고등학교 시

부산고등학교 구교사의 모습.
지금은 이미 사라진 건물이다.
부산고는 김민부의 문학적
산실이었다.

절에 바쳐진 것도 이러한 사정과 관련이 깊다. 부산고등학교 교지인 『청조淸潮』를 편집하고, 부산 시내 고등학교 문학 대표자 모임 격인 〈죽순竹筍〉 동인의 주도적 역할을 맡았던 것도 그랬다. 1956년 고1 때 〈동아일보〉 신춘문예에 시조 「석류石榴」가 입선으로 뽑히면서 그의 천재성은 드러난다.

　　불타오르는 정열에
　　앵도라진 입술로
　　남 몰래 숨겨온
　　말 못할 그리움아
　　이제야 가슴 뼈개고
　　나를 보라 하더라
　　나를 보라 하더라

_「석류」 전문

이 작품은 시조 부문에서 입선된 작품이다. 당시 신춘문예에 투고되는 시조의 경우 평시조 한 수를 달랑 내는 예는 드물었다 한다. 대개는 연시조의 형식을 취하여 충분히 자신들의 역량을 과시하려 하였지만, 김민부 시인은 이 단 한 수로 신춘문예에 도전장을 내민 것이다. 이 시조는 시조가 지니는 전통의 미를 구현하면서도 '가슴 뼈개고'와 같은 자신만의 강렬한 예술혼을 담고 있다. 아이러니한 이야기지만 치열한 시 정신이 운율에 녹아 버린 예를 우리는 무수히 찾아볼 수 있다. 촌철살인의 한 구절이야말로 그 유연한 운율로부터 시의 참된 의미를 살려내는 한 방법론일 것이다. 그러한 점에서 비유컨대 김민부 시인은 타고난 가객이자 검객이기도 하였다.

　토요일 오후 부산으로 가는 길은 길고도 지루했다. 곳곳이 정체였으며 특히 양산 부근에서는 도로 확장 작업으로 두 시간 이상 지체를 거듭해야 했다. 오후 2시에 출발해서 부산 시내에 들어갔을 때는 이미 8시가 넘어 있었다. 막연히 오후에 대남 로터리에서 김민부 시인과 가장 가까웠던 친구인 황규정 변호사를 만나기로 약속이 되어 있었다. 늦은 저녁이 되어서야 비로소 황규정 변호사와 자리를 함께 하게 되었다. 황규정 변호사는 김민부 시인과 중·고등학교 시절 절친하게 지냈던 것은 물론 서울대 입시를 치르러 함께 상경했으며 서로 다른 학교에 다니면서도 동숭동에서 같이 하숙을 했다. 그의 종생을 지킨 사람도 그였으며 지금까지도 김민부 시인을 가장 잘 기억하는 사람이기도 하다.

　"고등학교 시절에 어떤 분이셨습니까?"

　"엉뚱하고 상상력이 탁월한 친구라. 다른 아-들이 생각하는 것과는 달랐다. 한번은 화병을 가만히 보더니 저런 거는 모할라

꼬 갖다놓는지 모르겠다 카더라. 그래서 내가 '와' 하고 물으니까 화병은 죽은 식물의 생식기라 카더라."

"엉뚱하신 면이 있었군요."

"하므. 고1 때 시를 한번 보여주드만. 가만 보니까 어디서 본 듯한기라. 그때 우리 집에 책이 많았는데 집에 와서 찾아보니까 권환의 시를 모작했더구마. 가끔씩은 정지용 시도 모방하기도 했고. 하긴 그런 시절을 겪어야 시인이 되는 거 아이가. 천재적인 기질이 있으면서 뻥이 심했지. 언젠가는 지가 검도의 달인이라 카더라. 그때 나는 검도를 몇 년 동안 배웠는데 그냥 웃고 말았다."

"당시 시는 어떠했습니까?"

"열정이 대단했다. 지금은 없어졌지만 복원여고 백일장에서 장원을 한 작품은 자신이 쓰고도 자부심이 대단했다. 기억이 잘 나지는 않지만 '석등에 무슨 이름을 달아주자'로 시작되는 시인데, 나도 들으면서 감동했다. 제목이 '석등'이었는데, 그 시가 지금은 없다. 아깝다. 민부도 써놓고 최고라고 지 스스로 감동했던 기라."

"당시에 어떤 분들로부터 영향을 받았는지 혹 아시는 것이 있습니까?"

"책은 많이 읽었다. 『문학청년에게 고함』이라는 책을 1년 내

내 끼고 다녔지. 아마 지한테 많은 영향을 주었던 모양이라. 김민부 원고지라고 쓰인 자기 원고지에 글을 쓸 때면 참 멋은 있었다. 두 자 쓰고 버리고 한 줄 쓰고 버리고, 옆에 파지가 수북했다."

"참, 고2 때 시집도 낸 걸로 알고 있습니다만……"

"시집을 낼라 카는데 돈이 어디 있나. 내가 잘 아는 집 아저씨가 인쇄소를 해서 가서 부탁하지 않았나. '항아리'라는 제목을 달고 한 권의 책으로 나왔지."

이 시집은 부산 초기 문단과 김민부를 회고할 때면 두고두고 이야기된다. 고등학교 2학년이 낸 시집의 시편들은 물론이거니와 시집 후기는 고교 시절의 김민부 시인이 과연 어떠한 자세로 시에 임했는지 알 수 있게 해주는 소중한 자료이기도 하다.

그러나 순수한 시세계의 경지에서 우러나는 감동의 미를 추구하는 것이라는 나의 시의 개념은 이 시집의 전반부인 '산그늘'의 「항아리」 등을 중심으로 내면적인 고전 선율의 추구와 더불어 그 궁극의 심상을 찾아 방황하였던 것이다. 그렇다고 해서 후반부인 '벼랑'에 와서 그 자세가 돌변한 것이냐 하면 그렇지도 않다. 다만 고답적이고 안이한 향훈을 배제하고 의지와 정열의 상아탑을 다듬어 세우며 사려의 비중을 더하던 비교적 근래의 작품들일 뿐이다.

시집 후기에 실린 이 글은 적어도 자신이 어떤 작업을 하고 있으며, 시 작업의 성과가 무엇인지 분명히 인지하고 있음을 보여준다. 전통 서정시의 맥락을 이어가면서도 '사려의 비중'을 염두에 둔 시 작업에 대한 지향은 오늘날 서정시의 과제와 같은 맥락에 선 고민이라 할 수 있다. 그는 고2 때 이미 발레리의 순수 시론을 현대성이라는 개념을 통해 이해했을 정도로 조숙했다. 이러한 맥락에서 보면 고등학교 졸업을 앞둔 1958년 〈한국일보〉 신춘문예에 「균열龜裂」이 당선된 것은 어렵지 않게 수긍이 가는 일이기도 하다.

달이 오르면 배가 곯아
배곯은 바위는 말이 없어

할 일 없이 꽃 같은 거
처녀 같은 거나

남몰래 제 어깨에다
새기고들 있었다

김민부

징역 사는 사람들의
눈 먼 사투리는

밤의 소용돌이 속에
파묻힌 푸른 달빛

없는 것, 그 어둠 밑에서
흘러가는 물소리

바람 불어……, 아무렇게나 그려진
그것의 의미(意味)는

저승인가 깊고 깊은
바위 속의 울음인가

더구나 내 죽은 후에
이 세상에 남겨질 말씀쯤인가

「균열」 전문

고등학생이 쓴 이 시조는 그 유려한 운율 때문에 잘 읽히기는 하지만 그 의미가 무엇인지 말하려면 쉽지 않다. 첫 시집이 나온 후 곧 이 시로 신춘문예에 당선된 것을 감안한다면, 첫 시집의 후기를 다시 한번 살펴볼 필요가 있다.

산문적인 요소와 감각적인 경험세계를 배제함으로써 순백한 경지에서 감동의 미를 추구하는 것이 나의 시 정신이기도 했다.

이러한 발언에서 김민부 시인의 시 창작 방법에 관한 두 가지 요소를 찾아낼 수 있다. 하나는 산문성의 배제로, 그가 창작 초기 시조의 운율에 집착했던 것은 이와 관련되어 있을 터이다. 다른 하나는 경험의 세계를 배제하겠다는 그의 태도이다. 그것은 있는 그대로의 사실을 시적으로 형상화하지 않겠다는 것을 뜻한다. 그렇다면 이 시에 나타난 여러 이미지들도 단순한 현실의 대입으로 읽을 수는 없는 것이다. '배곯은 바위'의 형상과 '바위 속의 울음'은 인간의 내면에 잠재한 욕망과 그로 인한 불일치의 갈등과 고통의 상징으로 이해된다. '없는 것'과 '죽음'이 가지는 소멸의 이미지들이 바로 그 갈등으로 인한 균열의 구체적 양상이 되는 것이다. '어둠 밑에서 흘러가는 물소리'는 시적 진실을 찾아가는 그의 행방이며, '바람 불어' 그의 마음에 새겨진 상처 혹은 균열은 끝내 그가 스스로 지고 가야 할 운명과도 같은 것이었다. 그 치열한 상처 혹은 균열이야말로 자신이 죽은 후에 남겨질 '말씀'과도 같은 것이다. 좋은 시란 분명함과 모호함의 경계를 걸어가기 마련이고 이 시도 그러하다.

고교 시절 이미 다방에서 기성 시인과 논쟁하며 시조 운율로서 서로 욕하기 시합을 해 기성 시인을 능가했던 그는 당시 신화의 주인공이었다. 그는 화려했던 고교 시절을 마치고 서울로 올라와 가장 절친했던 친구인 황규정 변호사와 함께 서울대 입시를 치른다. 그러나 서울대 국문과에 지원한 김민부 시인은 낙방의 쓴잔을 마신다. 어찌 보면 자신이 하고 싶은 대로 모든 것을 이루며 살았고 자타가 공인하는 천재였던 그의 낙방은 그 자신에게도 쓰라린 고통을 안겨주었을 것이다. 자신의 외모를 말론 브란도에 비유하며 이국적인 마스크를 오히려 자랑하고 다니던 자존심 강한 소년이 최초의 좌절을 겪은 셈이다.

서울대 면접을 치르고 나오면서도 그의 과장기는 발동했다. 그는 수학의 부진으로 인해 낙방이 거의 결정된 상태였는데 시

김민부 시인의 유고 시집 발간을 알리는 〈부산국제신문〉의 기사.

험장을 나와 황규정 변호사에게 면접 교수와 자신이 일대 설전을 벌였다고 웃으며 떠들었다는 것이다. 천재의 보상심리가 작동한 탓이리라. 그 둘은 기차를 타고 내려오다 낙동강을 건너게 된다. 저녁 석양은 핏빛으로 물들고 돛단배 한 척이 유유히 흘러가는 풍광을 함께 지켜보다 낙방한 천재 김민부는 서울대 법대에 합격한 그의 친구 황규정에게 의미심장한 말을 건넨다.

"저걸 보니 내가 너보다 잘 살았다는 것을 알겠다."

그 노을 속에 떠가는 한 척의 돛단배에서 그가 본 것은 무엇이었을까? 패배의 심리를 보상하고도 남을 시적 아우라가 그에게는 있었던 것이다. 그 한순간에 인간의 모든 선험적 지혜나 혹 지식과 같은 것이 도달하지 못하는 미묘한 인간의 정서를 그는 느꼈던 것이다. 그것을 직관적으로 느낀 그에게 인간의 다른 요소들은 미미하기 짝이 없었다. 핏빛 노을에 떠가는 낙동강의 배 한 척은 아마 그의 삶에 대한 등가적 풍경이라 해도 좋을 터이다.

서울대 입시에 실패한 그는 서라벌예대에 입학한다. 이근배 시인의 말처럼 당시 문학 천재들은 서라벌예대 문예창작과에 벌떼처럼 몰려들었고 김동리, 안수길, 서정주, 박목월 같은 당대 초일류급 강사들이 포진하고 있었다. 함께 입학했던 학생들 중에는 신춘문예 당선자만 해도 김민부를 위시해서 소설의 천승세,

김민부

그리고 시조의 박경용 등이 있었다. 고교 시절 이미 서정주의 시집을 섭렵한 그는 교정에서 쉬는 시간에 『화사집花蛇集』을 줄줄 외웠다. 단순히 외웠을 뿐 아니라 특유의 낭송으로 친구들을 사로잡곤 하였다. 대학 시절 그는 황규정 변호사와 동숭동에서 함께 하숙을 하기도 하고 뒤에는 성북구 정릉에서 고교 한 해 선배인 작가 김춘복 선생과 자취를 하기도 했다. 명동의 돌체 음악실은 당시 젊은 한국 예술인들의 집합 장소였으며, 예비 문인들의 거점이기도 하였다. 김민부 시인도 예외는 아니어서 돌체에 자주 나가서 음악을 감상하기도 하고 문인들과 교류를 하기도 했다.

이근배 시인의 말에 의하면, 하루는 돌체에 앉아 있는데 김민부 시인이 강한 부산 사투리로 한 여학생을 향해 뭐라고 하더라는 것이다. 나중에 사정을 알고 보니 그 여학생은 부산 시절 김민부 시인이 좋아하던 여학생이었는데, 돌체에서 우연히 만나게 된 것이다. 그 여학생에게 화를 낸 이유는 그 여학생이 부산 사투리를 쓰지 않는다는 것이었다. 서울에서 대학생활을 시작한 부산 아가씨가 가능하면 서울말을 쓰려고 얼마나 노력했겠는가? 김민부 시인에게는 그러한 행위가 눈꼴사나웠던 모양이다. 물론 자신의 이루지 못한 사랑에 대한 자존심도 한몫 거들었을 터였다.

1960년 서라벌예대를 졸업한 그는 동국대학교 국문과로 편입을 한다. 평론가 홍기삼 선생과 작가 김문수 선생도 이때 함께 동국대로 편입을 한다. 1962년 동국대를 졸업하기까지 김민부 시인의 행적은 알려진 바가 별로 없다. 그 시기는 아마도 시와 삶에 대한 모색기였을 것이다. 사실 그의 생활은 그리 넉넉한 편이 아니었다. 천재로 명성을 날리던 시인이었지만 생활 앞에서는 많은 고민을 하지 않을 수 없었을 것이다. 그가 동국대 졸업과 동시에 자신의 고향인 부산 문화방송 제1기 PD로 입사한 것도 이와 무관치 않다. 부산에서 활동하던 시절 그가 만들어놓은 '자갈치 아지매'라는 방송은 2004년에 방송 40주년을 맞이한 장수 프로그램이다. 2004년 6월 2일자 〈연합신문〉에는 '자갈치 아지매' 특집 방송을 아래와 같이 기사화하고 있다.

부산 시민들의 사랑을 받아온 부산 MBC의 사회비판 및 풍자 라디오 프로그램인 '자갈치 아지매'가 방송 40주년을 맞았다. 지난 1964년 6월 7일, 「기다리는 마음」의 작사가인 고 (故) 김민부 PD의 제의로 첫 방송된 '자갈치 아지매'는 개설 당시 매일 방송되다가 유신 시절 신랄한 사회비판으로 유신 정권의 미움을 받아 1년 5개월간 중단되기도 했으며 현재 주 6회(월~토) 방송되고 있다.

김민부

어느 한 작가가 만들어놓은 프로그램이 반백 년 가까이 방송된다는 것은 기적에 가까운 일이다. 방송 매체는 당대 대중의 호흡을 정확하게 읽지 못하면 단기간에 도태되는 일이 비일비재하다는 것을 감안한다면 '자갈치 아지매'의 장수는 놀라운 일임에 분명하다. 그러던 그가 3년 뒤인 1965년 10월 상경하여 서울 방송가에서 활동하게 된다. 황규정 변호사에 의하면 부산 문화 방송 사장과 김민부 시인은 서로 편안한 관계가 아니었다. 상하관계가 분명하였으나 김민부 시인이 굽실댈 위인도 아니었거니와 그런 그를 회사에서도 곱게 보아줄 리가 만무했을 터였다. 또 다른 하나는 시에 대한 열정이었을 것이다. 대학 재학 당시 그리고 부산 방송국 시절 그는 시가 잘 안 써진다며 무척 안타까워했다고 친구인 박응석 시인은 밝히고 있다. 서울행의 결단 속에는 시를 좀 더 벼려보자는 심정도 큰 몫을 담당했을 것이었다. 지금도 그렇지만 서울이야말로 문단의 중앙이고 천재가 할거할 공간이 아니었겠는가?

김민부 시인이
여동생에게 보낸 편지.

서울에서의 방송작가 생활은 방송을 위해 살았다고 할 정도로 정열적이었다. MBC, DBS, TBC 등의 방송국을 종횡무진 누비며, 텔레비전과 라디오를 가리지 않고 글을 써댔다. 한운사 선생에게 전화를 드려서 방송작가 시절 김민부 시인에 대해 여쭈어보았다. 한운사 선생은 당시 대면을 자주 하는 편은 아니었으나 투박하고 거친 외모와는 달리 인간을 보는 감성이 유달리 예민한 사람으로 김민부 시인을 기억하고 있었다. 방송작가로서는 뛰어난 재주꾼이었다는 것이다. 한운사 선생의 지론은 방송은 한마디로 감각이 있어야만 되는 것인데 대중성과 지성을 감각적으로 용해할 줄 아는 작가가 그라고 하였다. 한운사 선생은 당시를 '방송의 시대'로 규정지었다. 당시 서민들은 어떠한 정보원도 가지지 못했고 오로지 방송에 의존하여 살아가던 시절이었으며 문학 하는 기분으로 방송을 하던 방송 전문의 시대라고 규정지었다. 그는 김민부 시인의 방송 가운데 '한밤의 플랫폼'이라는 작품이 가장 기억에 남는다고 하였다. 천부적인 재능으로 시청자와 청취자들에게 풍부한 영양소를 제공했던 방송작가로 김민부 시인을 기억하고 있었던 것이다. 그래서였는지 그의 부인과 가족의 고생이 심하다고 전해 들었을 때는 몹시 가슴이 아팠다고 하였다. 김민부 시인은 방송작가 생활을 하면서도 다른 방송인들을 얕잡아보았던 모양이다. 하긴 전설처럼 방송가에 전해져오는 땜

빵용 원고 작성은 타의 추종을 불허하는 일이기도 했다. 한창 진행 중인 생방송의 원고를 누군가 분장실에서 쓰고 있다고 생각해보라. 당대 일급 코미디언 서영춘 씨가 한창 방송을 하고 김민부 시인의 원고는 써지는 대로 서영춘 씨에게 전달되며 진행되던 방송은 그 아니면 누구도 흉내 낼 수 없는 장면이었다. 그런 그도 한국 최고의 방송작가인 한운사 선생에 대해서만큼은 깍듯했던 모양이다.

방송으로 바쁜 생활을 하던 그가 상경한 지 3년 만인 1968년에 두 번째 시집 『나부裸婦와 새』를 출간한다. 시를 쓰고자 하는 강렬한 자장권 내에서 그는 생활했던 것이다. 그 시집을 본 그의 친구 가운데 한 사람이 "이 시집에 든 시들은 민부가 하룻밤 사이에 다 써낸 것이다"라고 말하여 박장대소했다는 일화를 박응석 시인이 소개하고 있거니와 이는 그의 천재성을 아끼던 친구들의 이야기라고 할 수 있다.

나는 때때로 죽음과 조우(遭遇)한다
조락(凋落)한 가랑잎
여자의 손톱에 빛나는 햇살
찻집의 조롱(鳥籠) 속에 갇혀 있는 새의 눈망울
그 눈망울 속에 얽혀 있는 가느디가는 핏발

내가 살고 있는 아파트의 창문에 퍼덕이는 빨래……

죽음은 그렇게 내게로 온다

어떤 날은 숨 쉴 때마다 괴로웠다

죽음은 내 영혼(靈魂)에 때를 묻히고 간다

그래서 내 영혼(靈魂)은 늘 정결(淨潔)하지 않다

_「서시」 전문

일찍이 이 시에 대해 김준오 선생은 동양시학의 용어를 빌려와 애이불비哀而不悲하고 낙이불음樂而不淫하다며 『나부와 새』 전편 가운데 가장 뛰어난 시로 평가하고 있다. '가랑잎'-'새의 눈방울'-'퍼덕이는 빨래'로 이어지는 이미지의 병치는 죽음으로 형상되는 시의 주제를 보다 다양하고 탄력적인 것으로 만든다. 이 죽음이란 김민부 시인의 마음 끝자락에 내재한 근원적인 의식의 죽음을 뜻한다. 그는 때때로 마주하는 어떤 풍경 속에서 생의 깊은 허무를 느꼈던 것이다. '조락한 가랑잎'은 그렇다손 치더라도 '여자의 손톱에 빛나는 햇살'에서도 그는 죽음의 떨림을 느꼈다. 때 묻지 않은 정결한 절대 죽음이란 자신의 영혼이 허락하는 죽음이다. 그는 늘 자신의 영혼을 괴롭히는 죽음의 의식과 마주했던 것이다. '창문에 퍼덕이는 빨래'가 주는 희디흰 이미지는 김민부 시인 개인적 심상으로 죽음을 뜻한다. '죽음과 조우'한 김민부 시인은 어느 날 부조리한 그 죽음을 받아들인다. 더러운 죽음이 그를 덮친 것이다.

『나부와 새』는 서시, 목탄으로 쓴 시, 겨울에, 기별 등 모두 4장으로 구성되어 총 39편이 실려 있다. 이 가운데 12편이 가을을 배경으로 하고 있으며, 시 속에 직접 '가을'이라는 시어를 그대로 쓰고 있다. 시 속에서 가을의 변주는 죽음의 변주 바로 그것이다.

> 그 가을날, 그 진구렁의
> 진구렁의
> 죽은 풀꽃 마르던 냄새 같은 거
> 오─ 육신(肉身) 밖으로 나가고 싶어
> 육신(肉身) 밖으로 나가고 싶어
>
> _「바다」 부분

가을날 '죽은 풀꽃 마르던 냄새'는 「서시」에서 마주한 '조락한 가랑잎'과 같은 소멸과 허무의 이미지를 환기한다. '육신 밖으로 나가고 싶'다는 간절한 바람은 자신을 좀 더 투명하게 바라보고 싶다는 갈망을 내포하고 있다. 가을은 그로 하여금 실존적인 세계를 마주하게 하며 죽음을 정면으로 응시하고픈 욕망을 불러일으킨다. '고민하던 달빛은/ 지금 죽음을 생각하고 있다/ 형안

을 뜨라/ 가을이 들개처럼 짖을 때'(「소백산에서」 부분), 형형하게
눈을 뜨고 죽음과 마주하고픈 욕망은 '들개'라고 하는 야성적 이
미지를 통해 강력하게 확산되고 있다. 가을이 들개처럼 짖는다
는 것은 가을이 그의 의식을 벼락처럼 자각시킨다는 것을 뜻한
다. '가을 햇발 속의 새들'과 '가을 물 속의 금붕어'를 보며 그는
'버리고 싶은 목숨과/ 살아 있는 나날의/ 이 끓는 진공'(「추일秋日」
부분)으로 몸을 떨었다.

　　고요한 가을날의 명상은 가시적으로 보이지는 않지만 끓어
오르는 죽음과 삶의 갈등으로 채워져 있다. 어쩌면 그는 가을의
풍경 속에서 자신의 종생을 예감했는지도 모른다. '잎들을 떨구
어버린/ 가로수 아래/ 금방 죽은 새 한 마리의/ 눈동자가/ 황혼
을 빨아들이고 있었다'(「단장·II」 부분). 가을에 대한 이러한 지향
은 시집 후기에도 잘 나타나 있다.

　　누구나 다 아는 일이지만 요즈음 세상에 시(詩)를 쓴다는
　　노릇은 유사종교(類似宗敎)의 광신도(狂信徒) 노릇하는 것만
　　큼이나 지난(至難)한 일이다. 그러나 가을이 올 때마다 나는
　　내 목숨을 줄이더라도 몇 편(篇)의 시(詩)를 쓰고픈 충동(衝
　　動)에 몸을 떨었다.

　　　　　　　　　　　　　　　　　　　_『나부와 새』 후기 부분

　　　　　　　　　　　　　　　　　　김민부

일찍이 고교 시절 그의 친구였던 김천혜 교수(부산대 독문과)가 대학을 독문과로 진학하며 문학을 한다고 했을 때 김민부 시인은 "니 문학 하지 마라. 문학 할라카믄 그 사람들한테 고개 숙여야 된다"고 조언을 했다는 일화가 있다. 김천혜 교수는 나중에 그 말이 문단에 추천을 받고 문인으로서 이름을 얻기 위해서는 기성 문인을 찾아다니고 아부하지 않으면 안 된다는 뜻이라는 것을 알았다고 했다. 유사종교나 광신도 발언도 같은 맥락에서 이루어진 것일 터이다. 그러나 가을이 오면 목숨을 줄여서라도 좋은 시를 쓰고 싶다는 충동에 몸을 떨었다고 그는 고백하고 있다.

목숨을 저당 잡힌 시를 쓰고자 하는 그의 충동은 자연 죽음에 대한 의식을 동반하게 된다. 삶과 죽음의 진공 속에서 몸을 떨었다는 맥락과 같은 의미를 지닌다. 그의 치열한 시 의식은 『나부와 새』를 스스로 다시 회수하기에 이른다. 지금 이 시집이 희귀본이 된 이유가 여기에 있다. 그는 더 많은 가을을 살았어야 했다. '가을에 감전된 새 한 마리'(「단장·1」 부분)가 되어 접신의 공

암남공원에 서 있는
김민부 시인의 시비.
「기다리는 마음」이 새겨져 있다.

187

수를 더 토했어야만 했다.

시집을 내고 방송에 매달리면서 김민부 시인은 오페라 대본 『원효대사』를 1968년에 발표한다. 작곡가 장일남 선생이 작곡한 이 오페라는 1970년 김자경 오페라단에 의해 상연되면서 상당한 반응을 일으킨다. 공연 이후 청담대사로부터 지극한 감사의 말을 들었다는 이 오페라는 시와 노래를 선험적으로 체득한 김민부 시인이었기에 가능한 일이었다. 「기다리는 마음」을 위시한 그의 시들이 가곡으로 제작된 것도 역시 같은 이유에서이다. 그의 불교 지식이 어느 정도인지 알 수 없지만, 오페라 마지막 대사는 불교와 허무, 그리고 자신의 영혼이 엮어낸 노래이자 시라 할 수 있다.

문둥이들: 목숨 있는 것, 아 바람의 자락이었네 바람의 자락 바람, 바람, 바람, 바람의 형제, 노래도 슬픔도 모두가 바람의 바람의 형젤세. 끝 간 데 없는 무애 무애여. 정토가 있을진저 영육에 영육에 정토가 있을진저 있을진저 아ー.

시비 앞에서 바라본
바다의 풍광.

그에게 정토는 시였다. 그는 바람을 따라 걸어갔다. 장일남 선생은 김민부 시인의 죽음에 대해 한없는 안타까움을 토로했다. 음악이 저절로 우러나올 수 있을 만큼 작곡하기 편하도록 대본을 만들어주었던 유일한 사람이 김민부 시인이었다는 것이다. "끝으로 그의 명복을 비는 바이며, 그의 자손들은 아버지를 자랑스럽게 생각하기 바란다"는 장일남 선생의 조사는 읽을수록 쓸쓸함을 더해주었다.

암남공원에 위치한 김민부 시인의 시비를 찾았다. 김민부 시인의 딸 김지숙 씨가 나와 있었다. 가능하면 아버지를 생각하지 않고 살려 했다는 이야기를 들으니 장일남 선생의 조사가 더 가슴을 후벼 팠다. 몇 장의 사진을 찍었다. 김민부 시인의 외손자들을 시비 앞에 세우고 사진을 찍는 내 눈은 멀리 앞바다만 바라보고 있었다. 김지숙 씨는 아버지의 친구들에 대해 늘 고마운 마음을 가지고 살았다고 했다. 결혼식 주례는 아버지의 친구 김천혜 교수가 섰으며 부산고등학교 동문들의 수많은 내왕은 마치 아버지가 살아 있는 듯싶었다고 했다. 김천혜 교수는 축사에서 신랑이 만약 아버지가 없다고 신부를 함부로 하면 신부 아버지 친구들이 모두 달려가 혼내주겠다고 엄포를 놓았다고 한다. 하객들에게 웃으라고 한 소리였을 테지만, 김천혜 교수도 신부도 아버지의 친구들도 모두 울었으리라. 축가로 김민부 시인의 「석류」

를 부를 때는 모두 울었다.

2004년 김민부 시인의 부모님이 또다시 화재로 모두 이 세상을 떠났다고 하였다. 불 속으로 사라져간 사람들을 생각하며 비감함에 젖지 않을 수 없었다.

밤이면 취하나니
술잔은 엎어지고
비창(扉窓)엔 복사꽃이
무데기로 내려도
내 육신 버릴 데 없이
살 부비는 덴
저승 같은 봄

_「조춘(早春)」 전문

위로와 쓸쓸함이 오가는 짧은 시간을 보내며 서로 헤어져 부산 시내를 빠져나왔다. 저승 같은 늦봄이 저물어가고 있었다.

1972년 10월 말 가을, 그는 갈현동 자택에서 화마의 불길을 뒤집어쓴 채 끝내 다시 일어서지 못하고 만다. 황규정 변호사는 그날의 기억을 몸서리치게 분명히 기억하고 있었다. 토요일 오후 김민부 시인과 술을 마시기로 한 황규정 변호사는 당시 사법고 시를 통과하고 연수생의 신분이었다고 했다. 연수생 시절 늘 술을 사주던 김민부 시인에게 그날따라 미안한 마음이 들어 나가지 않았다. 황규정 변호사를 기다리다 집으로 돌아간 그날 저녁 김민부 시인의 갈현동 집은 불에 휩싸이고 만다.

자살이냐 혹은 사고냐 하는 설왕설래는 다시 말하고 싶지 않다. 다만 불길에 휩싸인 그를 끌어내던 그의 부인도 얼굴과 양팔, 그리고 가슴에 큰 화상을 입어 삼십여 년을 넘긴 지금까지 고통을 받고 있는 것은 참으로 가슴 아픈 일이다. 서대문 적십자 병원으로 옮긴 그는 다음 날 의식이 잠깐 돌아와 황규정 변호사에게 한마디를 건넸다고 했다.

"니 부산에 간다드니 안 갔나?"

위생병원 창문 밖에는 이제 얼마 남지 않은 나뭇잎들이 바람에 팔락이고 있었다. 아주 오래전 고등학교 시절 김민부 시인은 황규정 변호사에게 물었다. "야, 니 바람에 팔락이는 나뭇잎이 무슨 소리를 하는지 아나?"

황규정 변호사는 그날 창가에 서서 눈물을 삼키며 속으로 울부짖었다. '민부야, 니 바람에 팔락이는 저 소리가 무엇을 말하는지 말 좀 해도고.'

결국 김민부 시인은 세상을 등지고 만다. 부산에서 올라온 그의 부모님은 완전히 탈기하여 여관에 그냥 누워 있고, 황규정 변호사를 비롯한 친구들이 나서서 장례를 치르는 참담한 광경이 벌어졌다. 방송인장으로 치러진 장례는 벽제 화장터에서 육탈의 과정을 마쳤다. 그때 벽제 화장터 한쪽에서 내내 울던 한 여자가 있었다 한다. 그 여자는 뼈사리를 다 하고 난 뒤 화장막에 몰래 들어가 뼈 한 조각을 훔쳤다. 그녀는 황규정 변호사에게 다가와 김민부 시인과 산에 함께 다니던 친구인데, 김민부 시인의 유언을 들어주고 싶다고 하였다. 다름이 아니라 김민부 시인이 살아생전 "나 죽으면 여기에 묻어달라"는 장소가 있으니 함께 가자고 졸라 그날 밤 친구들과 동행했다. 수락산 정상 가까이 호젓한 장소에 그 뼈를 묻고 내려왔다. 그녀는 자신이 김민부 시인의 사십구재까지 지내겠다고 절을 찾았다가 스님으로부터 뼈가 흩어져 있으면 좋지 않다는 말을 듣고 황규정 변호사와 다시 연락을 하여 묻었던 뼈를 다시 찾아오기도 했다.

짧지만 파란만장한 생이었다. 카라마조프가의 형제라고 스스로를 칭하던 한 이방인이 떠났다. 가을비를 맞으며 우두커니 응시하던 나무와 함께 그는 늘 바람과 비로 이 세상을 떠돌 것이다. 그는 어쩌면 진정 이방인이었나 보다. 서른한 번의 가을 동안 그는 죽음으로부터 자신을 빨아 정결하게 빨랫줄에 널어놓았지만, 운명은 그 빨래를 거두어 가버렸다. 아마 다 말랐던 모양이다. '구름은 나의 생업자금'(「구름」 부분)이라고 읊었듯 그는 구름

김민부

이 된 것이다.

　김민부 시인의 천재성을 세상에 가장 알리고 싶었던 사람 가운데 한 분은 아마도 이근배 시인이리라. 그는 최근의 시집에서 아예 '김민부'라는 제목으로 한 편의 시를 남겨놓고 있다. 시인은 시로 남는다는 것을 자명하게 보여준다.

　　성산 일출봉에
　　해가 뜨거나
　　달이 뜨거나
　　바람이 불거나
　　꽃이 지거나

　　시인이 죽으면
　　바위가 되거나
　　새가 되거나
　　파도 소리가 되거나
　　말씀이 되거나

　　성산 일출봉
　　돌이 되거나

_이근배, 「김민부」 전문

비가(悲歌)·II

김민부

시비하지 마라

그 가을

내 구두에 밟힌 귀뚜라미

그 귀뚜라미의 잔해 위에

빛나던 일모(日暮)를

레일 위에

무수히 그리운 얼굴을 치고

질주하던

밤차의 처참한 차바퀴 소리……

여인숙의 서러운 석유 내음새

그 석유 내음새에 묻어 오던

풀벌레 울음을

내 젊은 몸을 뜯던

겨울 이(虱)를……

아― 밤마다 나는 되뇌었노라

이렇게 될 줄 알았더라면

학교에나 열심히 다닐 것을……

기찻길,
그로테스크,
투신

김 용 직

오늘만은

겨우내 금이 간

귀 씻는 손이 있다

　　　　　「음성」부분

김용직 시인, 생소하다. 그의 유고 시집을 펼친다. 시집 왼쪽 날개에 얼굴 옆면의 사진이 보인다. 가냘픈 턱선 아래로 한줄기 어둠이 흐르고, 목이 긴 그가 웃고 있다. 그 얼굴 위로 기차가 지나간다. 무연탄을 가득 실은 어둠의 덩어리는 더 짙은 어둠의 덩어리를 향해 돌진한다. '내가 투신할 때/ 하늘은 나에게도 연꽃을 줄 것인가'(「투신」 부분). 투신과 연꽃 사이의 차이성을 가로지르는 불일치, 불편함이 그의 시 전편에 깔려 있다. 아마도 그 불일치의 매혹이 그의 삶을 끝내 휘어잡고 있었는지도 모를 일이다.

퇴계로 극동빌딩으로 신현정 시인을 찾아갔다. 일요일 오후, 빌딩을 왕래하는 사람들은 하나도 눈에 띄지 않았다. 김용직 시인의 유고 시집 『빗발 속의 어둠』에 신현정 시인의 발문이 실려 있다.

용직이의 온몸은 꿍음이었다. 용직이의 눈빛은 그 달밤의 기차바퀴 구르는 밑의 무수한 자갈빛이었으며 용직이는 그

김용직 시인의 유일한 얼굴 사진.

런 굉음과 빛을 시(詩)로 바꾸려고 무진 애를 쓴 것이다. 아니, 그 자신이 시(詩)로 태어나려고 스스로를 가난한 혁대로 옭아맸던 것이다. 가난보다도 좋은 시(詩)…….

그의 집은 마장동 우시장 부근 철로변의 판잣집으로 알려져 있다. 신현정 시인은 나에게 기찻길 옆 오막살이가 가진 낭만성에 대한 편견을 경계했다. 먼 기차 소리를 들으며 그리운 애니로리를 부르는 장소로서의 기찻길이 아니라, 삭아가는 몰골을 하고 서 있는 유조탱크에서 기름이 조금씩 흘러내리고 바닥은 석탄으로 범벅이 된 황량한 공간임을 상기시켜준 것이다. 다시 말하면 기찻길 옆 오막살이로서 가난이야 필연이었을 테지만 그것은 애절함이나 그리움의 정서가 완전히 소멸된, 근대의 변방에 위치한 조악한 삶의 공간을 뜻하는 것이기도 했다. 그 기찻길 옆에 살면서 스스로의 몸을 굉음으로 치환시켰다는 것은 응집된 하나의 신념, 즉 시를 향한 그의 투신을 상징적으로 보여준다. 그가 시로 바꾸고자 했던 굉음과 자갈빛은 모두 어둠의 옷을 걸치

오늘날 왕십리 철길과
그 주변의 모습.

고 있다. 그 어둠의 옷은 가난과 병이 내뿜은 색조이기도 하다. 어쩌면 그것은 어둠의 옷이라기보다는 자신이 스스로 걷어버릴 수도 있는 망토였음이 분명하다. 그러나 그는 끝내 그 망토를 걷어내지 않았다.

김용직 시인은 1945년 해방둥이다. 마장동, 왕십리, 뚝섬으로 이어지는 공간은 60~70년대 가난의 그린벨트라 불릴 만했다. 신당동 시구문을 지나 사대문 안까지 이르는 거리야 그리 멀지 않았지만, 미나리깡이 있었고 살곶이다리 아래는 무와 배추가 즐비하게 널려 있었다. 왕십리에서 행당동으로 올라가는 동네는 그야말로 산동네의 전형을 보여주는 곳이었으며, 또한 월남한 실향민들이 대거 몰려 살던 곳이기도 했다. 그가 살던 마장동 우시장은 새벽 4시부터 오전 10시까지 소의 매매가 이루어졌다. 어찌 보아도 그가 살던 공간은 전근대적인 요소를 품고 있던 곳이었다. 황폐했던 공간에서 그가 좋아했던 엘리엇과 에즈라 파운드, 그리고 폴 발레리는 어떤 의미로 그에게 각인되었던가? 그 모던한 시구들이 석탄을 가득 품은 그의 가슴에 어떤 스크래치를 남겨놓았을까 하는 의문은 아마도 그가 어떤 내적 상처를 지니고 있었을까를 묻는 것과 동일한 의문이라 생각된다.

햇살은 늘 누워 있었다

바람 부는 날은
풀잎보다 파랗게 질려
언덕배기에 등 비비다
소리치기도 했었다

하룻 사이에
나보다 더 커버린 그림자 속으로
내가 몰입(沒入)되어 갈 때

진하게 풀리던 대낮의 피톨 속에서
햇살은 언제나 어두웠었다

나의 발끝에서는
허나 햇살은 늘
밝게만 보였었다

_「두 개의 햇살」 전문

혼돈과 가난으로 점철된 60년대 후반 그는 시 쓰기에 골몰
한다. 폐허 위에서 그는 자신의 내면을 고통스럽게 응시한다. 소
리치는 햇살은 시적 지향을 찾고자 하는 그 자신의 절규였으며,

자신보다 커버린 그림자 속으로 몰입해가면서 그는 절망했다. 하여 '대낮의 피톨 속에서'도 '햇살은 언제나 어두웠'던 것이다. '하룻 사이에/ 나보다 더 커버린 그림자'는 그로테스크한 내면을 적나라하게 보여준다. 그는 어두운 그림자의 운명에 맞서고자 몸부림쳤다. 그것은 겉으로 보이는 생활의 양식과는 또 다른 문제이다. 그 싸움이 결국 패배로 귀결된다 할지라도 그는 적어도 밝은 햇살을 지워버리지 않았던 것이다. 두 개의 운명, 빛과 어둠 사이에서 그는 술을 마시고 앓았다.

그를 기억하는 시인들은 그리 많지 않지만, 대학 시절 절친하게 지냈던 이들로는 윤석산, 권달웅, 조정권, 신현정 시인 등을 꼽을 수 있다. 윤석산, 조정권, 신현정 등의 시인들은 이미 고등학교 시절 문학 동지들이었다. 그리고 한양대 국문과 청강생이었던 김용직은 윤석산 시인을 통해 이들을 만나게 된다. 그 가운데 권달웅 시인은 대학 시절 그의 인상을 다음과 같이 회고하고 있다.

김 형을 처음 만난 것은 노오란 개나리가 지는 1967년 봄, 강의실에서였다. 내가 처음 그를 본 인상은 무척 이지적이었고, 눈이 서글서글하여 호감을 받았다. (……) 그로부터 김 형과 나는 학교가 파하기 무섭게 술집을 찾아다니면서 턱없

김용직

이 술만 마시면서 지내고 있었다. 학교에서 내려다보면 왕십리역을 열차가 장난감처럼 지나가고 그 아랫길에는 허름한 술집들이 많았다. 우리는 그곳에서 자고 마시고, 마시고 자고 술에 원수가 졌는지 술로 학기를 마쳤다.

술이 그에게 절대의 요소였음은 그를 이야기하는 모든 사람들이 증거하고 있다. 심지어 2005년 3월『현대시학』에 발표된 조정권 시인의 '은박지 속의 오후'라는 시의 후기에 김용직 시인의 사인死因을 "알콜死"라고 적어놓았다. 그들의 아지트였던 한양대 밑 철로변의 충청집은 그들의 혼몽한 의식의 거주지였다. 이 혼몽한 거리에서 그들은 시를 쓰고 엘리엇의 시를 읊조렸던 것이다. 현실적으로 보면 김용직 시인에게 대학 졸업장은 더 절실한 생활의 도구였을지도 모른다. 그러나 그는 결국 대학을 졸업하지 못한다. 어찌 보면 시를 쓰기 위해 그는 대학 강의실을 들락거렸던 것이다. 시를 가르치던 박목월 시인과 시를 쓰는 동지들을 만났

한양대 주변의 골목 안 술집들.

을 때 그에게 강의실은 별반 의미를 지니지 못했을지도 모른다.

깨밭 가는 사잇길 목화 트는 소리가
은박지같이 환한 오후 들리고 있었다.
죽은 지 30년도 더 된 용직이가 누워 있다가
교복 차림으로 걸어오고 있다.
아직도 한양대 학생모를 벗지 못한 채
내동댕이친 30년도 더 된 국문과 청강생
가방을 들고
용직이가 김종길 역 엘리오트 구절을 흥얼대며

_조정권, 「은박지 속의 오후」 전문

죽은 지 30년도 더 되는 김용직 시인을 지금 여기에 조정권 시인이 불러내고 있다. 사실 죽음 이후, 죽은 자에 대한 모든 추억은 산 자들의 몫이다. 이 시대가 지닌 경박성은 지나치게 유행을 뒤쫓거나 확정된 안정성에 모두가 함께 개입하고자 하는 데 있다. 요절한 시인들에 대한 평가도 그러하다. 물론 작품이 뛰어나거나 문학사적 비중으로 인해 자주 다루는 시인이 있을지는 몰라도 동어반복의 논리를 통해 지나치게 신화화시키는 것은 분명 올바른 평가의 방식이라 할 수 없다. 조정권 시인은 유고 시집

김용직

이 나온 후 아마 처음으로 김용직 시인을 문자로 불러낸 것이리라. 여기에는 죽은 자의 욕망은 물론 산 자의 욕망도 함께 투영되어 있다. '엘리오트 구절을 흥얼대며' 시를 쓰고자 했던 것이 김용직 시인의 욕망이라면 '아직도 한양대 학생모를 벗지 못한 채/ 내동댕이친 30년도 더 된 국문과 청강생'인 김용직의 모습을 통해 시에 대한 청년 정신을 회복하고자 하는 것은 조정권 시인의 욕망이다. 이 순진무구한 욕망 앞에 순백의 '목화 트는 소리'가 들린다. 어쩌면 이승이 아니어도 좋을 환상성이 배음으로 흐르는 것도 그들의 욕망이 너무 하얗다는 데 있다.

캄캄한 날들이 커튼을 들치며
불 밝힌다
얼었던 바다가
일시에 풀리고
시린 바람에도 번득이는 어안(魚眼),
내 깊은 심층(深層)을 누르던
불면의 벽이 무너질 때
의지 밖에서 귓바퀴가 울고,
내 목소리가 닿지 않는
거울 속

바람을 짜올리는
숲의 흔들림
밭을 헹군 새들이 나른다
잃어버린 시력(視力)을 건져내며
이마에 램프를 얹고
펄럭이는 커튼,
길게 끌리는 커튼을, 헤집던
어느 손이 떠나고 있다
오늘만은
겨우내 금이 간
귀 씻는 손이 있다

「음성(音聲)」 전문

김용직 시인의 시에 대한 욕망이 순백을 지향하는 것과 비례하여 내면은 어둠으로 채색되어 있다. '캄캄한 날'과 '얼었던 바다'는 그가 처한 시적 상황을 극명하게 보여준다. 이 어둠의 시대를 살아가는 방식은 바로 '시린 바람에도 번득이는 어안'과 같이 자신의 의식을 치열하게 몰아가는 것이다. 번뜩이는 물고기의 눈이 가진 상징성은 뼈저리게 다가온다. 험난한 생활의 고통 속에서도 그는 번뜩이는 눈으로 의식의 심층을 들여다보았던 것이

김용직

다. '잃어버린 시력을 건져내며/ 이마에 램프를 얹'는 행위도 투명한 의식의 상태로 스스로의 정신을 부양하고자 하는 지난한 몸짓의 하나이다. 그의 시적 아우라를 들추는 숨은 신은 '어느 손'으로 형상화되어 있다. '손'이 '금이 간 귀'를 씻겨주는 행위는 세계의 전체성을 회복하려는 시 창작 행위를 뜻한다. '금이 간 귀'는 숨은 신 앞에 선 시적 자아의 자화상을 표상한다. 자신의 귀를 자른 고흐의 자화상처럼 금이 간 귀로 그는 시에 투신했던 것이다.

3월 말 한양대를 찾았다. 봄날의 따스함이 학교 곳곳에 피어오르고 있었다. 학생들은 공연 포스터를 붙이기도 하고 농구장에서 땀을 흘리기도 하였다. 도대체 시의 열망에 사로잡혔던 그들은 그 시절 왜 그토록 모진 상처를 안고 살아간 것일까? 미리 연락해둔 한양대 출신의 백인덕 시인이 나왔다. 한양대의 옛 흔적을 찾고 싶다는 내 부탁에 『한양학원 건학 반세기』라는 두툼한 책을 미리 준비해 건넸다. 책에는 60년대의 한양대 사진이 실려 있었다.

한양대 인문관에서
내려다본 한강의 풍경.

우리는 목월 시인의 시비를 둘러보고 인문관 옥상에 올랐다. 한남대교 방향으로 한강이 유유히 흐르고, 어슴푸레한 안개 속에 이 세상 모든 것이 흘러가는 듯 보였다. 행당동 방향으로 아파트가 들어서기 전, 어둠이 오면 산동네로 서서히 번져 올라가는 불빛 속에 떨칠 수 없는 애수의 정서가 피어올랐노라고 백인덕 시인이 고백했다. 더 나아가 아마 김용직 시인도 이곳에서 그 광경들을 지켜보며 아프게 시를 썼을 것이라고 추측하기도 했다. 시인의 마음이라면 별반 다르지 않았으리라.

나는 서둘러 굴다리로 방향을 잡았다. 마장동을 연결하는 그 철길과 그들의 젊음을 바쳤을 굴다리 아래 술집들, 그 흔적을 찾아보고 싶었다. 백인덕 시인은 내게 서둘지 말 것을 당부하고, 꼭 보여줄 것이 있으니 김용직 시인의 흔적을 천천히 찾아보자 제안하였다. 반경 1킬로미터 안에 그들의 사랑과 절망, 그리고 술과 시가 선혈로 엉켜 있을 터였다. 학교를 끼고 내려오는 길에 백인덕 시인이 한 무덤을 가리키며 저것이 박종화 선생의 음택이라 일러주었다. 지금은 출입이 금해진 상태라 철제 고물을 쌓아 놓

일제강점기에 만들어진 굴다리는 아직 남아 있기는 했지만 사용하지 않고 있었다.

은 위에 올라가 사진을 찍었다.

아직도 옛 흔적이 남아 있는 한양시장으로 발걸음을 옮겼다. 여주상회 간판을 한 싸전이 그대로 있었다. 순댓국집과 분식집들이 짧은 골목길 안에 다닥다닥 붙어 있었다. 시장통의 술집들이란 흔히 고성방가로 혼잡스러우면서도 값싸고 인심이 후한 곳이다. 특히 그 당시 가난한 대학생들에게 이보다 따뜻한 장소는 없었을 성싶다. 장사를 하는 그녀들 역시 가난한 대학생을 자식으로 두고 어려운 가운데서도 자긍의 마음을 가졌을 테니 말이다.

그러나 왕십리와 행당동을 가르는 굴다리에 도착했을 때 나는 실망을 금치 못했다. 직사각형의 굴다리는 평범하기 그지없었다. 백인덕 시인은 나를 그 아래로 인도했다. 일제강점기에 만들어졌다는 또 하나의 굴다리가 있었다. 아치형 굴다리는 이미 용도를 폐기당해 수채 냄새를 풍기며 사람의 흔적을 지우고 있었다. 폐휴지를 분리하여 박스나 종이를 싣고 다닐 듯한 리어카가 양쪽에 서 있었다. 보통 키의 사람이 다닐 수 있는 좁은 통로를 따라 걸어보았다. 서늘한 냉기와 냄새, 그리고 주고받는 이야기가 웅웅 울려 나왔다. 아마 이 근처에 술집들이 있었으리라. 막소주를 마시며 시와 죽음을 이야기했을 것이다. 박시교 시인은 김용직 시인과의 굴다리 아래의 방황을 다음과 같이 추억하고 있다.

어느 날 갑자기 그로부터 전화가 걸려오고, 그래서 우리는 시큰둥하게 만나서는 으레 하던 습관처럼 막소주집에서 소주를 홀짝거리며, 병실과 에테르와 죽음을 얘기하고, 시를 논하고, 세상을 약삭빠르게 살아가는 친구들을 욕하고, 지랄하고, 뭐하고, 뭐뭐하고. 그러고는 12시가 임박해서야 그의 빈손에 의무처럼 몇 닢의 동전을 건네고, 오줌을 깔기고, 각자 총총히 돌아설 테니까……

굴다리 언저리에서 그들의 삶은 방황이라는 말보다 정확한 것이 없다. 시의 궁극이 죽음이라는 것은 시라는 양식이 가진 특징이라 할 수 있다. 시적 사유, 즉 초월을 꿈꾸는 자들의 중심에 죽음이 놓여 있다는 것은 지당하고도 정당하다. 그러나 그가 앓았던 죽음에 이르는 병은 의식을 넘어 몸에까지 미치고 있었다. 이것은 김용직 시인이 죽음을 하나의 포즈가 아니라 실제로 인식했다는 것을 뜻한다.

몇 개의 겨울 연료를 들고
그물코마다 욕망을 채워놓은 어부들은
바다로 나가고
나의 잠 속에 남아 있는

김용직

찢긴 바다를

어부의 공소(供笑)를

아직은 살아남은 사람끼리 이야기했어요 때때로

침대 위에 누운 죽음을 바라보고

서로의 체온을 소중하게 간직한

손과 손

신열(身熱)로 뒤집힌 우리는

통로를 밟고 오는

에텔 냄새를 털어내며

따뜻한 눈을 주고받으면서

허구처럼 먼지 낀 회로를 돌아간

영구차를 불러보기도 했어요

허나 그대들이여

메아리도 없는 저 벽으로부터

끝끝내 돌아오지 못할

이 경사의 시간,

어둠이 가장 깊게 꾸겨진

이 병상(病床)에서

식어가는 심장을 안고

수염뿐인 얼굴이 있습니다

기다리는 내가 있습니다

_「병동(病棟)」부분

'잠'이라는 시어는 꿈과 의미가 상통하는 의식의 밑바탕을
뜻한다. 의식의 환부 속에 내재한 '찢긴 바다'는 파괴되어 가는
생의 열망이자 혼돈의 상태에서 직면한 세계의 또 다른 모습이
다. 지금 시인은 유체 분리의 상태이다. 살아남아 이야기하는 사
람도, 침대 위에서 죽어가는 사람도 모두 그 자신이다. '아직은
살아남은 사람'이라는 시구를 통해 곧 죽음의 운명에 직면하게
되리라는 것이 암시되어 있다.

'에텔 냄새' '허구처럼 먼지 낀 회로' 등이 환기하는 이미지는
몽환, 그리고 죽음과 등가의 의미를 가진다. '끝끝내 돌아오지 못
할/ 이 경사의 시간'은 시적 초월의 의미로서 죽음이라기보다는
물리적 소멸로서 죽음의 냄새를 강하게 풍긴다. '어둠이 가장 깊
게 꾸겨진' 병동에서 보낸 시간들이란 랭보의 시를 빌면 '지옥에
서 보낸 한 철'이다. '수염뿐인 얼굴'은 죽음 앞에 선 초췌한 자신
의 모습이기도 하지만 죽음을 응시한다는 점에서 비장한 어조
를 띠고 있다. 그는 이미 병상에서 자신의 죽음을 목도한 것이다.
'수염뿐인 얼굴'로 자기 자신을 기다리는 자세야말로 끝내 죽음
과 맞서고자 한 시인 자신의 초상이라 할 수 있다.

김용직

하늘이 뒤집히고, 대낮이 뒤챈다.
완강하게 소리치는 보이지 않는 힘
끝끝내 내가 가진 햇살이 식을 때
어디론가 끌려가던 머리칼을 씻으며
누가 내게 속삭인다. 안심해
안심하라고.

_「겨울 폭우(暴雨)」 부분

'하늘이 뒤집히고, 대낮이 뒤'채이는 혼돈의 세계 속에서 '보이지 않는 힘'이란 그의 의식에 내재한 불안의 요인들이라 할 수 있다. 그 불안의 요인들은 '내가 가진 햇살'이라는 긍정적인 힘들을 식히는 부정적인 것들이다. 그의 의식을 불안으로 몰아갔던 '보이지 않는 힘'에 대한 대립각은 자신을 스스로 위로하는 것 이외에 다른 방법이 없었다는 점에서 궁극적으로 허무를 뜻하는 것이기도 하다. 그에게 '안심해/ 안심하라고' 속삭이는 소리는 바로 자신의 목소리인 동시에 허무의 운명이 들려주는 울림 같은 것이다. 그 허무의 운명을 받아들이라는 내적 속삭임에 대해 그는 방황하고 고민했다. 마치 '어부들의 손에서 퍼득이는 고기떼'(「바다」 부분)와 같이 '쓸쓸하게 죽어가는/ 수단과 방법을'(「바다」 부분) 고민했던 것이다.

윤석산 시인의 연구실이 있는 안산에 위치한 한양대를 찾았다. 김용직 시인과 함께 학교를 다니며 가장 가깝게 지냈다는 이야기를 들었던 까닭에 미리 연락을 해놓은 상태였다. 서늘한 기운이 가시지 않은 초봄, 윤석산 시인은 나를 따뜻하게 맞아주셨다. 가장 궁금했던 것은 기초적인 연보였다. 그가 어디서 태어났는지 어떻게 성장했는지 연보를 정확하게 작성하고 싶은 욕심에서였다. 그러나 대학 입학 후의 사정은 잘 알고 있었지만 유년기에 대해서는 역시 소상하게 알고 있지는 않았다.

　　시집에 나와 있는 기초적인 연보에는 그가 청량리공고를 졸업한 것으로 되어 있다. 윤석산 시인의 말에 의하면 고등학교도 여러 군데를 옮겨 다녔을 것이라고 했다. 어쩌면 그의 방황과 갈등은 청소년기부터 죽음에 이르기 전까지 지속되었을지도 모른다는 추측을 하게 했다. 긴 방황 속에서 시를 부여잡았다는 것은 곧 그에게 시가 구원이었다는 것을 의미한다. 그의 학적을 확인하기 위해 청량리공고로 연락을 취해보았으나 청량리공고는 이미 없어져 청량리고등학교가 되었고, 청량리공고의 모든 학적은 경기기계공업고등학교로 이전된 상태라는 답만 들었다.

　　박목월 시인과의 관계 또한 궁금했다. 시적 경향이 전혀 다른 그를 『현대시학』에 추천했던 사람이 바로 박목월 시인이었기 때문이다. 윤석산 시인은 그 부분에 대해 명쾌하게 답해주었다.

김용직

박목월 시인은 50년대 영미 모더니즘을 긍정적으로 받아들였으며 제자들에게 깊은 영향을 주었다는 것이다. 김용직 시인의 시에서 나타나는 모더니즘적인 요소들은 바로 이 지점에서 파생되었다.

한때 김용직 시인은 시흥동 판잣집 부근에서 어려운 생계를 해결하고자 하수구 정비 사업에 뛰어든 적도 있었다. 말이 사업이지 하도급의 형태로 얼마의 돈을 벌고자 했던 모양이지만 돈을 떼이고 인부들의 임금을 체불하는 어려운 지경에 놓이자 박목월 시인이 선뜻 도와주었던 모양이다. 그러나 돈을 갚을 수 없었던 김용직 시인은 스승 앞에 당당하게 나타날 수 없었고 자주 보이지 않는 제자에 대해 박목월 시인은 왜 자주 오지 않느냐고 경상도 사투리로 나무랐던 모양이다. 박목월 시인이 어려운 문단의 후배들에게 선뜻 전세비를 빌려주기도 했다는 일화가 전해져 내려오는 것을 보면 제자인 김용직 시인에게 쏟은 마음은 더

한양대 교정에 있는 박목월 시비.

215

설명할 필요가 없을 터이다. 그러나 정작 김용직 시인 자신은 스승에 대해 미안한 마음을 늘 품고 살았던 듯싶다. 정상적으로 학교를 다녔으면 1971년에 졸업을 했어야 했지만, 결국 그는 졸업을 하지 못하고 만다.

그 후 박시교 시인이 편집일을 하던 출판사에서 함께 일을 하기도 했으나 그의 보헤미안적 성격은 그로 하여금 또다시 방황을 되풀이하게 했다. 졸업장이 없다는 것도 그에게는 사회의 제도권으로 진입하는 데 장애가 되었다. 그는 결국 또다시 술의 세계로 침잠하고 말았다. 술과 소금이 그에게는 일용의 양식이었으며 시를 쓰는 일만이 세계와 소통하는 유일한 통로였던 것이다. 술값에 등록금을 털어 넣어 졸업을 하지 못한 학우가 있을 정도로 그들은 술을 탐닉했다. 그 길은 병의 길이며 죽음의 길이기도 했다.

그믐밤의 바다가 열리고
바람이 사납게 소리친다.

누기를 삼키는 문들이 삐걱이고
단단한 사방 벽으로
신경의 뿌리가 기어오른다

습기 찬 거울이
보이지 않는 시간에
금이 갈 때
저녁내 쌓이는 차가운 빗발
아우성치는 풍경의 몸 비빔 속
길들이 떨며 게워낸 축축한
장송의 바람이
이마를 꾸기며 헤맨다
(⋯⋯)

오오 우기(雨期)의 속살에 못을 치며
누가 우는가
누가 우는가
소리 지르는 풍경이
기일게 길게 젖고
길고 무거운 빗방울에 잠긴
빈 방에서
혼자 펄럭이고 있다

_「빗발 속의 어둠」 부분

그에게 감지되는 모든 풍경들은 '소리치고' '삐걱이고' '금이'가고 '헤매'이고 있다. 이 혼란과 불일치야말로 그의 시를 설명할 수 있는 하나의 방법론이다. 그가 인식한 세계는 늘 '소리 지르는 풍경'으로 가득 차 있다. 이 소리는 절규이며, 이 절규는 결국 '빈 방'의 침묵이 되어버린다. 그는 시를 통해 어떤 조화의 세계 혹은 통일적 세계에 대해 꿈꾸지 않았다. 불일치의 파편을 그대로 보여주는 것이 그에게 시였던 셈이다. '누가 우는가/ 누가 우는가'. 이 독백이야말로 가장 솔직하게 자신에게 물었던 물음이었을 터이다. 그는 한 번도 자기 자신이 울고 있다고 말한 적이 없다. 그는 이미 울음을 넘어 침묵에 이르렀기 때문이었다.

윤석산 시인에게 본격적으로 그의 죽음에 대해 물었다.

"김용직 시인의 무덤은 어디에 있습니까?"

"무덤은 무슨. 화장했더랬지. 벽제 화장터에서……."

"이대부속병원에서 타계한 걸로 알고 있습니다만……."

"그랬지. 한데 병문안을 간 적이 없어. 아무에게도 자신이 입원했다는 사실을 알리지 않았거든."

"그럼 어떻게 죽음을 전해 듣게 되었습니까?"

"대학 동창 중 한 사람이 아마 잡지사 『심상』으로 연락을 했던 모양이야. 당시 『심상』은 박목월 선생님이 운영하셨고, 이건청 시인이 낮에는 중학교 교사를 하며 밤에는 편집일을 보았지. 이

건청 시인의 연락으로 나와 조정권 시인, 이건청 시인과 함께 병원으로 갔지."

"당시의 분위기는 어땠습니까?"

"젊은 주검 앞에 가난이 주는 쓸쓸함이라고나 할까? 수의를 할 수 없어 하얀 종이로 시신을 감싸고 관에 모실 때는 참 가슴 아팠지. 말해 무엇하겠나……."

벽제 화장터 부근에 유골을 뿌리고 그들은 발길을 돌렸다. 그의 물리적 흔적이란 결국 물과 바람과 흙, 그리고 나무로 남을 뿐이었다. 그를 추억할 만한 장소조차 남기지 않은 것이다. 마장동 철도변의 집 한 채. 아니 방 한 칸. 한 칸 방을 칸막이로 나누어 자신의 시적 세계를 펼쳤던 그는 그렇게 서둘러 이승을 떠났던 것이다. 철없던 그의 친구들이 찾아와 잠을 잘 때면 꼭 늦은 아침이 차려져 나왔다는 윤석산 시인의 회고는 가슴 아프다. 지금 생각하면 아마도 어디선가 쌀을 꾸어와 지었을 아침밥이었다는 것. 그 어려운 살림에도 밥상에 놓여 있던 한 마리 꽁치. 그에 대한 추억이 한 그릇 따뜻한 밥으로 살아나는 순간이다. 가난한 시대를 가난하게 살았던 젊은 모더니스트는 그렇게 피안의 세계로 떠났던 것. '마지막 남은 햇살이/ 가을 끌고 가'(「두 개의 추상」부분)듯 그도 갔다.

지금도 김 형이 살다간
우시장에는
말목이 나란하게 박혀 있다.
매인 끈을 위하여
말목은 박혀 있고,
갈 데를 알고
말목에 매인 황소는
눈알이 유달리 컸다.
눈알의 흰 자위가
유달리 어두워 보였다.
김 형, 삼대(三代)를 끊어버리고
어머니는 화장터에 가서
아직도 돌아오지 않고 있다.

비가 오고 있다.
서울특별시 성동구 마장동에
빨간 줄이 그어진다.
우시장 말목에
빨간 줄이 그어진다.
아무도

김용직

땅속에 묻힌 말목의 깊이를
보지 못한다, 아무도
죽음의 깊이를 만져
보지 못한다.
다만 땅위 말목만 볼 뿐이다.

_권달웅, 「원적지(原籍地)」 전문

권달웅 시인의 조시弔詩 한 편이 그의 시의 원적지가 어디인가 확인케 해줄 뿐이다.

빗발 속의 어둠

김용직

그믐밤의 바다가 열리고
바람이 사납게 소리친다.

누기를 삼키는 문들이 삐걱이고
단단한 사방 벽으로
신경의 뿌리가 기어오른다

습기 찬 거울이
보이지 않는 시간에
금이 갈 때
저녁내 쌓이는 차가운 빗발
아우성치는 풍경의 몸 비빔 속
길들이 떨며 게워낸 축축한
장송의 바람이
이마를 꾸기며 헤맨다

그때
번뜩이는 예감들이

내 귀를 끌고
네 개의 커튼이 깊게 넘치는 환경
맑은 조약돌로 씻기는
시간을 잃고
바다를 훑는 해풍에
매몰되어가는 어둔 팔목으로
밤의 신경을 나꿔챈다

오오 우기(雨期)의 속살에 못을 치며
누가 우는가
누가 우는가
소리 지르는 풍경이
기일게 길게 젖고
길고 무거운 빗방울에 잠긴
빈 방에서
혼자 펄럭이고 있다

김용직 시인 연보
1945.   출생.
1967.   한양대학교 국문과 입학.
1970.   한양대학교 학술상 시 부문 수상.
             「현대시학」 시 등단(박목월 시인 추천).
1975.   간경화증으로 투병하다 타계.
1983.   유고 시집 「빗발 속의 어둠」 출간.

파주, 빠친코
그리고
시와 정치

원 희 석

사랑하는 이여, 더불어 한 잔 술에
슬픔을 씻고 오늘의 인생을 휘어잡자ー
내일이면? ー아아, 내일이면
칠천 년 전의 나그네와 길동무가 아닌가.

_오머 하이얌, 『루바이아트』 부분

삶에 대한 열정과 에너지, 그리고 영원하지 않다는 것을 알면서도 영원하지 않은 길로 걸어 들어가는 무모함. 그 무모함에 비례한 허무의 커다란 그림자를 달고 다니던 한 사내가 미군 부대 앞에 우두커니 서 있다. 미군 병기창 철망 안에는 힘 센 말들이 뛰어다니고 그 옆 용주골에서는 비가 내리고 있다. 여름날의 서늘한 비를 어깨로 받아내던 그 사내는 불어난 물줄기 속으로 걸어갔다. 그 물줄기의 문을 열어 젖혔을 때에 그는 이미 북 치는 아이처럼 쓸쓸한 영혼들을 위한 북소리를 들려주고 있었다. 그의 영문 시집 제목(WATER, FIRE & EARTH)처럼 물과 불, 그리고 땅과 같이 원형적인 존재가 되어버린 것이다.

'모두 저 길로 가서 물이 되고/ 조금 더 기다리다 떠나면/ 잿빛 말가죽 가방이 되고/ 더 사랑하다 떠나면 연어가 되었다'(「별」 부분). 그의 시에 의하면 그는 '연어'가 되었을 터이다. 그렇다면 그는 다시 돌아올 것이다. 그가 끝내 회귀할 곳은 아마도 금촌의 산자락에 자리 잡은 그의 집필실이자 친구들의 집합소인 월월붕붕月月朋朋이리라. 연어가 산으로 돌아오는 길은 험하고 외로울 터. 이외수의 소설에 나오는 무어霧魚처럼 안개 속을 헤치고 그는 자신의 적소로 돌아와 마당을 쓸고 잡초를 뽑으며 친구들을 불러 모아 밤새 술을 마시고 모자를 눌러쓰고 해장국을 먹으리라. 적어도 그의 시가 살아남은 우리들에게 해장국이 되고, 우리들은 홀홀 그의 시를 마시면서 그를 추억해야만 한다. 이 무어탕을 먹으며 우리도 가끔은 안개가 되고 싶은 꿈을 꾸는 것이다.

원희석 시인의 주된 터전이었던 파주는 휴전선으로 상징되는 위기와 광기가 혼재하던 곳이었다. 미군, 기지촌, 달러로 상징되는 시기를 원희석 시인은 몸으로 살았던 것이다. 그의 몸에 파주의 정서가 문신처럼 새겨진 이유가 여기에 있었다. 그가 삶을 마치기 전까지 몸에 지녔던 메모지를 보면 다음과 같은 구절과 만나게 된다.

이제 파주인의 마음속에 홀로 타던 촛불들이 모아지고 있습니다. 들판에서 벼 포기처럼 자라나던 우리들의 희망.

그가 평생을 살았던 곳은 파주다. 여기서 평생이라는 말은 시간의 길이를 의미하는 것은 아니다. 그의 의식이 기대어 살았던 곳이 파주라는 의미다. 크게 가위표가 그어진 이 메모에서 그

젊은 시절 원희석 시인의 모습.

가 가졌던 파주에 대한 애정과 기대를 알 수 있다. 통일동산을 눈앞에 둔 극단의 변방에서 그는 꿈꾸고 희망을 노래했다.

원희석 시인을 찾아가는 길은 몇 번의 작정 끝에 이루어졌다. 일산으로 출발하면서부터 장마권에 든 날씨는 가느다란 빗발을 뿌리기 시작했다. 비를 맞으며 나는 줄곧 이 여행을 어디서 시작하여 어떻게 마칠 것인가를 생각하고 있었다. 첫 시집 표지에 실린 그의 수염 난 사진이 자꾸 떠올랐다. 약간의 미소를 띠고 있는 듯 보이지만 자세히 들여다보면 그의 왼쪽 눈에서는 깊은 슬픔의 강물 소리가 나고 있었다.

'잠들어 있는 것을 흔들어 깨우고 있었다 작고 여린 것에서 크고 단단한 것까지 남김없이 모두를 용서해주고 있었다'(「비」 부분). '땅에서조차 젖지 않는 우리들'을 적시는 비는 이미 없는 사람을 찾아가는 이 길에도 내리고 있었다. 그러나 내가 찾아가는 이 길은 무엇을 용서하기 위해 가는 길이 아니다. 흔들어야만 살아나는 나무처럼 나는 원희석 시인과 그가 베풀었던 용서를 흔들어 광풍의 빗줄기 속에 다시 세우고 싶을 뿐이었다.

일산에서 김요일 시인을 만났다. 이 책을 쓰기 시작했을 때 원희석 시인이 꼭 포함되어야 한다고 일러준 이가 김요일 시인이다. 토요일 이른 오후 간혹 뿌리는 빗발을 맞으며 우리 둘은 다시 파주 교하에 사는 최창균 시인을 찾았다. 80년대 초반부터 지역의 선후배 사이로 원희석 시인을 잘 알고 지내던 최창균 시인은 예의 그 큰 덩치에 손바닥만 한 책상 위에서 책을 보고 글을 쓰고 있었다. 교하지구로 지정되어 그의 목장 대개가 수용된 까닭에 외양간에는 송아지 몇 마리만 쓸쓸히 저들의 엄마를 부르고 있었다. 우리 셋은 다시 금촌으로 향했다. 원희석 시인이 살아생전 생의 뿌리로 둘둘 감고 싶어 했던 곳, 하여 하나의 호흡이고자 했던 파주 금촌에서 원희석 시인의 동생인 원희경 씨를 만나기로 약속이 되어 있었다. 원희석 시인이 창간한 〈파주저널〉을 그의 동생이 이어받아 아직 건재하게 운영하고 있는 터였다. 금촌 로터리 가까운 대성동 추어탕집으로 자리를 옮겼다.

"대성동 아세요?"

"말은 여러 번 들었습니다. 휴전선 안쪽에 있는 마을이지요?"

"예, 어떻게 잘 아시네요. 이 집 민물고기들이 그곳에서 나오는 거랍니다. 한번 맛보세요. 아마 괜찮을 거예요."

우리가 시킨 추어탕은 괜찮은 정도가 아니었다. 입이 까다롭고 미식가로 알려진 김요일 시인은 자신이 먹어본 추어탕 가운데 가장 일품이라 했고, 밥을 먹고 나왔다는 최창균 시인은 몹시 아까워하는 기색이 역력하였다. 서로가 말을 아끼고 있었다. 원희석 시인에 관한 이야기를 시작하기 전 술이 한 순배 돌았다.

비가 흩뿌리는 날 죽은 시인을 추억하기 위해 모인 살아남은 시인들은 미꾸라지를 입에 넣고 굴리며 쉽사리 죽은 시인의 이야기를 꺼내지 않았다. 내가 먼저 말을 꺼냈다.

"기본적인 약력이 궁금합니다. 시집에 나온 연보가 너무 약소한 것이라서……"

"희석이 형은 1956년 서울에서 출생을 했습니다. 대개들 파주 출생으로 아는데 성장을 주로 파주에서 했습니다. 아버님께서는 평안남도 출신으로 평양고등보통학교를 졸업하시고 일제 때 철도청에서 일을 하셨습니다. 해방 후에는 교통부에 근무를 하시다 1961년도에 타계하셨습니다."

"그럼 언제 파주로 이사를 하게 되었나요?"

"희석이 형이 초등학교 5학년 때 전학을 왔습니다. 5남 1녀 가운데 희석이 형이 3남이었습니다. 학업에 관한 문제 때문에 삼남매는 서울에 그대로 남고, 삼형제만 어머니와 함께 파주로 이사를 하게 되었습니다. 그 가운데 희석이 형이 맏이 역할을 한 셈이지요. 초등학교 5학년 때 전학을 오자마자 학생회장에 출마해 당선될 정도로 괴짜이며 소신이 뚜렷했습니다. 연풍초등학교를 거쳐 파주중학교, 파주공고를 졸업했습니다. 고등학교를 졸업하고 가정 형편상 대학에 진학할 수 없었지요."

"젊은 날의 좌절이 꽤나 심했겠군요."

"원래 여행을 좋아했는데 그 무렵 2년 반 동안 무전여행을 했습니다. 무작정 떠나는 여행에서 탈출구를 찾으려고 했던 것 같습니다. 지금도 희석이 형의 여행을 기록한 노트가 한 권 남아 있습니다. 단순한 노트가 아니고 여행의 흔적이 고스란히 남아 있는 노트지요. 무전여행이다 보니 돈이 없었을 것 아니에요. 우연히 만나는 사람을 따라가 며칠씩 노동을 하고 여관에 가서는 빨래를 해주고 기차역에서는 역장에게 사정을 하여 노트에다 찍어준 관인을 가지고 여행을 했던 것입니다. 심지어는 관광지 매표소에서도 사정을 하여 노트에 출입허가증을 받고 입장하였다고 합니다. 그때 만났던 사람들의 모든 기록이 담긴 노트이지요. 지금으로 말하자면 사인을 받았던 거지요. 혹 글을 모르는 노파를 만나면 글을 써주고 똑같이 그리게 해서 흔적을 남겼습니다. 그래서 그 노트에는 막일하는 아저씨나 여관주인의 친필이 담겨있고, 기차 관인과 관광지 관인 등도 고스란히 남아 있습니다. 한마디로 여행일지라고 할 수 있지요."

　"희석이 형이 참 비상했네. 글을 쓰기 위한 원체험의 공간을 계속 만들어간 것이구먼. 그런 기질이 뒷날 시 쓰는 데 큰 영향을 주었을 것 같은데……."

　"아마 역마살이나 낭인의 기질이 있었던 같군요."

　이야기를 한참 듣던 최창균, 전윤호, 김요일 시인이 이야기를 거들고 나섰다. 자유를 끝까지 밀고 간 삶의 방식이 바로 여행 아닌가? 젊은 시절의 방황에서 그는 자유를 학습했던 것이다.

가을 섬에 편지를 보냈다 우표 대신 눈물을 붙였다 소금이 묻어나는 사연을 적으면 글씨가 하얗게 울고 있었다 답장은 바다에서 파도가 되고 조개들은 상처로 곱게 쌓였다 차가운 모래처럼 천년을 쌓였다 기다림은 영화처럼 흐려져갔다 보고 싶은 얼굴은 구름이 됐다가 지워버리면 또렷한 사진이 되었다 배로도 갈 수 없는 가을 섬에 매일 밤 그에게 전보를 친다 그리운 얼굴을 밤마다 그리며

_「가을 섬」부분

이 서정적인 한 편의 시에서 원희석 시인이 지닌 근원적인 쓸쓸함을 보게 된다. 이 편지의 행간에서 '가을 섬'으로 상징되는 아주 먼 나라로 떠나고 싶은 그의 욕망을 읽게 되는 것이다. '가을 섬'은 체험과 상상이 결합된 공간으로 끝없이 떠도는 낭인 기질의 원희석 시인에게는 늘 곁에 있지만 끝내 다다를 수 없는 공간이기도 했을 것이다. 근원적 쓸쓸함이란 그 출처를 모른다는 것을 뜻한다. 그러한 의미에서 현실과 꿈의 간극 사이에 위치한 '가을 섬'이라는 공간은 구름처럼 모였다 흩어지는 허무 의식

을 내포한다. '하얗게 울고' 있는 사연은 무엇이었을까? '배로도 갈 수 없는 가을 섬'은 자신의 시와 사랑, 그리고 허무가 거주하던 쓸쓸한 의식처는 아니었을까? 전보가 가을 섬에 도착하기도 전에 그는 다시 새로운 전보를 쳤을 터였다. 도달할 수 없는 의식의 빈터에서 그는 매일매일 편지를 썼다. 젊은 날의 방황은 이렇게 그의 시에 각인되어 있었다. '천년의 기다림'에서 보듯 그는 영원히 기다리고 있었던 것이다.

그러고 보면 시 의식이란 어느 날 갑자기 솟아나오는 것이 아니라 생래적인 기질과 스스로를 단련해가는 역동성이 만나는 지점에서 피어나는 꽃이라 할 수 있다. 원희석 시인의 삶의 단편을 보면서 느끼게 되는 생각이다. 가령 그의 삶에서 만나게 되는 하나의 퍼포먼스, 즉 느닷없이 텔레비전을 향해 바보상자라 소리치며 톱을 켜는 행위는 일반인의 눈으로는 도저히 이해할 수 없는 일이다. 이 특별한 성격은 사실 그의 여린 내면에 돋은 창칼을 뜻하는 것이기도 했다. 그것은 짧은 생애 동안 양립한 두 가

원희석 시인의 육필 메모지.
여기에는 시와 단상 등이
빼곡히 적혀 있다.

지의 성향, 즉 소심함과 열정 가운데 한 측면을 보여주는 것이다. 어찌 보면 그는 타인에 대해서는 무한한 애정을 보여주었으며 동시에 자신에 대해서는 소심할 정도로 자책하는 삶을 살았던 시인이기도 하다.

1979년도에 그는 〈한국일보〉 편집부에 입사하게 된다. 신문은 그의 짧은 일생을 지배했으며, 그의 생을 해독할 수 있는 판독기이기도 하다. 신문사 생활이 자리 잡히는 80년 초반 그는 방통대에 입학한다. 신문사와 대학로, 그리고 시는 어렵지 않게 한 자리에서 만난다. 82~83년경 대학로의 샘터나 성대 입구에서 열린 시낭송회 등에서 최창균 시인은 고향 선배인 원희석 시인을 만났음을 증언하고 있다. 특별히 그는 소한진 시인과 함께 다녔다고 한다. 소한진 시인은 널리 알려지지는 않았지만 초현실주의의 계승자이며 그 전위이기도 한 시인이다. 그렇다면 원희석 시인의 습작은 보다 모던한 측면에서 시작되었을 가능성이 크다. 그러한 사실은 원희석 시인의 시세계를 형성하는 데 있어서 장단점을 함께 내포하고 있다. 반미주의자에 가까운 그에게 만약 이러한 모더니즘의 세례가 없었다면 그의 시는 민중주의의 전형을 이루었을 가능성이 크다. 그의 시는 그러한 점을 비켜갔다. 그의 시가 소재주의에 대한 유혹으로부터 일정한 거리를 가진다는 사실은 크나큰 미덕이기도 하다. 그러나 다른 측면에서 보면 원희석 시인의 시가 성큼성큼 걸어가지 못한 점도 바로 이 지점에 있다고 볼 수 있다. 어쨌든 시에 대한 관심과 집중은 이즈음에 시작되었던 것이다. 방통대를 졸업한 후 1987년에는 중앙대 신문방송대학원을 졸업함으로써 일상인으로서 온전한 조건을 갖추게 된다. 이제 그는 신문사에 열심히 다니며 승진을 하고 적당히 섞이면 그저 그런, 아니 그보다는 훨씬 멋진 한생을 살 수 있었을 것이다. 그러나 그는 그러지 못했다. 아니, 그러지 않았다. 대학원을 졸업한 해『문학사상』 신춘문예로 등단하게 된다. 그의 메모지에는 시를 쓰게 된 이유를 술에 몹시 취한 문체로 아래와 같이 적고 있다.

내가 이 말도 되지 않는 시를 쓰게 된 이유는 순전히 나의 동업자의(그는 나의 직장 문화부에 근무하는 자다) 술주정 때문이었다.

이 비틀대는 문자 속에서 나는 그의 능청을 본다. 여기서 '나의 동업자'는 당시 〈한국일보〉에 근무하던 작가 김훈을 가리키는 것일 터이다. 전적으로 동업자 때문에 시를 쓰게 되었다는 고백은 석연치 않다. 메모는 아래와 같이 계속되고 있다.

처음에는 대략 시집 한 권 분량인 70편 정도(사실은 69편을 생각했다. 69라는 숫자가 숨기고 있는 의미도 있고 해서)를 쓸 각오로 2월 말경부터 시작했다. 그러나 내친김에 끝나는 데까지 쓰고자 한 것이 불과 한 달 보름 만에 100여 편이 넘어서고 말았다.

동업자 때문에 한 달 만에 100여 편의 시를 쓸 수는 없는 일. 그에게 그의 동업자는 큰 자극이 되었을 것이다. 그러나 자신의 내면에 고여 있던 시에 대한 투철한 의식이 없고서야 어떻게 그리 쏟아놓을 수가 있겠는가? 그동안 자신이 파놓은 시의 우물에 적지 않은 시가 고여 있었다고 보는 편이 옳다.

몸통 하나로 버티고 서 있다 깨끗이 껍질까지 모두 빼앗겨 홀로 눈 부릅뜬 채 깨어 서 있다 이 땅에 박혀 썩는 것 너희들뿐이랴 꼿꼿이 서서 잠드는 것 너희들뿐이랴 얼어붙은 개울가 통곡 하나 박은 채 슬픔 이겨 죽음 이겨 버티고 서 있다 침묵의 불칼 하나 뜨겁게 벼린 채 가슴까지 묻혀서 비웃고 서 있다

_「말뚝」 전문

말뚝은 결국 자신의 치열한 시 의식을 뜻하는 것이 아니고

원희석

무엇이겠는가? '침묵의 불칼'이야말로 자신에게 던져진 운명을 정면으로 마주한 자의 언어 그것이다. '버티고' '부릅뜬' '꼿꼿이' '벼린 채'와 같은 시어들은 운명의 정면에서 조우하게 되는 자신의 감정이 토해낸 언어들이다. 말뚝이 지닌 의미의 핵심은 바로 견딤이다. 견디어내려는 자는 죽음조차도 넘어서려 한다. 이 초월의 의지는 그의 삶을 강렬하게 견인하게 된다.

1987년에 등단한 그는 같은 해, 첫 시집 『물이 옷 벗는 소리』를 출간한다. 그리고 1990년에는 '대한민국 문학상' 시 부문 신인상을 수상하게 된다. 대학로 문예회관에서 있었던 그 수상식을 동생 원희경 씨는 다음과 같이 기억하고 있었다.

"어느 날 형한테 전화가 왔는데 대학로 문예회관으로 오라는 거예요. 이유도 말해주지 않고 전화를 끊는 바람에 시간은 없고 해서 집사람만 보냈지요. 결국 그 많은 가족 중에 연락을 받은 사람도 그리 많지 않았고 참석한 사람은 희석이 형 내외와 저희 집사람뿐이 없었지요."

원희석 시인의 첫 시집
『물이 옷 벗는 소리』의 표지.

그의 성격을 잘 보여주는 일화다. 적어도 시를 쓴다는 것은 자의식의 드러냄 바로 그것이다. 자의식의 칼날을 벼리며 운명에 맞서고자 한 그가 자신의 환부를 가족들에게 권장해가며 보여 주고 싶어 하지 않았을 것이다. 한편, 그 무렵 파주에 자주 내려 갔던 모양이다. 당시 파주에 있던 지역 신문에 도움을 주며 미군 부대 빠칭코에서 월급봉투를 통째로 날리기도 했다. 문산의 청 자다방에서 커피를 마시고 아세아다방에서 음악을 들으며, 금촌 의 골목골목을 누비며 5차, 6차까지 술집을 들락거리기 일쑤였 다. 〈한국일보〉에 재직하는 동안 고양문인협회를 발족시키고 뒤 이어 파주문인협회를 발족시켰다. 경기 북부의 황량한 문학적 풍토를 녹색의 초원으로 바꾼 최고의 공은 마땅히 그에게 돌아 가야 한다. 위와 같은 일련의 예를 통해 보듯 그는 문화라는 코 드를 머리로 이해한 것이 아니라 몸으로 체득한 사람이었다.

술에 관한 이야기를 하지 않을 수 없다. 요절 시인 대부분이 이 덫으로부터 자유롭지 못하다는 사실을 다시 한번 목격하게 된다. 그와의 술자리는 하루를 꼬박 넘겨야만 끝날 수 있었다. 샴페인을 40~50병씩 마셔댔으며, 수유리 골짜기에서는 꼭지가 달린 막걸리 통을 입에 달고 마시기도 했다. 한번 술을 마시면 방 안에는 밀러 맥주병이 빼곡히 찰 정도였다는 과장도 그리 심 하지만은 않을 정도였다. 술을 마시다 새벽이면 용주골 애룡저수지 매운탕집에서 해장을 하고 나서야 사람을 놓아주는 끈끈한 인간관계야말로 원희석다운 사귐이라 할 수 있었다. 문단 선후배에 대한 그의 애정은 무한한 것이었다. 파주 지역의 책임 있는 인사들과 만나는 동안 혹 문인에게 전화가 온다면 모든 사안을 무시하고 결례를 범하면서까지도 그 자리를 박차고 나왔을 정도였다. 자신을 무시했다고 생각한 그들은 원희석 시인이 얼마나 미웠겠는가? 그러나 문단의 친구들에게는 그는 얼마나 미더운 존재였겠는가?

1990년 즈음에 절친한 교분을 나누던 그의 일당들은 동인을 결성하게 된다. 배문성 시인에 의하면 권태현 시인의 발의로 김영승, 박용재, 원희석, 배문성 등의 시인들이 〈시나무〉라는 동인을 결성한 것이다. 서로 전화를 할 때 김나무, 박나무, 원나무, 배나무로 통했던 것. 이 치기 서린 낭만성이야말로 말도 안 되는 이 세계를 뚫고 가는 동력이었다. 그들은 당시 푸른 심장을 가졌던 것이다. 그들의 심장에는 매일 밤 술이라는 이름의 기름을 주유했던 것이다. 동인들은 『책과 나무』라는 부정기 무크지를 간행했다. 동인들의 시를 한 편씩 신고 외부 원고와 아마추어의 투고도 받았다. 사륙배판으로 갱지보다 좋은 종이로 펴낸 이 동인지는 약 3년 동안 지속되었고 20호까지 발행되었다. 그들의 문학적 열정이 온전히 이 동인지에 담겼다고 보아도 무리는 아닐 것이다.

1985년에 결혼한 원희석 시인 부부는 행복하게 살았던 것으로 알려져 있다. 적어도 강남 개포동 시영아파트에서 파주 능곡으로 이사를 하는 1990년까지는 그랬다. 그가 파주로 내려오게된 것은 어쩌면 당연한 귀결일지도 모른다. 파주로 돌아오기 이전에도 그는 이미 고양시에서 '바른 시민을 위한 모임'을 이끌며 공명선거와 환경문제를 시민운동으로 이끌었던 것이다. 문산에 있던 〈파주신문〉, 금촌 축협에 있던 〈파주민보〉 등의 신문에 꾸준히 자문을 하기도 했다. 그가 파주로 돌아와 한 일은 바로 신문을 만드는 일이었다. 〈파주저널〉이 탄생한 것이다. 인구 16만에 2만 부 발행이라는 획기적인 기획은 전혀 상업적인 고려가 없었던 것이다. 상업적 마인드와 거리가 멀었던 이 신문에 대해 전 파주 시의회 시의원인 김성회 의원은 파주 언론의 장을 열었다고 평가했다. 정부의 대변지 역할을 담당하던 지역 신문들과는 달리 지역 주민의 이야기를 쓰는 신문이 등장했다는 것이다. 소박한 이야기를 처음 신문에 쓴 사람으로 원희석 시인을 기억하고 있었다. 그리고 한마디를 덧붙였다. 적당했으면 신문이 살 수 있었다는 것이다. 그렇다. 그는 적당하지 않았다. 그는 시인이었지만 저널리즘이 가야 할 길을 알고 있었던 것이다.

요즈음 하늘엔 별들이 하나도 없어 너무나 어두워 모두들 헤매고 있습니다 별이란 별들은 모두 다 어깨나 직장에 심지어는 조무래기 딱지치기에까지 끼어들어서 진짜 있어야 할 곳엔 하나도 없습니다 불안하고 황당해 앞길이, 우리나라 앞날이 아주 캄캄하다며 친구는 벌써부터 낮술입니다 (……) 저야 워낙 말석, 꽁무니 근처라 속이 덜 상하지만 한자리에서 십 년, 이십 년 지켰던 사람, 개미처럼 열심히 일하던 사람들은 얼마나 속이 엉망이겠습니까 왜 이다지 이민 오는 별들이 그렇게 많은지 낙하산 타고 내려오는 별들이 어찌나 많은지 하나님도 아시면 야단야단하실 겁니다 텅 빈 별밭 보시며 어디로 모두 놀러갔냐고 제자리 지키지 않고 어디 가서 힘주고 있냐고 노발대발 소리 지르며 화낼 것입니다 모두 다 불려가서 혼쭐날 것입니다

「별자리 지키기」부분

별들이 제자리에 위치하지 않는다는 표현은 그의 현실 인식을 잘 보여준다. 즉 '요즈음 하늘엔 별들이 하나도' 없다는 것은 이 세계의 부조리함을 뜻한다. 부조리한 현실에 대한 비판 속에는 정당한 사회가 되어야 한다는 열망이 담겨져 있다. 별의 위치를 바로잡을 수 있는 '하나님'이 그에게는 신문이었는지도 모른다. 그러나 중앙의 신문 속에서 그의 위치는 미미한 것이었다. 일

개 기자가 별의 위치를 바로잡을 수는 없는 일. 〈파주저널〉은 별을 바로잡고 싶은 욕망에서 비롯되었던 것이다. 그의 시가 지닌 산문성도 바로 저널리즘의 특성이 반영되었기 때문이라고 나는 생각한다. '낙하산 타고 내려오는 별'이야 오늘도 많지 않은가?

1990년 그는 기자 생활을 접고 파주로 내려온다. 그 이듬해 전두환 정권 시절 언론 통폐합이 풀리면서 그는 자연스레 〈파주저널〉을 창간하였다. 처음에 그의 집인 동현아파트에서 신문을 창간할 때 그를 아끼던 문단의 많은 선후배들은 이를 반대했다. 지방 신문의 운명이 어떠하리라는 것을 알고 있기도 했거니와 원희석 시인이 지닌 시적 재능이 현실에 사장될까 우려했던 까닭이다. 그 뒤 그는 금촌의 새마을촌 뒤편에 조립식 건물을 세우고 본격적인 신문 발행에 들어갔다. 직원이 7~8명 되었으니 획기적이라 아니할 수 없었다. 그는 기자 정신과 문학 정신이 결합된 독특한 신문을 만들고 싶어 했다. 〈파주저널〉은 신춘문예를 공모할 정도로 독특한 자신만의 색을 보여주었던 것이다. 그러나 경제적으로 보면 그의 본격적인 마이너스 인생이 시작되고 있었

집무 중인 원희석 시인의 모습.

다. 대책 없는 그의 행동은 집사람으로 하여금 처갓집에서 돈을 빌려 옷가게를 꾸리며 생계를 이어가게 했다. 물론 경제적 사업은 실패로 돌아갔다.

그러나 원희석 시인은 쉽게 좌절하지 않았다. 경제적 성공을 위해 파주로 돌아온 것이 아니기 때문이었다. 그가 지닌 에너지는 가히 폭발적이었다. 배문성 시인은 원희석 시인에게 가장 부러운 것이 생에 대한 에너지라 했다. 그 에너지는 문인들에게는 인간에 대한 배려로 이어졌다. 신의, 예의, 재미와 같은 덕목에 있어서는 가히 타의 추종을 불허한 인물로 그를 기억했다. 함께 시를 쓴다는 동업자 의식이 철철 넘치는 정으로 표출되었던 것이다. 자신의 생활은 어려웠지만 찾아오는 시인들을 대할 때면 주체할 수 없을 정도의 따뜻한 마음을 나누어 주었으며, 심지어는 서울에서 끌고 내려가 밤새 파주 거리를 헤매며 술을 마셨다.

서울은 너무 춥다 수많은 눈들이 잠들어 있는 서울 묘지는 너무 춥다 눈이 눈을 덮고 있어 너무 덥다 모두 잠들어 있지만 눈 뜨고 있다 차가운 삽들이 날마다 눈을 파묻고 있다 동태눈이 맑은 눈을 이리저리 젓가락으로 휘젓고 있다 욕망으로 굳어진 눈, 진흙으로 집어진 눈, 그 눈들은 불이 되고 있다 아궁이로 가고 있다 조리개가 닫힌 카메라처럼 편안한

하늘눈은 어디에 있나 밀밭의 종달새처럼 한 줌의 맑은 목
소리는 어디에 있나

_「서울 묘지」 부분

그에게 서울은 너무 춥고, 너무 더운 곳이었다. 하여 서울은
살 만한 곳이 아니었다. 더욱 그를 참을 수 없게 한 것은 더러운
욕망이 순수를 짓밟는 공간이라는 것이었다. 악화가 양화를 구
축하는 현상을 그는 참을 수 없어 했다. 소박하지만 엄격한 윤리
적 잣대는 신문에서 정치로 나아가게 하는 촉매 역할을 하게 한
다. 어쩌면 그에게 정치는 사무사思無邪의 경지에 이르는 첩경으
로 인식되었던 것일지도 모른다. 정치를 통하여 '한 줌의 맑은 목
소리'를 회복시키고자 했다. 그는 신문보다는 정치가 사회변혁의
근접된 도구라고 생각했다.

1995년에 그는 지방의회 선거에 출마한다. 시와 정치를 결
합시키고자 하는 욕망을 온 가족이 말렸지만 그는 끝내 포기하
지 않았다. 그의 모델은 국회의원이며 시인이었던 김영환이었던
모양이다. 파주에서 성장한 원씨 삼형제는 성장 기간 동안 패배
를 몰랐다. 학교에서는 언제나 우수한 학생이었으며 사회적으로
는 나름대로 성공한 사람들이었다. 그의 동생이 〈경향신문〉 정치
부 기자였다. 그가 지방선거에 나간다고 했을 때 정치부 기자인

그의 동생은 극구 말렸다고 한다. 정치부 기자의 감각을 그는 믿지 않았다. 그리고 결국 그는 패배했다. 바로 밑의 동생인 원희경 씨는 최초의 패배라고 했다. 그러나 백여 표 차이의 패배는 그로 하여금 정치적인 욕망을 포기하지 않게 만들었다.

1996년 그는 파주 예총 초대 지부장으로 선임된다. 사실 그의 계획은 시의원과 도의원을 거쳐 국회의원에 이르는 것이었다. 예총 지부장이라는 직함도 그에게는 아마 하나의 정치적 사업이었을 터였다. 그즈음 파주 월롱산 부근에 마련한 그의 거처는 시인 묵객들의 찬란한 거주지였다. 〈시나무〉 동인들의 면면을 살펴보면 술에 관해서는 타의 추종을 불허했으리라는 것은 추측하고도 남는다. 스스로 그 조종자이자 위생병을 자처했던 배문성 시인은 월롱산 아래의 모임처를 월월붕붕月月朋朋이라 명했다. 달과 친구에 관한 기억을 그는 아래와 같이 추억하고 있다.

월월붕붕이라는 집. 달 월(月) 자 여섯 개만 쓰면 집 이름이 된다고 낄낄거리던…… 월롱산(月弄山) 아래 달이 뜨면 달이 여덟 개나 된다고…… 원희석 시인이 금촌 월롱산 아래 폐허가 된 자그마한 집을 얻어 손수 고친 집이다. (……) 척 보기에도 산자락 한가운데 자리 잡은 풍광 좋은 한처였다. 그 겨울 내내 그는 우물을 판다. 지붕을 고친다. 보일러를 놓는다며 수선을 떨더니 다음 해 그리로 이사해 들어갔다. 월롱산 아래 그 '요사채'는 일당들의 피난처요, 양산박의 득음처, 최소한 70년대적 정서가 주류를 이루는 '복고의 모임처'가 되었다. 특별히 달이라도 뜬다면 그 풍월은 주인장의 풍류와 함께 가히 '임자의 뜻을 따르는 처소가 되기도 했다. 그는 그곳을 만들어놓고 월월붕붕 일대를 "외롭고 힘든 문인들을 위한 피난처"로 만들겠다고 포부를 발표했다.

배문성 시인의 말처럼 그는 월롱산 아래 시인들의 양산박을 만들고 싶어 했다. 언제든지, 누구나 시인이면 들락거릴 수 있는 유토피아를 그는 꿈꾸었다. 배문성 시인은 원희석 시인이 죽었다는 전화 연락을 받았을 때 가장 먼저 떠오른 것은 스스로 생각하기에도 야박하게 이제 월월붕붕에 갈 수 없다는 절망감이었다고 했다. 어느 날 우연히 월월붕붕에 들렀을 때, 주인 없는 그 집에서 여러 시인들이 며칠째 술을 마시고 있기도 했다. 어쩌면 원희석 시인의 뜻대로 되어가고 있었다. 모든 것이 용인되고 무엇이나 가능한 집이 사람과 함께 사라져버린 것이다.

1998년에 그는 다시 시의회 의원직에 도전한다. 〈파주저널〉은 동생인 원희경 씨에게 맡기고, 집안이 전부 나서서 그의 선거를 도왔다. 파주 읍장 출신의 상대는 만만치 않았다. 이틀 전까지는 당선이 가능하리라 생각했지만 실제 선거에서는 또다시 패배했다. 머리를 깎고 강원도에 갔다 온 그는 월월붕붕에서 보름을 머물다 세상으로 다시 나온다. 1996년에 이어 파주 연천을 강타한 수마는 그를 또다시 세상의 중심으로 불러낸다. 파주 연천의 물난리를 취재하기 위해 내려온 중앙의 일간지들은 일제히 원희석 시인을 찾았다. 그는 중앙 일간지에 파주 연천의 어려움을 호소하기 위해 함께 취재를 나가고 밤을 새워 글을 써냈다. 그러나 며칠이 지난 1998년 8월 19일, 그는 갑자기 쓰러졌다. 사인은 심근경색이었다. 과로와 술, 스트레스가 그의 심장병을 악화시킨 탓이다. 평소에도 그는 술을 마시다 가슴을 심하게 두들기며 괴로워했다. 그의 열정이 그를 죽음으로 몰고 간 것이다. 술을 마시다 머리를 들쑤시며 시인으로 살고 싶다고 괴로워하던 한 영혼이 돌연 세상을 떠났다. 사람을 좋아했으면서도 사람과 사람의 관계가 가장 힘들었다고 고백하며, 시를 써야 한다는 강박관념에 시달렸던 한 시인이 서둘러 물속으로 들어간 것이다.

통일동산에 자리 잡은 원희석 시인의 산소를 찾았다. 최창균 시인은 산소에 도착하자마자 주변의 잡초를 뽑았다. 그의 손은 농사꾼답게 재게 움직이며 산소를 말끔히 정돈을 해놓았다. 배문성 시인이 술을 따르고 원희경 씨, 배문성 시인, 최창균 시인, 전윤호 시인, 김요일 시인 등이 함께 예를 갖추었다.

이곳과 저곳에 낙타가 지나간다. 저곳과 이곳에 바늘이 있고
이곳은 저곳보다 높다. 모래바람은 이곳과 저곳에 같이 불고
이곳은 저곳보다 뜨겁다. 이곳은 불안하고 저곳은 이곳보다
더욱 불안하다.

_「낙타의 길」부분

작은 시비에 새겨진 「낙타의 길」을 보면 그에게 이곳과 저곳
의 구분은 없었나 보다. 이곳과 저곳은 모두 다 뜨겁고, 모두 다
불안했던 곳이었나 보다.

내친걸음에 월월붕붕으로 차를 몰았다. 월롱산 아래 자리
잡은 양산박은 잡초가 우거져 오랫동안 사람의 손길이 닿지 않
았음을 말해주고 있었다. 문 앞에 앉아 담배를 피우며 모두들 마
음속에 달을 띄우고 있었다. 키 큰 단풍나무 사이로 안개가 몰려
다니고 서로를 희롱하고 밤이면 다시 달이 뜰 것이다. 그러면 친
구들도 함께 모일 것이다. 친구와 달을 새기며 산을 내려왔다.

금촌의료원에서 치러진 그의 상가를 떠올리지 않을 수 없
다. 수많은 시인들이 진을 치고 술을 마셨다. 삭막한 풍경이었다고
전윤호 시인이 당시의 풍경을 전해주었다. 파주 경찰의 에스코
트를 받으며 노제를 치르고 통일동산으로 그의 시신이 운구되었
다. 장례식 날 어느 여인이 배문성 시인에게 다가와 시집 원고를

원희석

건네주었다 한다. 배문성 시인은 이 시집 원고를 민음사로 들고 가 유고 시집 『오전 10시에 배달되는 햇살』을 출간했다. 1999년 2월 24일, 인사동 시인학교에서 유고 시집 출판회 겸 추모의 밤 이 열렸다. 그를 기억하는 많은 시인들이 모였다. 시인은 가고 그 를 기억하는 사람들은 여전히 모여서 술을 마셨다.

금촌아구탕에서 술을 마시며 주인장의 회고담을 들었다. 미 소, 친구, 술로 그를 기억하였다. 천진난만한 미소를 영원히 잊을 수 없다고 하였다. 그 미소가 장마 속으로 터벅터벅 걸어 들어간 것이다. 한 소년이 지나간 흔적이 술집 탁자에 남아 있었다. 배문 성 시인의 조사는 아픈 것이었다.

그가 벌써 '스스로 잊혀지는 길'로 떠나갔다. 그가 사는 것 이 월롱이었나 싶다. 명복이라, 적멸이라, 모든 언표가 월롱 이다. 어찌 지워지지 않아서 담아둘 것인가. 모두 사라지자.

장마가 끝나고 태풍이 몰아치는 7월 말, 파주에는 아직 그 비가 내리고 있다. 검은 하늘, 검은 비가 내린다. '먼저 달려온 어 둠보다/ 늦게 도착한 바람이 더 짙게 어두워졌다'(「길」 부분). 월롱 산은 안개로 도무지 아무것도 볼 수 없는 한철이다.

별

원희석

길들이 너무 많은 것은 새로운 길이 없기 때문이다
먼저 하늘에 가서
밤의 정보원이 되어 숨을 멈춘 발광 식물이 된 경우가
어디 있으랴
이미 그 비밀을 알아버린 나무들은 둥근 가지를 접어
찢어진 상처를 생산해내고 있다
모두 저 길로 가서 물이 되고
조금 더 기다리다 떠나면
잿빛 말가죽 가방이 되고
더 사랑하다 떠나면 연어가 되었다
길들이 세상에 많은 것은 새로운 아픔이 없기 때문인 걸
오늘 밤도 실 짜는 기계와
신발에 묶인 길들의 별똥을 보고 안다
한쪽은 길고 한쪽은 짧은
아름다운 이름들의 밤의 기계를 돌리고 있다

원희석 시인 연보

남사당패가 되어
날아간
새의 노래

임 홍 재

아 청룡사 남사당 그리운 얼굴들
어디로 갔는가.
내 차라리 남사당이나 될꺼나, 될꺼나,

「남사당」 부분

임홍재. 아마 그의 이름을 기억하는 이들은 많지 않으리라. 70년대 신춘문예를 통해 문단에 나온 시인이라는 사실 외에는 별다른 이력을 꿰차고 있는 이들도 드물 것이다. 필자 역시도 그가 요절한 시인이라는 것, 안성 출신의 시인으로 지난한 서정시를 농촌의 정서로 읊었다는 것 외에 별다른 지식을 가지고 있지 못했다. 한 권의 유고 시집을 읽으면서 그 어떤 시인보다 시의 현장을 확인하고 싶다는 욕망에 사로잡혔다. 그것은 그의 시가 관념의 추수물이 아니라 생생한 삶의 현장, 좀 더 구체적으로 말한다면 그의 고향인 마둔馬屯의 생활상을 담고 있다는 것을 뜻한다.

8월 말의 오후, 가는 비가 후드득거리는 안성에 접어들었다. 먼저 마둔지로 차를 몰았다. 언젠가 한번 와보았던 낚시터가 시인의 고향이라는 것은 내게 위안과 더불어 쓸쓸한 느낌을 보태 주었다. 이문구 선생이 쓴 『박용래 약전』에 나오는 그 유명한 이야기 한 구절이 떠올랐다. 이문구 선생의 일행 가운데 옥천 시인 한 사람이 정지용 시인의 고향이 옥천이라는 사실을 몰라 박용래 시인에게 호되게 당했다는 이야기가 그것이다. 자기 고장의 대시인도 모르는 후레자식이라는 욕설과 함께 술잔이 벽에 박살이 났다는 일화를 떠올리며 나는 한없이 부끄러워졌다. 내 고향이 안성은 아니지만 인근 평택에서 16년 넘게 살아오면서 고백컨대 마둔지 부근의 석남사를 수차례 다녔고 또한 참 풍광이 좋은

절이라고 침을 튀겨가며 여러 사람에게 주절댔던 것을 생각하면, 마둔지 끝자락에 자리 잡은 임홍재 시인의 음택을 얼굴 들고 볼 자신이 없었다.

마둔 끝자락이라고만 듣고 출발한 길은 쉽지만은 않았다. 마둔저수지 오른쪽을 끼고 내려오다가 언덕 밑의 작은 마을로 들어섰다. 아이를 업고 있는 예순 안짝의 아주머니께 조심스럽게 임홍재 시인의 음택 장소를 물어보았다. 잘 알 수 있을까 하는 의구심과 함께 자칫 이번 길이 낭패가 될지도 모른다는 불안감이 머리에서 떠나지 않았다. 비는 옷을 적실 정도로 굵어졌다. 아주머니는 몇 번인가 이름을 되묻다가 생각난 듯 답해주었다.

"아아! 그 시인 말하는 거지, 홍재 그 사람 모이(묘)를 찾는 중인가 보네. 조금만 더 가면 마둔식당이 나오고 그 바로 초입에 있어요."

"임홍재 시인을 잘 아시나 보지요?"

"알지요. 한동네 사람인데."

"그럼, 이것저것 물어보아도 되겠네요?"

"그러지 말고 큰길에서 왼쪽으로 가면 장죽리라는 마을이 나오는데 임씨들이 모여 살아 그이 이야기를 들을 수 있을 거예요."

마둔식당 초입에 있는 임홍재 시인의 음택에 도착했을 때 하늘은 더욱 어두워져 있었다. 특별한 사연이 있었는지 모르지만 범인의 눈에는 산소 자리로 적합해 보이지 않는 위치였다. 대로변의 움푹 꺼진 자리에 위치한 음택은 묘와 석상, 그리고 시비가 자리 잡고 있었다. 그 구성물이 하나같이 조그마한 것들이어서 언뜻 눈에 띄지 않았다. 술을 한잔 따르고 싶었지만 비가 너무 쏟아져 사진만 몇 장 찍었다. 「강변에서」라는 시가 시비에 새겨져 있었다.

강가의 모래톱에 서면
작은 모래알의 꿈처럼
고향엘 가고 싶어라.
그윽한 골짜기
바위에서 부서진 모래처럼
다시 어머니 품에 안기고 싶어라.
진달래 산천(山川)
불알친구는 없어도
맑은 물 새 소리가 남아
고향을 지키는
고향엘……
그리움의 냄새로

임홍재

온통 그리워지는 마음을 안고

고향엘 가고 싶어라

_「강변(江邊)에서」 전문

총 6부로 된 그의 유고 시집『청보리의 노래』중 제3부는
「귀향의 밤」이라는 시를 큰 제목으로 삼고 있다. 그가 끊임없이
꿈꾸었던 의식의 공간은 고향이라는 말로 환치될 수 있다. 고향
은 시인 자신 때문에 전 생애를 희생한 어머니, 아버지, 누이가
얼룩진 지난날의 상처를 안고 살아가는 쓰리고 쓰린 눈물의 공
간이기도 하다. 그러나 그 공간이야말로 시인 자신의 생명이 잉
태되고 또한 다 죽어가는 어린 생명을 다시 살려낸 부활의 땅이
기도 하다. 그가 고백한 바 있듯이 어린 시절 폐렴과 늑막염, 그
리고 담종의 균들은 앞가슴의 피고름으로 전부 녹아 나와 학교
도 제때 입학할 수 없을 만큼 어린 생명을 위협했던 것이다. 다시
살아남의 공간으로서 고향과 어머니는 등가의 의미를 지닌다고

임홍재 시인의 모습.

257

할 수 있다. '그리움의 냄새'는 유년 시절 각인되어 내재화된 고향의 실체라고 할 수 있다. 시각의 이미지는 끊임없이 변하지만 이 후각이야말로 변하지 않는 인상을 우리에게 제공해준다. 백석 시인이 유년의 모든 기억을 음식 냄새를 통해 떠올리고 있음도 이와 무관하지 않다. 고향으로 돌아감은 생명으로 돌아감을 의미한다.

마둔지는 자연 저수지가 아니다. 일명 수몰을 통한 인공 저수지로 임홍재 시인의 생가도 수몰되었다. 박성룡 시인은 임홍재 시인과 마둔지에서 낚시를 하고 있을 때 임홍재 시인의 누이인 영자 씨가 2~3킬로미터나 되는 길을 걸어서 밤참을 내왔다고 회고하고 있다. 이즈음 시인의 집은 아마 풍천豊川 임씨가 모여 사는 장죽리 부근이 아니었나 생각된다. 어쨌든 수몰민 의식은 고향을 지향하는 의지와 비례하여 상실감으로 자리 잡고 있는 것도 사실이다.

물오른 청솔가지 목 비틀다
돌아와 누운 자리에
황토 황토
먼지만 일고……
띠뿌리처럼

임홍재

띠뿌리처럼

모질게 산 형제들이

황토밭에서

부황난 살을 내어말리며

통곡하고 있다.

칠석맞이 눈물 찔끔거리듯

흰 죽사발을

눈물로 헹구다 간 누이야

삘기꽃 폈다.

삘기꽃 폈다.

_「수몰지 시초(水沒地 詩抄)」 부분

수몰지에서 그가 읽어낸 것은 피붙이들의 힘겨운 삶이다. 특히 누이에 대한 안타깝고 애틋한 감정은 임홍재 시인의 시에서 한 핵을 구성하고 있다. '삼천 사발 피고름에 찌든 누이야'(「유년의 강」 부분)와 같은 구절에서도 자신의 상처와 비례하는 고통을 지니고 산 누이에 대한 절규를 볼 수 있다. 새하얀 솜자루 같은 '삘기꽃'은 '흰 죽사발'과 어우러지며 누이의 순결하고도 애절한 생의 단면을 보여준다. '띠'라는 식물은 이파리가 마치 허리띠처럼 긴 풀로 어렵지 않게 볼 수 있었던 식물이다. 띠풀의 연한 꽃대를 바로 뻘기라고 하는데, 이 '띠뿌리처럼/ 모질게 산 형제들'은 애절한 누이의 형상과 더불어 임홍재 시인 개인의 형제자매가 아닌 보편적인 민중의 의미로 다가오게 된다. 이것은 임홍재 시인의 시세계가 기층민에 대한 역사 인식에 그 끈이 닿아 있다는 것을 의미한다. 「남사당」「안성의 장터」「농민의 분노」와 같은 시에서 이러한 기층민에 대한 애정을 읽을 수 있다. "임홍재의 시는 남달랐던 그의 유년기를 포함한 불행했던 체험세계의 한 응축이며, 그 같은 세계로부터 벗어나고자 하는 윤리적인 의지의 한 결단이었다고 할 수 있다." 일찍이 정진규 시인이 위와 같이 지적했듯이 "윤리적인 의지의 결단"이야말로 임홍재 시인의 시가 개인의 문제에서 사회적 문제로 확산해나가게 되는 힘이라 볼 수 있다.

그의 음택을 뒤로하고 아주머니가 가르쳐주신 장죽리라는 마을로 차를 몰았다. 마을로 가는 길은 차 두 대가 서로 교행하지 못할 만큼 좁은 길로 되어 있어서 과연 그 안쪽에 마을이 있을까 하는 의구심을 자아냈다. 그 길에서 가장 인상적인 장면은 느티나무였다. 고목이 된 느티나무가 마을 굽이굽이에 자리 잡고 있어 가뜩이나 비와 안개로 쌓인 마을을 신비하게 보이도록 해주었다. 차령산맥의 굽이를 촘촘히 감싼 안개는 아무 주막에나 불쑥 들어가 술에 취하고 싶은 마음을 불러일으켰다. 딱히 누구를 찾아가는 길이 아니기에 마을 끝자락, 그중 앞마당이 넓은 집 앞에 차를 세웠다. 이 집 저 집 문패를 살펴보니 모두 임씨였다. 그 가운데 어느 집 안마당에 들어서서 주인을 청했다.

"계십니까? 아무도 안 계세요?"

"누구세요?"

고개를 내밀고 나오시는 아주머니는 놀랍게도 키가 120센티 남짓의 불편한 몸이었다. 반은 몸을 끌다시피 마루로 나온 아주머니에게 혹시 임홍재 시인을 아시느냐고 물었다. 시인이라는 말에 아주머니는 눈을 반짝이며 대꾸했다.

"그분을 잘 아는 분이신가요?"

"아닙니다. 그런 것은 아니고 먼 후배뻘 되는 사람입니다."

"그럼 시 쓰시는 분이세요?"

"네, 그렇기는 합니다만……."

내 시에 대해 스스로도 그리 썩 미더운 생각을 가지지 못한 탓에 아주머니의 물음에 기어들어가는 목소리로 대답했다. 이런저런 이야기를 하며 아주머니는 자신의 키보다 높을 듯 보이는 마루를 내려섰다. 임홍재 시인에 관한 이야기는 자신보다는 바로 아래아래 집에 사시는 임화재 씨가 잘 알 것이라고 안내하겠다고 나섰다. 임홍재 시인과 임화재 씨는 사촌 관계라고 귀띔해주었다. 그 집에 가서 주인을 찾았으나 집은 비어 있었다. 아마 밭에 나간 듯싶다고 말하며 뜻하지 않은 이야기를 들려주었다. 자신이 사는 옆집에 작년까지 임홍재 시인의 부친과 모친께서 살고 계셨다는 것이다. 불의의 사고로 작년에 함께 돌아가셨다는 것. 날이 더 어둑해졌고 비는 여전히 부슬부슬 흩뿌리고 있었다. "참, 저도 생긴 것은 이렇지만 시인입니다." 아주머니의 말이 칼날처럼 가슴에 꽂혔다. 시집이 있느냐는 내 물음에 아주머니는 한 번도 다른 사람에게 보여준 적이 없다며 수줍게 대답했다. 시란 무엇인가. 나는 무엇 때문에 여기까지 와서 비를 맞고 길을 묻는가. 아주머니를 물끄러미 바라보다 문득 내 자신이 부끄러워졌다. 작년 즈음 이곳에 들렀으면 아마도 임홍재 시인의 부모님을 만날 수 있었으리라.

　　황토 고개 너머 강가에 왔다.
　　아버지 지게 끝에 새벽별이 잠들 때
　　울 엄니 피고름 헹구며
　　울던 시절이 그리웠다.
　　(······)
　　내 밝혀 온 밤 어둡고 차도
　　말없이 흐르는 강심(江心)을 닮아
　　수만 리 황토 고개를 잘도 넘었거늘
　　내 몸이 얼어서 세상이 찬 것이냐

세상이 얼어서 내 몸이 언 것이냐
겨울 강가에 서서 울면
황토를 씻어 내린 강줄기가
내 발목을 잡고 따라 운다.

「겨울 강가에서」 부분

지난한 고통의 유년 시절, 새벽에 일을 나선 아버지와 자신의 피고름을 받아내던 어머니를 그토록 그리워하던 시인은 오래전 세상을 떠났고, 이제 부모님들도 그의 곁으로 갔다. 그들은 저세상에서 이 세상의 찬 기운을 떨치고 서로 따뜻한 체온을 나누고 있을 것인가? 쓸쓸한 울음소리가 내 발목을 잡아당기고 있었다. 나는 임화재 씨를 기다리다 지쳐 일정을 마무리 지을 수밖에 없었다. 다음을 기약하며 장죽리를 빠져나왔다. 늦여름의 바람이 산에서 기어 내려왔다.

코를 뚫어다오.
밟히고 찢기고 맞아 부서진
몰골로 마지막 돌아왔느니.
코를 뚫어다오.
끊기지 않는 고삐를 매어다오.

내 어버이를 버리고
고향 땅을 버린 채
죽어살이한 내 어리석음을
흙냄새로 깨워다오.
한 줌 흙을 물고 죽을 수 있도록.
고향 땅이여! 고향 땅이여!

자신의 코를 뚫어서까지도 고향에 머물고자 했던 시인의 고
향은 이제 앞을 볼 수 없을 만큼 어두워져 있었다. 고향을 떠나
끝없이 떠돌던 탕자의 꿈은 바로 그 고향으로 다시 돌아가는 것.
마둔의 저수지를 바라보며 누운 임홍재 시인의 음택은 이제 고
삐가 되어 고향에 그를 묶어두고 있었다.

집으로 돌아와 1975년 12월 송수권 시인에게 보낸 임홍재
시인의 편지를 읽는다. 살아서 〈육성(肉聲)〉 동인과 더불어 가장 절

자필로 쓴 「겨울 회화(繪畵)」.

친했던 문우였던 송수권 시인과의 교류는 임홍재 시인에게 더없는 행복이자 즐거움이었다. "우리 앞에 놓인 암담한 환경, 그것을 탓할 게 못 되지만 그래도 우리는 만족하며 살아야 하고, 서로 사랑해야 하고, 끝없이 표주박으로 빗물을 퍼내야 합니다. 가난하지 않고, 환경이 좋으며 축복만 받은 인간이라면 시의 경지에 이르지 못할 것이 아닙니까? 끝없는 병, 이 병을 앓으며 사노라면 나중에 마지막 빛나는 언어, 모국어 몇 개의 어휘도 남을 것입니다." 그는 병을 꿈꾸며 살았다. 마지막으로 상정된 시간 속으로 진행되는 시에 이르는 병이야말로 삶과 죽음을 아우르는 생의 본질이라는 믿음은 그로 하여금 현실의 가혹함을 달게 받아들이게 하였다. 가난과 암담한 환경을 통한 발분發憤 서정의 세계가 임홍재 시인의 주요 시세계라는 점은 결코 우연이 아니다. 결기 서린 정직성은 그의 시를 더욱 치열한 지경으로 몰고 갔다.

아, 그러나 나는 노래하리라.
묘지 위의 작은 풀잎같이 흔들리며
지렁이 울음을 삼켜가며
역사의 올과 날을 짜는
보이지 않는 작은 손들을
노래하리라, 사랑하리라.

밟혀서 끊기는 지렁이의 분신(分身) 같은

아픔을 나누며 노래하리라.

바람아 바람아―

「바람아 바람아」 부분

유고 시집 해설에서 김우창 선생은 그의 시적 특성에 대해
"그의 이야기는 비록 더러는 시적 조탁성에 있어서 부족함이 있
다 하더라도 그 진실함에 있어서, 또 넓은 공감 능력에 있어서는
가장 절실하게 서민의 감수성을 표현하고 있는 것"이라고 지적한
바 있다. 서민에 가해진 제반 불우한 생의 조건이야말로 그의 발
분의 토대가 된다. 그들과 아픔을 나누며 지렁이의 분신과 같이
그 고통을 노래하는 것이 그에게 시의 다른 이름이었는지도 모
른다. 분憤은 정情이다. 그는 가까운 사람들에게도 매우 자별한
정을 보여준 것으로 알려져 있다. 근래에 타계한 임영조 시인이
〈중앙일보〉 신춘문예에 당선되었을 때 가장 먼저 찾아와 축하해
준 사람도 바로 그였다. 그때 임홍재 시인은 정릉의 가파른 산 중
턱에 네댓 평의 썰렁한 술가게를 운영하고 있을 무렵이었다. 당시
그 가게를 찾았던 임영조 시인은 다음과 같이 술회하고 있다. "다
만 한 가지 분명한 것은 그의 문학에의 열병이 아직도 식지 않
고 있다는 데 대한 확인이었다. 또한 가게 한쪽 벽면에 잇댄 시멘

트 마루방에 앉은뱅이 작은 상 하나 놓고 그 위에 가지런히 꽂혀 있는 소월 시집, 한용운 시집 등을 비롯하여 잡다한 문학서들이 손때가 전 채 주인의 근황을 짐작케 해주었다." 그의 문학적 열정은 이태 뒤인 1975년 〈서울신문〉 신춘문예에 시 「바느질」이, 〈동아일보〉 신춘문예에 시조 「염전에서」가 동시에 당선됨으로써 빛을 발하게 된다. 그의 다정다감한 심성은 주변에 많은 문우들과 교분을 맺게 한다. 〈육성〉 동인을 주재한 시인이 바로 그였고, 〈육성〉 동인들과 많은 문인들이 서로 교우하도록 앞장선 것도 바로 그였다.

> 생활은 고달파도
> 마음만은 청자수병(靑磁水甁) 같더니
> 서울의 끝 황토(黃土)길을 어이 넘었길래
> 달 가고 해 가도 그림자조차 없는가.
> 면목 없는 면목동 사람들 틈에 끼어
> 하루 벌어 사흘을 앞당겨 빚지고 살다가
> 빚과 눈물에 묻혀 잦아든 당신.
> 당신이 두고 간 청자수병(靑磁水甁)에
> 눈물만 얼룩진다.
>
> _「구자운(具滋雲) 생각」 부분

임홍재 시인은 1979년 세상을 떠나기 전까지 면목동에 거주했다. 「청자수병」의 시인인 구자운과도 문학적 교분이 있었던 모양이다. 대선배인 구자운 시인에 대한 안타까운 심회를 보여주는 위의 시는 임홍재 시인의 폭넓은 문단 교류 관계를 다시 한번 확인하게 해준다.

〈육성〉 동인 결성의 전후를 알고 싶어서 정대구 시인께 전화를 드렸다. 네 사람의 동인 가운데 임홍재, 임영조 시인은 세상을 떠났고 이인해 시인은 문단을 떠나 근황을 확인할 길이 없었다. 정대구 시인만이 대학에서 교편을 잡고 있었다. 예의 그 수줍어하는 목소리가 전화를 통해 흘러나왔다. 정대구 시인은 신춘문예 당선 당시 시골의 어느 학교에서 교사를 하면서 교지를 만들기 위해 서울의 출판사에 의뢰를 했는데, 그 교지를 싣고 내려온 사람이 임영조 시인이었다는 것이다. 임영조 시인을 통해 서울 관철동에서 임홍재 시인과 인사를 나누고 교분을 쌓았다. 임홍재 시인의 발의로 신춘문예 출신 시인끼리 동인을 묶은 것이 바로 〈육성〉이었다. 제3호까지 발행했고 모든 세부 사항은 임홍재 시인이 주관하였다. 정대구 시인의 말을 빌리면 〈육성〉을 주재했던 것이다. 동인 한 사람당 약 십여 편 이상의 시를 모아서 발행했으니 당시로 보자면 적지 않은 공력이 든 셈이다. 표제는 김구용 선생께서 써주셨다. 조심스럽게 시인의 죽음에 대하여 물어보왔다. 소설가 이광복 선생의 출판기념회를 다녀오다 다리 아래로 추락했다는 것은 이미 알려진 사실이었고 다른 무엇, 즉 당시의 심리 상태 같은 것을 알고 싶었지만 너무 오래된 기억들을 더듬어나가기란 쉽지 않을 것이고 죽은 자에 대한 예의도 아닐 듯싶었다. 다만 영안실의 풍경을 선연하게 기억하고 계셨다. 청량리에 위치한 위생병원에 많은 문인들이 속속 찾아들었다. 그 가운데서도 잊을 수 없었던 일은 박용래 시인의 문상이었다. 대전에서부터 올라온 박용래 시인은 예의 그 울음보를 터뜨리며 영안실에 찾아들었던 것이다. 가장 아끼던 후배 시인이었노라고 하염없이 쏟아내던 그 눈물은 마음의 정을 넘어선 영혼적 교감의 소산이었다. 그의 죽음과 박용래 시인의 눈물 사이의 거리야말로 메말라가는 이 세계 속에 순수한 자들의 영혼이 거주하던 마지막 공간은 아니었나 생각하게 되는 것이다.

　　며칠 후 안성을 다시 찾았다. 동쪽으로부터 오다 보면 안성 초입에 있는 한경대학으로 들어갔다. 국립한경대학의 전신이 안

임홍재 시인의 유고 시집
『청보리의 노래』 표지.

성농고이다. 안성농고는 임홍재 시인의 모교로 그의 시비가 서 있는 곳이다. 한경대학 초입에 차를 세워놓고 학교 정문 관리인에게 시비의 위치를 물어보았다. 시비가 있다는 사실조차 모르고 있었다. 운동장 서쪽에 있다는 말만 들었던 터라 무작정 운동장을 중심으로 학교를 한 바퀴 돌기 시작했다. 찾기가 쉽지는 않을 거라는 말을 들었기에 서둘지 않고 학교 곳곳을 돌아다녔다. 드문드문 학생들에게 묻기도 했지만 아무도 아는 학생이 없었다. 30분가량을 헤매다 교무과를 찾았다. 나이가 제법 지긋한 듯 보이는 분께 시비의 위치를 물었다.

"아, 그 시비는 정문에서 올라오다 보면 오른쪽에 서 있어요."

"눈에 쉽게 띄나요?"

"그럼요. 바로 행길 옆인데……."

"원래부터 그 자리에 시비가 있었나요?"

"그게 아니라 운동장 저쪽에 있던 것을 옮겨놓은 것이지요."

운동장 초입으로 내려가 시비의 위치를 확인한 곳은 관리인 아저씨에게 물어보던 자리에서 불과 10미터도 떨어지지 않은 거리에 있었다. 그 무심함이 서럽고도 슬펐다. 수많은 이정표 표시에 시비의 위치 하나 정도 그려넣을 수는 없는 것인지. 뻔질나게 나오는 주차장 표시를 보면서 화가 났다.

임홍재

1942년 7월 20일 이 고장 장죽리에서 태어나 1979년 9월 26일 37세의 아까운 나이로 세상을 떠난 가난과 사랑과 눈물의 시인 임홍재의 청순한 시 정신과 각고의 업적을 오래 기리고 잊지 않기 위해 그의 시 한 편을 돌비에 새겨 여기에 세운다.

1981년 4월에 새긴 시비는 시월회始月會, 육성회肉聲會, 안성문우회, 안성농고 동문회의 명의로 반듯이 서 있었다. 축축한 습기가 돌 위에 앉아 있었다. 시비 앞면에는 박두진 선생께서 선하시고 쓰신 임홍재 시인의 시 「소곡小曲」이 새겨져 있었다. '죽는 길이 험할수록/ 죽음이 값진/ 청옥빛 열매가/ 바람길을 열고 있네'. 자신 스스로 청옥빛 열매가 되어 바람의 길을 열고 떠나 이른 곳은 어디인가? 왜 그토록 험한 죽음의 길을 터벅터벅 걸어갔던 것인가? 그 죽음은 어떤 생의 열매가 되어 이 땅에 다시 솟아날 것인가? 임홍재 시인의 시비를 참배하고 돌아오다 안성장 노지에서 팥죽을 들며 썼다는 송수권 시인의 「안성장터」는 '동녹이

한경대학에 있는 임홍재 시비 전경.

271

슬어가는 유기전 놋그릇들 위에/ 눈이 내린다/ 어스레기 황혼을 부르는 말뚝 위에'라고 끝을 맺고 있다.

한경대학을 나와 안성장터에 들어섰다. 임홍재 시인이 안성 집에 내려올 때마다 쇠고기 몇 근을 샀다는 농협 구판장은 이제 사라진 지 오래고 농협 하나로마트가 거창하게 자리 잡고 있었다. 안성장터는 임홍재 시인의 정서적 샘터이다. '끗발 좋던 안성유기가/ 스텐레스에 밀려/ 허름한 전 구석에 앉아/ 파리를 날리고 있다.// 진종일 기다려도/ 떠나간 허생원은 돌아오지 않고/ 동녹만 번진다'(「안성 장날」 부분). 안성유기의 성쇠야말로 안성장터의 흥망을 대변해준다. 안성의 특별한 정취는 오래된 것들을 쉽사리 버리지 않는다는 데 있다. 안성터미널은 오늘날까지도 경기권에서는 가장 오래된 정취를 풍기고 있는 명물이다. 쉽게 변하지 않으려는 자존의 태도야말로 안성을 감싸고 있는 기운이라 할 수 있을 것이다. 유기전을 비롯 옹기전 쇠전 마당은 단순히 시적 정취만을 제공해주는 것이 아니라 시대를 반영하는 대표적인 공간이기도 하다.

큰누나 작은누나 모두 모여
놋그릇을 닦는다.
동(銅)녹에 얼룩진

임홍재

징용 간 아버지의 놋그릇을.
닦아도 닦아도 보이지 않는
아버지의 얼굴.
놋대야에 눈물 받아
놋그릇을 닦는다.

윤사월 산자락에
송화가루 날리듯
떠나가 오지 않는 아버지.

뜬눈으로 지새는 밤.
베갯머리에 살아오르는
남양군도 푸른 바닷소리.

아버지 십자성에 눈을 밝히며
안성장 열두 마당 마지막 골목
진종일 어정대던 바람 몰리듯
어드메를 헤이시는가.

윤사월 보리누름 때

오지 않는 아버지 젯날 정하고
해종일 울던 울 엄니
놋그릇에 눈물 받아
목 놓아 운다.

_「놋그릇 한 벌」 전문

안성장터는 단순히 물물교환의 장소일 뿐 아니라 구체적인
삶의 공간이며 민족 수탈의 장이었기도 하다. 남양 군도는 일제
에 의해 강제 징병 및 징용이 이루어졌던 공간이다. '안성장 열
두 마당'은 엘리아데의 말로 표현하자면 낙원의 회복이라고 할
수 있다. '남양군도'는 낙원으로부터의 추방이며, '안성장터'는 낙
원으로 돌아오는 것이라 볼 수 있기 때문이다. 이러한 점에서 보
면 안성장터는 시대적 의미를 함유하고 있다. 민족자존의 공간
이자 고향의 확장된 의미라 할 수 있다. 「하곡 공판장에서」와 같
은 시를 보면 농협 창고 앞마당에서 벌어지는 서민에 대한 수탈
을 여실히 보여준다. 임홍재 시인에게 장터는 서민의 삶의 터전이
며 동시에 외세와 가진 자들에 의한 수탈의 장으로 보였던 것이
다. 이러한 한스러움은 남사당패들에 대한 시적 묘사를 통해 여
실히 드러난다. '눈물보다 진한/ 사랑은 어느 풀섶에 스러졌는가/
사당패 쫓아가 소식 없는/ 당고모처럼/ 차라리 그렇게 지낼 일

임홍재

을/ 우리는 어찌 몰랐더냐'(「벌초를 하며」 부분). 뿌리 뽑힌 현실을 그 자체로 부정하고 떠도는 사당패야말로 시인이 보기에는 이 땅의 아픔과 고난을 여실히 보여주는 상징으로 생각되었다. 안 성 청룡사는 150년 전 그야말로 남사당패의 메카였다. '바우덕이' 를 필두로 한 안성의 남사당패는 조선 후기를 풍미했던 연희패였 다. 흥선군으로부터 '옥관자'를 하사받은 안성 남사당패가 마을 에 들어서면 다른 남사당패들은 깃대를 내려 예를 표했을 정도 로 그 위세는 당당했다고 전해진다.

에라 차라리
안성(安城) 청룡사(青龍寺)
남사당(男寺黨)이나 될거나.

팔도(八道)의 오만 잡것
다 모이는 엽전재 마루에서
안동포(安東布) 한산(韓山) 모시
바리바리 열두 바리 싣고 오는
삼남(三南)의 품넓은 남정네와
한마당 놀아 볼거나
아 불살라 볼거나.

(……)

청룡사(靑龍寺) 큰 법당 부처님도
가운데 다리를 들먹인다네.
고기 맛본 큰스님 어디로 가고
남사당패(男寺黨牌)들만 목청 돋우네.

아 청룡사(靑龍寺) 남사당(男寺黨) 그리운 얼굴들
어디로 갔는가.
내 차라리 남사당(男寺黨)이나 될꺼나, 될꺼나.

_「남사당」 부분

남사당의 기예는 원래는 남성들의 전유물이었다. 그러나 바우덕이로 불리는 김암덕이라는 전설적인 처녀 꼭두쇠의 등장으로 여성들이 남사당의 기예에 참여하게 된다. 이 안성 남사당패들은 조선 후기 피폐할 대로 피폐해진 민중들의 갈증을 해소시켜주는 역할을 한다. 임홍재 시인이 남사당을 통해 꿈꾸었던 것도 중생과 부처의 경지마저 뛰어넘는 살맛 나는 세상이었으라. 자신들의 불우를 딛고 일어서서 민중들에게 즐거움을 선사했던 남사당패에게서 시의 또 다른 효용성을 찾아보았을지도 모를 일이다. 그러나 그가 살았던 시절에도 이미 남사당패는 사라진 지

임홍재

오래였다. 이 시대 누가 자신의 불우함을 통째로 드러내며 타인에게 오아시스 같은 역할을 하겠는가?

안성장터에서 순대국밥을 말아 먹고 석남사로 향했다. 석남사는 그의 고향인 마둔에서 차로 15분 거리에 위치해 있다. 오랜만에 찾은 절집은 불사를 일으켜 일부 단장을 했고 일부는 아직도 단장 중이었다. 그러나 아쉽게도 대웅전으로 올라가는 계단은 각을 죽이고 널찍하게 바뀌어져 있었다. 높고 아스라이 보이던 대웅전(석남사의 현판에는 특별히 대각전으로 쓰여 있다)이 절문 앞을 지나면 평범하게 시야로 들어왔다. 샛길을 따라 마애미륵보살님을 만나기 위해 걸음을 재촉했다. 늦여름의 습기가 가슴을 타고 올랐다. 두툼하고 선이 고운 보살님의 발가락을 만져보았다. 아마 임홍재 시인도 이곳에 수차 왔으리라. 새로운 미륵의 세상도 기원했으리라. 삼천 사발 고름으로 얼룩진 고달픈 삶을 아프게 새기며 주위 사람들의 발복을 빌었으리라. 수많은 염원으로 눈물깨나 흘렸으리라.

산에서 내려와 다시 장죽리 임화재 선생의 집으로 향했다. 집은 역시 비어 있었다. 마루에 앉아 걸어놓은 사진을 살펴보았다. 임홍재 시인의 흔적을 찾을 수 있을까 싶었지만 허탕이었다. 남의 집 마루에 걸터앉아 보내는 늦여름의 오후는 고요하고 한적했다. 두 시간여를 기다리다 집을 나왔다. 전에 길을 일러주었던 아주머니 댁에 들어가 보았으나 그 아주머니도 역시 집에 계시지 않았다. '아 청룡사 남사당 그리운 얼굴들/ 어디로 갔는가./ 내 차라리 남사당이나 될꺼나. 될꺼나.' 시골 마을의 오후, 지향의 소실점을 잃은 마음은 흩어진 구름을 따라 마구 날아가고 있었다. 애써 그 마음을 다잡고 싶지도 않았다. 나도 남사당패가 되어 어느 장터에서 줄을 타고 술을 받고 싶은 마음이 간절했다. 전에 이 마을을 찾았을 때 시를 쓰시는 아주머니에게 시인의 죽음에 대해 넌지시 물어보았었다. "아, 그분은 학식도 많고 천재라 서울 사람들이 시기해서 죽었다고 들었어요." 시인은 그렇게 자신의 고향에서 잊혀져가면서 또 끊길 듯 끊길 듯 신화로 존재하고 있었던 것이다. 그 이야기가 떠오르자 나는 곧바로 일어서 안성을 빠져나왔다. 더 이상 머물 필요가 없었다. 집에 돌아오고 나서 며칠이 지나 음력 7월 보름날 맑고 푸른 기운의 달을 보다가 문득 박성룡 시인의 시가 떠올라, 달빛 아래서 그의 시 한 편을 더듬거리며 읽었다. 시인은 가고 그의 시와 그를 기리는 시만이 남아 있을 뿐이었다.

홍재(洪宰) 가자
달 밝은 추석(秋夕)은 오다.

임홍재

그가 좋아하던
둥근 달도
깊은 산골 물 위로만
떠 흐르렷다.

고달픔도 이젠 잊고
떠 흐르렷다.
고향 마을도
맛뚠(馬屯) 저(貯) 깊은 물에 잠겨

이제 그만
말이 없고……

어머님 그 고운 바느질 솜씨
지금쯤 달빛 아래
어느 상복(喪服)을 깁을까?

홍재(洪宰) 잠들자
기미중추(己未中秋)
달 밝은 추석(秋夕)은 오다.

바느질

임홍재

한평생 닳고 닳은
눈물의 화강석
맑은 귀를 틔워
어머니 바느질을 하신다.
눈썹마다 푸른 신경(神經)이 돋아
아린 빛살에 찔리며
구멍 뚫린 자루를 깁는다.

그슬린 등피(燈皮) 너머
풀빛 연한 시간이
바늘귀에 뜨이고
죽은 은어(銀魚) 떼가 물구나무 서서
목숨의 한 끝을 말아올리는 밤.
어머니 십팔문 반 옥색 고무신으로
눈물에 익은 달빛을 퍼 올린다

잠든 내 유년(幼年)……

술래처럼 실을 물고
물구나무 선 방(房)
가난한 식솔(食率)들의 목마름이
목화실에 뜨이고 뜨이고……

청보리 목 잘려 간 황토 영마루
떠나간 할머니 상복(喪服) 깁던 바늘로
어머니 바느질을 하신다.
뼈마디마다 일어서는
몸살을 안고
채워도 채워도 채울 길 없는
허기(虛飢)를 깁는다.

눈이 내리는데, 눈이 오는데
우리들의 마음속에 간직한 씨앗 하나
긴박한 눈물에 익어
맑은 하늘 아래 사랑으로 채우고

목화 다래가 될까!
속곳까지 찢긴 바람이여.
귀먹은 바늘귀여.

불씨 다독여 인두를 묻고
반월성 성마루에 달이 오르듯
고운 선(線) 빚어내어
어머니 바느질을 하신다.

바람은 청솔바람
대숲에 와 머물고
댓잎소리 우수수
한지(韓紙)에 스미는 밤
머리칼 올올마다 성에가 찬데
한평생 닳고 닳은 곧은 바늘로
바느질을 하신다.

임홍재 시인 연보

1942.   경기도 안성군 금광면 장죽리 출생.

1966.   안성농고를 거쳐 서라벌예대 문예창작과 졸업.

1969.   「시조문학」에 「토속(土俗) 이미지 초(抄)」로 2회 추천.

1974.   문광부 문예창작 공모에 장시 「흙바람 속의 기수(旗手)」 입선.

1975.   〈서울신문〉 신춘문예에 시 「바느질」 당선.

               〈동아일보〉 신춘문예에 시조 「염전에서」 당선.

               동인지 「육성」 발간 주재.

1979. 9. 26.   타계.

니르바나를 향한
단독자의 길

송 유 하

어머니! 고통을 주십시오.
가장 불행한 생활을 나에게 주십시오.

「깃발」 부분

간혹 세계는 도저히 이해할 수 없는 의문들로 우리를 당혹
케 한다. 송유하 시인의 죽음이 바로 그러하다. 그의 삶과 죽음
사이에 존재하는 인과적 고리를 찾아내는 것을 나는 포기할 수
밖에 없었다. 한 번도 자신을 드러내거나 타인에 대해 결례를 범
한 적이 없는 수도승의 자세를 가진 한 젊은 시인이 왜 의문의
죽음에 이르러야 했던가? '가장 불행한 생활을' 감수하고자 했
던 강인한 내면이 왜 어이없이 무너져야 했는가? 그러나 어찌 보
면 세계는 늘 이해할 수 없는 모순과 부조리로 가득 차 있지 않
았던가?

　어느 날 김포의 외딴 논두렁에서 발견된 의문의 주검. 온갖
의문 속에서 차라리 나는 그의 죽음보다 삶의 모습을 찾고 싶은
욕망이 살아났다. 그러나 그에 대한 기록이나 증언은 거의 남아
있지 않았다. 그가 가진 생의 태도, 즉 몸에 밴 단독자 의식은 타
인에게 자신을 각인시키거나 여기저기 얼굴을 알리는 행위들에
대해 극도의 반감을 가졌을 것이다. 좀 더 적확하게 이야기하자
면, 그러한 행위에 대해 반감을 가졌던 것이 아니라 체질적으로
그러지 못했을 가능성이 크다. 스님이 되고자 했던 한 시인, 그러
나 그를 기억하는 자가 별로 없는 외로운 삶을 살았던 사람이 바
로 송유하 시인이었다. '고독을 버리는 것은/ 소리의 칼에 베이는
것'(「소리」 부분)이라고 읊었듯이 그가 앓았던 병은 고독이었으며

송유하

그가 제기한 생의 문제는 고독으로의 침윤과 해탈 사이에 놓여 있다 할 것이다.

송유하 시인은 1944년 4월 23일 대전 오정리에서 부 송인권 씨와 모 한차희 씨 사이의 5남매 가운데 장남으로 출생한다. 오정리는 지금의 한남대학교 주변으로 은진 송씨의 집성촌이었다. 그가 성장하고 대학에 다닐 무렵만 하더라도 전통적인 생활의 풍광이 그런대로 남아 있던 곳이기도 했다. 그의 유고 시집을 해설했으며, 고등학교 은사이기도 한 최원규 시인을 찾아가기로 했다. 토요일 오전 좀 이른 시간에 출발한 까닭에 약속 시간보다 일찍 대전 나들목을 빠져나왔다. 나는 곧장 송유하 시인의 모교인 보문고등학교에 들렀다. 최원규 시인이 시집 해설에서도 밝혀 놓았듯이 그는 '소년 시인'이었다. 그의 생을 연역적으로 추측해 보건대 대개의 인생관과 진로를 그는 보문고등학교 시절 결정지었다고 해도 과언이 아니다. 내 개인적으로는 전국 고교 백일장의 장원을 한 그가 왜 문과대학이 아닌 종교학을 전공하게 되었

유고 시집에 실린 사진.

287

는가에 강한 의구심을 가지고 있었으나 보문고등학교에 들어서는 순간 그 의구심은 어느 정도 풀렸다.

　내가 대전에 간 날이 공교롭게도 사월 초파일이었다. 보문고등학교는 불교계에서 운영하는 학교로 부처님 오신 날을 기념하기 위해 색색의 연등을 내걸고 있었다. 교사校舍의 중앙 1층 옥상 위에 소슬한 한 채의 5층 석탑이 서 있었다. 소년 문사의 가슴속에서 저 탑은 타오르는 한줄기의 불꽃이었던 것. 모순된 세계를 이해하는 유일하고 절대적인 렌즈가 그에게는 불교적 세계였다고 단언할 수 있다. 보문고등학교는 나름의 문학적 풍토를 보여준다. 홍희표, 이은봉, 박주택, 송찬호 시인 등이 현재까지 활발하게 활동하고 있다.

　최원규 시인은 자택에서 송유하 시인을 애틋하게 추억했다. 저쪽 주방에서 차를 준비하시던 사모님도 송유하 시인의 이야기가 나오자 "착한 분"이라는 한마디로 그의 인품을 떠올렸다. 최원규 시인은 보문고등학교 재직 시절 문예반을 이끌던 이야기를 하다가 자리에서 일어났다 앉을 정도로 열정적이었다. 예의 동국

보문고등학교 본관 전경이다.
그는 이곳에서 아마 자신의
불교적 세계관을 가다듬었을 것이다.

대학교 주최 전국 고교 백일장에서 송유하 시인이 장원을 한 일화가 최원규 시인의 입을 통해서 흘러나왔다. 아침 일찍 대전역에서 기차를 타고 동국대에 도착하여 백일장에 참가하던 때의 일을 최원규 시인은 또렷이 떠올리며 이야기하고 있었다. 본관 건물에서 시제가 적힌 커다란 광목천이 내려왔다. 그때 시제 가운데 하나가 '주발'이었다.

나의 주발에는 하늘을 담자. 하늘같이 어진 은혜를 담자. 나의 주발에는 기린같이 목을 늘이고 서서 산을 바라보는, 산을 바라보며 언제나 착한 아들이 되나 착한 아들이 되나 하고 염려하는 눈빛을 담자.

(……)

나의 주발에는 언제나 간절한 숨이 배어 있고, 너무 값지고 무거운 사랑이 담겨 나와서 목을 메이게 하는 혈연의 소용돌이 속에 가없이 울고플리야, 울어서 노을처럼 타오르는 숲이 되고플리야.

_「주발」 부분

그는 놋쇠 주발에 '하늘' '하늘같이 어진 은혜'로 표상되는 어머니의 눈빛을 담고자 했다. 그에게 어머니는 모든 형태의 두려움과 가난으로부터 그를 지켜주며, 피의 온기를 느끼게 해주던 관음보살의 현신이었던 것이다. '저녁마다 등잔 아래에서 떡을 빚고 손가락이 굽도록 떡을 빚고 날만 새면 시장으로 나가 어린것들을 길러주시는 어머니'(「주발」 부분)의 형상은 그의 삶에 뚜렷한 지표로 작용한다. 그의 짧은 생에 분명히 새겨진 엄격한 윤리적 절제도 바로 어머니에 대한 경외의 마음에서 비롯되었을 터이다. 주발에서 그는 '혈연의 소용돌이'로 상징되는 몇 겹을 넘어온 인연의 온기를 느꼈던 것이다. 주발에 담긴 '혈연의 소용돌이' 속에서 그는 끝도 없이 울고 싶어 했고, 울다가 타오르는 숲이 되고자 했다. 백일장이란 무릇 산만하고, 미리 준비된 이미지들을 시제에 짜맞추기 십상이지만 소년 송유하 시인의 「주발」은 내면화된 일상을 결코 가볍지 않은 시어들로 풀어내고 있다. 이 시는 물론 장원으로 뽑혔다. 최원규 시인은 스승으로서 그때의 감격을 아래와 같이 추억했다.

"백일장이 끝나고 결과는 오후 5시에 발표라 늦은 점심을 먹고 기다렸지. 그런데 송유하가 장원에 뽑힌 거야. 미당 선생의 심사평이 이어졌지. 촌에서 올라온 송유하는 천재 시인으로 이렇게 훌륭한 학생을 뽑아보기는 처음이라는 것이 심사평의 요지였어. 상품은 탁상시계, 국어사전, 만년필 등 그때로는 굉장히 푸짐했지. 상장도 컴퓨터로 쭉 뽑아서 주는 오늘날 것과는 달랐지.

그 자체가 명필로 쓴 예술품이었어."

최원규 시인은 40년 전의 일을 마치 어제 일처럼 말하고 있었다. 대전에 내려오니 소년 시인 송유하의 장원을 알리는 소식들이 중앙 일간지에 지면으로 발표되었다고 하였다. 오늘날 문화계는 소년 문사들이 무엇을 하고 있는지에 대해 관심이나 가지고 있는지 회의스러울 뿐이다. 나는 다시 한번 궁금한 점을 물어보았다.

"왜 국문과를 안 가고 불교학과에 진학했는지 궁금합니다."

"글쎄, 나도 국문과에 진학하라고 권유했었지. 그런데 그 부분에서는 완강했어. 그의 시에 나타나는 불교적 요소는 충분히 알겠는데 왜 그가 불교학과를 택했는지는 알 수 없었지. 사실 나도 섭섭했지. 그리고 그는 동국대 불교학과로 갔지만, 미당 선생을 찾아가지는 않았지. 만약 찾아가서 백일장 장원을 했던 송 아무개라고 말했으면 미당 선생께서 아마 등단을 당신 손으로 주선했을 법한데 그는 그러지 않았지. 철저함과 겸손함이 몸에 밴사람이라면 별 틀린 말이 아닐 거야."

"머들령문학회는 어떤 모임입니까?"

"아, 그것은 당시 대전의 고등학생들이 모여서 조직한 문학회지. 열정들이 있었어."

요절한 시인들을 찾아다니며 공통적으로 느끼게 되는 사실은 바로 그들 하나하나가 불꽃같은 삶을 살았다는 것이다. 송유하 시인에게서 역시 겉으로 드러난 고요함과 다른 내부로부터 솟아올라온 생의 모순에 대한 치열한 불꽃을 만나게 된다. 타인의 시선으로 바라보았을 때 그의 삶이 일목요연하게 설명된다 하더라도 그것은 그의 내면에서 솟아난 빙산의 일각에 불과하다는 것을 송유하 시인의 시는 잘 보여준다.

그렇다면, 또한 고오타마여
추운 바다의 마루 끝에 서서
도끼를 치켜들고
이빨을 들어 웃는다.
바람의 흰 뼈를 부러뜨린다.
가볍게 찍혀나가는 귀뿌리
못난 수도승(修道僧)의 고행은
무슨 잎그늘을 풀어내는가.
지탱하는가, 한쪽 귀퉁이가 떨어져나간 바다.
바람 속에는
새로 지은 배 바람 속에는
아침이
출렁거리고

송유하

내 두뇌(頭腦)의 푸른 가지 사이로

몰려드는 꽃

「그렇다면, 또한 고오타마여」 부분

마치 붓다의 제자들이 존재론적 질문을 고오타마, 즉 붓다에게 던지는 듯한 방식을 이 시의 제목은 취하고 있다. 그러나 시 전체의 구성 방식은 복잡한 자신의 내면적 갈등을 치열한 시 정신으로 풀어내고 있다. '도끼' '이빨' '바람의 흰 뼈'는 모두 그의 내면을 투과한 바다의 풍광이다. 겨울 바다에서 불어오는 바람과 파도 앞에선 자신의 모습을 그는 '못난 수도승'으로 표현하고 있다. '찍혀나가는 귀뿌리'와 '한쪽 귀퉁이가 떨어져나간 바다'는 못난 수도승으로서 그의 상실 의식을 단적으로 보여준다. 그는 자신이 선 절체절명의 상황 속에서 새로운 생명에의 의지를 지니고 있었다. 그는 '추운 바다의 마루 끝에서' 다시 묻는다. '그렇다면 고오타마여/ 내 옆에 가까이 출렁거리는 손발은 무엇인가.' 이 손발은 그에게 새로운 생명에의 창조 혹은 창조적 의지였다 할 것이다. 어두운 상황 속에서도 그는 자신의 사랑과 생명을 어루만졌다. 하여 '사랑의 일도 하지 못하는 손을/ 바다의 가장 푸른 목장牧場에 집어넣어라'고 절규한다. 이 절규는 그의 시가 지닌 에토스적 갈등을 잘 보여준다. 자신의 내면에 타오르는 불꽃을 바라보며 스스로에게 윤리적 결단을 촉구하는 모습이야말로 그의 시 전체를 아우르는 시적 모티브가 될 터이다.

1970년. 송유하 시인은 대학을 졸업한다. 그는 대학 졸업 후 잡지사 이외의 직장을 가져본 적이 한 번도 없는 것으로 알려져 있다. 대학을 졸업한 다음 해 그는 『월간문학』 제1회 신인상에 당선되어 문단에 나오게 된다. 송유하 시인의 잡지사 기자 생활을 알고 싶어서 옛 동료를 찾던 중, 시인이며 우리말 순화 운동에 앞장서신 권오운 선생과 연이 닿아 몇 마디를 나눌 기회가 있었다. 2년 가까이 잡지 『학원』에서 함께 기자 생활을 하면서 권오운 선생이 느낀 송유하 시인은 무골호인無骨好人의 바로 그것이라 했다. 당시 『학원』은 강북삼성병원(옛날의 고려병원) 근처였는데 영천동으로 내려오면 대성집이라는 막걸리집이 있었다고 했다. 지금도 도가니탕으로 유명한 그곳에서 그는 밤늦도록 술을 마시는 일이 허다했다고 한다. 『학원』에는 어떻게 취직을 했는지 물었더니 당시는 공채가 아니라 일단 등단을 할 정도면 기사를 쓸 능력이 있는 것으로 간주했다고 한다. 더욱이 송유하 시인의 경우는 학창 시절 『학원』에 여러 차례 글을 기고했는데 그러한 정도의 연분이면 아마도 어렵지 않게 『학원』의 기자로 입사할 수 있었을 것이다. 『학원』은 잡지의 특성상 일선 학교를 찾아다니는 경우가 많았는데 간혹 학교로부터 기사를 부탁받으며 약간의 거마비를 받

송유하

앉을 때 송유하 시인은 어찌할 줄 몰라 했다고 한다. 아마도 그 날 밤 그들은 술로 거마비를 탕진했을 것이다. 끝으로 당시 송유하 시인의 시적 경향에 대한 내 물음에 권오운 선생은 "어두웠다"고 말했다. 권오운 선생이 말하는 어둠이란 어떤 것일까? 권오운 선생은 그의 유고 시집이 사후 10년 만에 나온 사실도 알지 못하고 있었다.

> 몇 사람의 손이 바람을 앓고 있다
> 몇 사람의 눈이 빛깔을 빼앗긴다
> 몇 사람의 꿈은 소리로부터 잊혀진다
> 아무리 능란한 말의 술사(術士)라도
> 하늘에서 내려오는 투망(投網),
> 하늘의 정원(庭園)에서 내리쏟는 꽃빛 푸른
> 바람 속에서는
> 일체(一切)히 미완성(未完成)이다
>
> _「소외(疎外)」 부분

'일체히 미완성'이라는 경외의 눈빛 속에 나는 송유하 시인의 허무를 본다. 우주의 비의에 대한 경외에서 빚어지는 양가의 감정, 즉 놀람과 두려움은 한편으로는 인간의 사유를 소위 불가

지론으로 이끌어 허무의 뿌리와 만나게 한다. '앓고 있다' '빼앗긴다' '잊혀진다'와 같은 서술은 '하늘에서 내려오는 투망'으로 상징되는 대자연의 서사 앞에서 인간 행위의 무의미함을 고스란히 담아내고 있다. 그가 지향했던 광대무변한 불교의 세계 속에서 그가 자유로웠다고 나는 생각하지 않는다. 세간과 출세간의 접점에서 그는 늘 자신의 상처를 확인했다. 생의 환희와 생의 어둠이 모두 그 접점에 있었던 것이다. 그가 맞닥뜨린 불교적 허무는 퍼낼 수 없는 깊은 바다와 같아서 쉽사리 절망의 모습으로 시의 표면에 드러나지 않는다.

아침부터
철썩이는 바다의 팔방(八方)에서
문(門)을 열고
들여다 보시는 바
이 몸은
털 빠진 쥐꼬리만큼도 식욕(食慾)이 발호할 이치(理致)가
없고
불결하게 굴러다니는
등신(等身)

_「인사(人事)」 부분

송유하

'바다의 팔방'은 그가 인식한 세계의 전형적인 모습이다. 너무나 오묘하고 깊은 팔방의 우주 앞에서 그는 스스로 '등신'이라 자처했다. '불결하게 굴러다니는' 자신의 모습을 확인한다는 것은 하나의 자기 결단이며 동시에 괴로움이기도 했을 것이다. 그가 그토록 꽃이라는 사물에 집착했던 연유도 이 부분에서 찾을 수 있다. 소멸과 생성의 혼돈과 질서가 그에게 꽃이라는 피상의 관념으로 깊게 각인되어 있다는 것은 분명하다. 그것은 그의 시에 등장하는 꽃이 시적 소재나 대상이 아니라 그의 관념에 내면화된 인식의 총화라는 것을 뜻한다.

　나는 꽃나무.
　언제 피며, 무슨 색으로 머물며,
　어떻게 지며, 얼마나 망설이며 살아야 하는지……

　나는 동상(凍傷)에 걸린 꽃나무.
　가지 끝에서 미소가 떠난다.
　가지 끝에서 바람이 모인다.

　나는 생각하며 사는 꽃나무.
　더 아프게, 더 뜨겁게, 더 예쁘게, 더 착하게,

더 고웁게……
나의 꽃나무는 그렇게 빛나는 꿈을 키운다.

꽃이 지는 것은 씨앗을 탐하는 마음
나는 낙화(落花)의 그늘에서 씨앗으로 머문다.
꽃나무는 바람에 흔들린다.
나는 가난한 꽃나무.

—「나·꽃나무·바람」부분

'나·꽃나무·바람'은 서로 다른 그 무엇이 아니라 존재의 유기적인 구조물이다. 그는 자신에 대한 존재성의 탐구를 꽃을 빌려 드러낸다. 꽃나무에 대한 형상은 두 가지이다. 하나는 자신이 스스로를 진단한 꽃나무이고, 다른 하나는 자신이 지향하는 꽃나무이다. 전자가 '동상에 걸린 꽃나무'라면 후자는 '생각하며 사는 꽃나무'이다. 전자가 소멸이라면 후자는 생성의 의미를 지닌다. 생의 유한성과 그것을 넘어서고자 하는 정신의 갈등 속에서 그는 스스로 '가난한 꽃나무'라고 표현하고 있다. 소멸과 생성의 존재론적 갈등이야말로 생각하는 인간에게 주어진 운명이라 할 수 있다. 그것은 바로 '바람에 흔들'리는 존재를 의미하는 것이기도 하다. 그러한 점에서 유고 시집의 제목이 '꽃의 민주주의'라는

송유하

것은 결코 우연이 아니다. 이 시집은 그가 타계한 지 햇수로 11년 만에 간행되었지만 시집 제목은 그 스스로가 정해놓았다. 그는 타계하기 몇 달 전 시집을 발행하기 위해 최원규 시인에게 해설을 부탁해놓았다고 했다. 그때 이미 그가 정해놓은 제목이 바로 '꽃의 민주주의'이다. 1971년에 등단해서 1982년경에 첫 시집을 준비한 셈이니 상당히 늦은 셈이다. 1993년에 이 유고 시집은 송유하 시인의 동생인 송영숙 시인에 의해 세상의 빛을 본다.

송영숙 시인을 찾았다. 어렸을 때부터 오빠를 가장 잘 따랐던 그녀는 1992년 『시문학』으로 등단하여 관록을 지닌 시인으로 활동하고 있었다. 송유하 시인이 타계했을 때 그녀는 고등학생이었으며 영안실이 무엇인지도 모르는 어린 나이였다. 오빠가 세상을 떠난 지 10년 만에 그녀는 오빠의 뒤를 이어 시를 쓰고 있었다. 오빠에 대한 이야기를 하며 그녀는 내내 눈시울을 붉혔다. 그것은 단순한 혈육의 정만은 아닌 듯싶었다. 기억의 단편들, 즉 방학 때 내려온 오빠와 함께 별을 바라보며 둑길을 걷던 인상들은

송유하 시인 어머니의
정갈한 한글 서간이다.

299

그녀의 내면 깊이 현실 너머 다른 세계에 대한 동경으로 가득 차게 했던 것이다.

그녀는 사진 몇 장과 자료가 될지 모르겠다며 편지 몇 통을 내놓았다. 그 편지는 어머니가 시어머니와 시아버지에게 썼던 언문체의 붓글씨였다. 단아하면서도 결기가 서린 글씨체였다. 세로로 쓴 서간문은 짧고도 담박하게 웃어른에 대한 안부를 묻고 있었다.

어마님 전 상사리
문
알외오며 일긔 극히 차온듸
긔후만~ 강령ᄒ시압나니가
알외올 말삼
하감ᄒ압심젓사와 이만 적사옵고 닉~
긔체후 만령ᄒ압심 바리압나니다
신사 납월 삼일
자부 상사리

상사리란 사뢰어 올린다는 뜻으로 웃어른에게 올리는 글의 첫머리나 뒤에 쓰는 글이다. 시어머니께 문안을 올리는 이 서간

송유하

은 예부터 내려오던 여인의 품격을 느끼게 하기에 부족함이 없다. 납월은 음력 12월을 뜻하므로 동짓달이다. 시어머니께서 삼동의 추위에 편안하게 지내시는지 며느리로서 안부를 묻는 이 편지를 통해 그 어머니의 인품을 느낄 수 있다. 그 인품이 자연스럽게 아들에게 전해졌을 것이다. 어머니는 영섭(송유하 시인의 본명)을 자랑스러워했다고 송영숙 시인은 알려주었다.

"어머니는 학자 집안의 딸이셨어요. 외할아버님이 학자셨고 서당을 운영하셨어요. 아마 어머니는 외할아버님으로부터 글을 배우시고 글씨도 익혔을 것입니다. 방학이 되어서 오빠가 내려오면 어머니는 새벽 일찍 일어나 정종을 데워 오빠에게 한 잔 마시게 하고 친척들에게 함께 인사를 다니셨어요. 지금 한남대 일대인 오정리는 당시 은진 송씨의 집성촌이었어요. 어른들께서는 오빠를 극진히 대해주셨어요. 어머니도 아마 오빠를 대동하고 다니시면서 자랑스러워했을 것이 틀림없어요. 당시에 오빠가 타온 상이 벽 한쪽에 가득 차 있었어요. 상장, 은쟁반, 은술잔 등 집에

송유하 시인과 어머니.
그는 늘 어머니의 자랑이었다.

301

서 오빠는 어릴 때부터 우상이었어요."

　일찍이 홍희표 시인이 지적했듯이 송유하 시인의 시 근간에는 모성으로 회귀하고자 하는 강렬한 욕망이 내재해 있다. 그의 모친은 장남인 송유하 시인을 통해 생의 희망과 기쁨을 누렸다. 그의 부친은 함께 산 날이 거의 없을 정도로 집안을 보살피지 않았다. 집안에서 송유하 시인만이 독상을 받고 나머지 동생들과 어머니는 따로 밥을 먹었다. 그는 밥을 먹으면서 아버지의 권위를 스스로 체득했으며 어머니와는 서로 연민의 마음을 가지고 서로의 어둠을 지우려 노력했던 것이다. 어떤 면에서 그와 그의 모친은 침묵에 익숙한 인물형이었다. 말을 하지 않아도 기질적으로 체득된 윤리적 감각으로 서로의 삶을 이해하고 긍정했던 것이다. 이 같은 사정은 다음과 같은 시가 잘 보여준다.

어머니, 날씨가 다시 추워졌습니다.
(동생들을 사랑해 주십시오. 나에게 베풀어 주시던 손으로……)
―조금만 참아 주십시오.

_「깃발」 부분

　집을 떠난 그는 추운 겨울날 자연스레 고향집을 생각하며 어머니의 따뜻한 사랑을 떠올린다. 그리고 자신에게 베풀어주시던 사랑을 동생들에게도 베풀어달라고 어머니께 부탁한다. '조금만 참아'달라는 말 속에 어머니에 대한 간절한 마음이 담겨져 있다. 그의 어머니는 평생을 떡장사와 과일장사, 그리고 하숙을 치며 자식들을 뒷바라지했다. 가난 속에서도 품격을 잃지 않으려는 어머니의 노력은 송유하 시인으로 하여금 침묵하고 내성적인 인간형이 되는 한 원인이 되었을 것이다. 그는 자신의 고통을 남에게 호소하거나 감정을 좀체 드러내지 않음으로써 자신의 위치에서 이탈하지 않았던 것이다. 그에게 친구가 별로 없었다는 것도 이를 방증한다. 몇 안 되는 친구들이 집에 찾아와 어머니께 절을 하고 일어서다가 천장에 머리가 닿던 궁핍한 삶 속에서 말없이 학업에 임하고 시를 쓰던 그의 존재 자체가 가족들에게는 큰 위안이 되었던 것이다.

1973년 결혼 후 그의 가정은 매우 단란했던 것으로 알려져 있다. 같은 직장에 다니며 수필을 쓰던 유경순 여사와의 결혼은 가난하지만 생의 기쁨을 안겨다준 시기이기도 하다. 구체적으로 확인한 바 없지만 그들 내외는 서울 외곽인 암사동에 살았던 것 같다. 암사동 시편들은 삶에 대한 통찰을 바탕으로 서민들의 애환을 밀도 있게 그리고 있다.

눈이 오는구나, 아내여

아직도 신혼(新婚)인 양
파란 시선 끝에서
사포(紗布)에 수놓듯
흰 무늬로 내리는구나

날품으로 버티고 사는
정직한 사내들의 기침소리와
철모르는 것들의 재롱이
엉겅퀴처럼 얼크러지고
우리의 설움이 창호지에 파도칠 때에도
눈 오는 날, 사랑은 찬란해서
애달파라

떠난 자는 떠난 자리를 향해 쓰러지고
돌아누운 바람은 돌아와서 사무치는 것을

아내여, 두 뺨이 예쁘게 꽃핀 아가와 함께
눈사람을 만들자
정직한 사내들의 체온
억새풀 같은 여인들의 사랑을 비벼서

송유하

매서운 칼을 맞아도 울지 않는

눈사람을 만들자

_「암사동시(岩寺洞詩)·아홉」 전문

이 시는 겨울날 눈 내리는 풍경을 배경으로 아내에게 말을
건네는 방식을 취한다. 정직한 사내와 철모르는 아이가 등장하
고, 가난하지만 정직한 사내는 자신의 노동만이 유일한 삶의 수
단임을 잘 알고 있다. 마치 타인의 이야기를 하고 있는 듯하지
만 사실 자신의 이야기이며 더 나아가 가난한 이웃의 이야기라
는 보편성을 함께 띠고 있다. '우리의 설움이 창호지에 파도칠 때'
와 같은 시구는 '나'와 '그'라는 구별을 무화시키면서 생의 가난
이 우리 모두의 것이라는 암시를 보여준다. 그들 위에 내리는 눈
은 가난과 설움을 감싸고 적시는 따뜻한 물이다. '눈 오는 날, 사
랑은 찬란해서/ 애달파라'와 같은 역설은 그의 시가 원숙한 생
의 경지를 노정하고 있음을 보여준다. 이 시기 그의 현실 인식은
따뜻하면서도 예리하다는 역설적 평가가 가능할 터이다. 이 시
의 미덕은 가난을 미화시키거나 안일하게 바라보지 않는다는 데
에 있다. '떠난 자'와 '돌아누운 바람' 역시 자신의 자리에서 '쓰
러지고' '사무치는' 것이다. 그의 치열한 현실 인식은 마지막 연에
서 최고의 아름다운 힘을 발휘하고 있다. '정직한 사내들의 체온'

과 '억새풀 같은 여인들의 사랑'을 합하여 새로운 생명을 창조하고자 하는 욕망을 보여준다. '매서운 칼을 맞아도 울지 않는/ 눈사람'이야말로 궁극적으로 그가 생각하는 참된 생명의 실체였다. 타계하기 직전 송유하 시인에게는 두 딸과 막내아들이 있었다. 그 자식들이 '매서운 칼을 맞아도 울지 않는/ 눈사람'처럼 성장하기를 그는 바랐던 것이다.

송유하 시인의 갑작스러운 의문의 죽음에 대해 당시 가족들은 어떠했을까? 이를 물어볼 사람도 송영숙 시인밖에는 없었다. 앞에 언급했듯이 그녀 역시도 어린 나이라 정확한 기억은 없었다. 가족들은 송유하 시인의 죽음에 대한 의문을 밝히려고 노력하는 대신 그 아픔을 빨리 묻고 싶어 했던 것 같다. 그 죽음을 나는 나름대로 추론해보기도 했다. 그 장소가 김포라는 것이 의미하는 바가 무엇인가? 김포는 그의 처갓집이 있던 곳이다. 그가 죽음을 맞이한 날 혹 처갓집에 어떠한 가족 행사가 있었는지 모른다는 생각을 했다. 송영숙 시인에게 그 관계를 물어보니 한

종생 직전
송유하 시인의 모습이다.

참을 생각하다가 그렇지 않을 거라 답했다. 사고 다음 날 새언니 (미망인)로부터 아침 일찍 서울에서 연락을 받았으니 김포 처갓집에 간 것은 아니라 했다. 그러면 그는 왜 김포에 갔을까? 당시로 보면 김포는 서울의 외곽이었으며 한밤에는 차편이 그리 수월하지도 않았다. 80년대 초까지도 영등포에서 10시에 출발하는 시외버스가 막차였다면 그는 그보다 일찍 김포에 도착했을 것이다. 그렇다면 그가 술을 마셨더라도 만취의 상태는 아니었다고 생각된다. 그가 만취로 논에 쓰러졌더라도 4월이라는 사실을 감안한다면 동사로 볼 수는 없다. 시신을 부검했다면 웬만큼은 알 수 있었으리라. 항간에는 김포에서 논이 끝나고 바다에 이르는 지점에서 그의 시신이 발견되었다고도 했다. 김포에서 바다를 접할 수 있는 곳은 지금 초지진대교가 놓인 대명포구일 가능성이 크다. 그러한 항간의 소문은 그의 죽음을 자살로 몰고 갈 위험이 있다. 바다가 시작되는 시점에서 쓰러진 주검이라는 가설 속에는 그 죽음을 낭만적으로 이해하고 싶어 하는 마음이 담겨져 있다. 그러나 그 어느 것도 확실하지 않기에 의문일 뿐이다.

보이지 않고 들리지 않는 신비로운 약속(約束)에 의해
일제히 궐기하는 의지(意志) 하나로, 너는 꽃이다.
딱딱하게 얼어붙은 가지 끝에서

기지개처럼 피어나는 꿈, 차별 없는 비약이여

_「꽃의 민주주의」 부분

그가 갈구했던 불교의 세계관에 비추어 생각건대 그는 아마 식물성의 꽃이 되었을 것이다. 계절의 순환에 따라 피는 꽃도 그는 '신비로운 약속'으로 생각했다. 꽃의 의지는 세계를 상생으로 인도하는 매개물이며 심미의 안목을 개안시키는 사물이기도 하다. '차별 없는 비약'이야말로 그가 그리던 세계의 한 모습이었으리라. 인간에 대한 따뜻한 애정을 지녔으면서도 또한 이 세계를 초월하고자 하는 욕망이 그에게 있다는 점을 감안한다면 꽃이야말로 그의 인식을 대변하는 최초이자 최후의 사물이었을 터이다.

그의 오랜 친구인 홍희표 시인은 한 편의 시로 송유하 시인을 추모하고 있었다.

오정골에서 태어난
우리 한밭의 눈 푸른 시인
은진 송씨 유하
오, 주발에다
하늘을 담자는

파란 꽃은 파란 꿈꾸고,

오, 주발에다

엄니 손길을 담자는

빨간 꽃은 빨간 꿈꾸고

_홍희표, 「오, 주발에다」 부분

지금은 꽃이 모두 진 5월 말이다.

상위(上位)

송유하

사내가 손을 흔든다.
꽃송이처럼 입을 벌리고 선다.
저 고요한 음악의
바다로
손을 흔들어 보낸다.
죄짓는 일처럼 아름다운
미소와 눈물.
사내가 선 높은 성안을
참, 산책할 수 없는 일.
허물어진 벽의 돌무덤에 무겁게 짓눌린
말씀을
타고났나 보다.
벌레 한 마리가 성벽을 기어오른다.
천편(千篇)의 꿈의 빛깔이 엇갈렸다.

송유하 시인 연보

철조망 속의
파라다이스

박 석 수

내의 껴입을수록 더 추워지는 이 겨울을

맨 정신으로 살아내기 위하여

「심청을 위하여 – 쑥고개 · 1」부분

이 글을 쓰는 나의 마음은 참담하다. 박석수 시인의 시와 소설에 등장하는 쑥고개에 등을 부비고 산 지가 15년이 넘었고, 그가 자주 찾던 진위천 앞에 누거를 마련한 것이 10년이 다 되어가면서도 그를 외면하며 살았다는 자책감이 앞선다. 그러한 점에서 이 글은 그에 대한 일종의 조사이다. 그가 살아생전 나와는 아무런 연분이 없었다고 할지라도 그는 송탄, 나아가 평택을 대표하는 문인이었으며 자신이 살았던 삶의 현장에서 한 발도 뒤로 물러선 적이 없는 문인이었다. 인간적인 측면에서는 잘 모르지만 문학적 토양에서 그러하다는 말이다.

예전과 비교할 수 없지만 부대 정문 앞은 여전히 흥청대는 편이다. 그의 소설에 나오는 것처럼 미군들은 원색을 좋아한다. 우리 눈으로 보면 촌스럽기 짝이 없는 빨간색과 파란색의 용무늬가 수놓아진 옷감과 이불들이 가판대에 걸려 있다. 이제 미군홀(일명 '깜뎅이홀')에서 춤을 추는 여자 가운데 한국 여성은 찾아보기 힘들다. 기다란 봉을 가운데 두고 반라로 춤을 추는 여인들은 대개 필리핀이나 러시아에서 온 무희들이다. 일명 한 잔에 만 원인 티tea를 무희에게 사주면 테이블에 합석하고 춤도 함께 출 수 있다. 그러나 만 원의 약발이 그리 오래 가는 것은 아니다. 아가씨와 더 많은 시간을 보내려면 티를 한 잔 더 사야 한다. 그 이국의 풍경은 오래전에야 이색적이었지만 지금은 촌스럽기 짝이 없는 빛바랜 풍광일 뿐이다. 아직도 부대 앞 상가 가운데를 관통하는 협궤의 철도는 꾸불텅 꾸불텅 흘러가고 있다. 간혹 거인 같은 미군의 옆구리에 작고 예쁜 소녀들이 매달려 갈 때 이곳이 기지촌임을 알 수 있다. 박석수 시인의 문학적 세계는 미군과 양색시로 상징되는 쑥고개의 수난사에 그 뿌리를 내리고 있다.

마을은 철조망 속 휘파람
소리 일찍 저물고
저문 들녘의 무거운 정적 속에서
구중의 땅 밑을 헤매던
누이의 눈물은 피가 되었다.
왕복 엽서처럼 구겨질 대로 구겨진
누이의 눈물은 피가 되었다.
철수하는 미군의 가슴이나
태평양이나 아메리카로도
닦여지지 않는
누이의 눈물은 피가 되었다.
십자가에 못 박힌 한반도의
가장 참혹한 노을이 되었다.

_「노을―쑥고개·4」 전문

'철조망 속 휘파람'은 박석수 시인이 인식한 현실의 지평이다. '철조망'은 미군이 거주하는 비행기장 안의 공간과 가난하고 척박한 삶을 살아가야 하는 쑥고개를 나누는 구실을 한다. 그 철조망의 경계는 끝없이 와해되며 견고하게 고수되기도 한다. 미군들은 자신들의 육체적 욕망을 해소하기 위해 그 철조망을 와해시키지만, 쑥고개 사람들은 가난한 생을 뿌리치기 위해 그 철조망을 넘나든다. 또한 미군은 현실적 이익을 위하여 철조망을 견고하게 고수하며 쑥고개 사람들은 딸의 정절을 위해 철조망을 고수한다. 그 가운데 흘러나오는 '휘파람'은 쓸쓸하디 쓸쓸한 허무의 색을 띤다. 만약 전란으로 쫓기던 당나라 시인 두보였다면 아마 긴 원숭이 울음이라 표현했을 법한 구절이다. '누이의 눈물'은 와해된 그 '철조망'으로 인해 생긴 비극의 산물이다. 어느 경우나 미군이 피해자가 되는 경우는 없다. 조악한 삶을 운명처럼 살아가야만 하는 쑥고개 여인들은 아메리칸드림으로 이 땅의 모든 흔적을 구석구석 털어내고 싶었던 것이다. 그 누이의 눈물은 '십자가에 못 박힌 한반도'의 상징이었다. 송탄의 풍광을 보여주는 절정은 노을이다. 서쪽으로 지는 핏빛 노을은 비감을 자아내기에 부족함이 없다. 그는 쑥고개 여인의 비극적인 삶 속에서 '참혹한 노을'을 보았던 것이다. '누이의 눈물'과 '참혹한 노을'이 불러일으키는 정서 속에 박석수 시인의 문학적 고뇌가 고스란히 녹아 있다.

박석수 시인은 1949년 경기도 평택군 송탄면 지산리 805번
지에서 출생했다. 지금의 송탄터미널 건너편 새로 난 소방도로에
접한 그의 생가는 아직 그대로 남아 있다. 박석수 시인의 외사
촌 당숙 조카인 이태용 화백과 그의 생가를 찾았다. 그의 생가
는 아직 낡은 채로 남아 있었지만 집주인은 조선족에게 세를 준
상태라고 하였다. 콩나물 숙주를 키우고 펌프를 켜 올리던 자리
는 빈 공터가 되어 있었다. 그의 아버지를 비롯한 가족들의 한생
은 말 그대로 콩나물을 기르는 것이라고 해도 좋을 만큼 식구들
이 매달려 콩나물 사업에 전념하였다.

아버지 말씀처럼 콩나물을 기르는 것이 우리의 땀과 정성이
라고 한다면, 별을 기르는 것은 무엇일까. 무엇이 저 아름다
운 새벽별들을 키우는 것일까. 파란 콩알을 콩나물통 속에
묻어 두고 땀과 정성의 펌프물을 주면 일주일 만에 예쁜 콩

이태용 화백이 그린
박석수 시인의 초상.

나물이 되듯이, 조그만 말들도 가슴 속에 묻어 두고 땀과 정성을 기울여 물 주고 물 주고 자꾸 눈물을 주면, 저렇게 예쁜 별, 저렇게 빛나는 새벽별이 될 수 있을까. 나는 펌프질을 멈출 수 없었다. 잠시라도 펌프질을 멈추기만 하면 곧 아버지의 호통 소리가 공장 밖으로 튀어나올 것이 분명했으므로, 나는 쉴 사이 없이 별을 쳐다보며 쓰려오는 손바닥의 아픔을 참고 있었다.

_소설 『동거인』 부분

그를 아는 사람들의 증언에 의하면 콩나물을 기르는 가업을 그가 가끔 시간을 내어 돕기는 했지만 전적으로 투신하지는 않았다고 한다. 위의 소설에서 보듯이 그는 콩나물에 물을 주면서도 별을 생각했던 것이다. 저 이상과 현실 사이의 괴리는 그를 끝없이 괴롭혔을 것임이 분명하다. 그럼에도 그는 자신이 콩나물을 배달하던 지굴시장과 새벽시장, 그리고 부대 주변의 기지촌에 대해 무한정의 애정을 쏟았던 것이다.

그는 학창 시절을 주로 수원에서 보내며 수원북중을 거쳐 삼일상고를 졸업한다. 그가 수원의 문인들과 오랜 교우를 하게 된 내력도 여기에 있다. 임병호 시인은 그의 고등학교 시절을 비교적 소상히 알고 있었다. 아직도 남아 있는 수원 화홍문화제 백

박석수

일장에 임병호 시인이 심사위원으로 참여하면서 두 사람의 인연은 시작됐다. 당시 고등학생이었던 박석수 시인은 백일장에 참여한 학생이었으며 심사를 본 임병호 시인은 그의 출품작이었던 「창窓」이라는 시를 눈여겨보았던 모양이다. 임병호 시인은 그 시를 수인囚人의 시각에서 바라본 작품이었다고 기억하고 있었다. 그날 저녁 임병호 시인은 소설가 오영일 선생과 술잔을 기울이며 백일장에서 특이한 놈을 보았다며 이야기하던 중 더벅머리의 청년이 다가와 "제가 바로 박석수입니다"라고 인사를 건네며 두 사람의 평생 인연이 시작되었다. 그렇다. 그는 고등학교 시절 이미 시에 미쳐 있었고 술집을 드나들며 술을 마셨다.

그 이후로 박석수 시인은 학교가 끝나면 송탄의 집으로 돌아가지 않고 화홍문 근처 임병호 시인의 집에서 자주 숙식을 해결하곤 했다. 그는 외형적으로 보기에는 매우 나약하게 보였지만 술과 주먹에서는 타의 추종을 불허했다. 어느 날, 우연히 임병호 시인과 화홍문 큰 느티나무 아래서 당시 4홉들이 샛별소주를 마시며 문학에 대해 이야기하고 있을 때 불량소년들이 나타나 담뱃불을 빌려달라고 하자 임병호 시인은 깍듯하게 불을 빌려주었던 모양이다. 옆에서 보기에 고까웠던 박석수 시인은 3대 1의 싸움을 벌이는데 순식간에 세 사람을 눕혔다. 아시아 자유청년연맹 학생 미술실기대회에서 특선을 할 정도로 감수성이 예민한 소년 박석수는 주먹을 겸비한, 그러나 더 쓸쓸한 청년이 되어가고 있었던 것이다. 고등학교 시절 가출해 인천의 한 나이트클럽에서 경리를 본 경력도 아마 이 주먹과 무관하지만은 않았을 것이다. 김대규 시인이 밝히고 있듯이 뒷날 임병호 시인의 시집 발문에 "나는 상처 입은 짐승처럼 늘 으르렁댔고, 선후배를 가리지 않고 무조건 두들겨팼으며, 교복을 입은 채 술을 엉망으로 마셔댔고, 임병호 형을 만나 희떠운 소리로 이 땅이 왜 천재를 몰라주느냐고 외쳐대기도 했"던 것이다. 문학적 치기로 뚤뚤 뭉쳐진 한 문학소년의 질풍노도의 시기를 그는 그렇게 보내고 있었다.

앞에서도 잠깐 언급했지만 등단하기 전부터 그는 이미 수원의 여러 시인들로부터 관심의 대상이 되었다. 김대규 시인과의 만남도 고1 때 이루어졌다. 당시 〈시와 시론〉 동인 가운데 한 사람이 아마 박석수 시인이 다니던 고등학교 시화전을 보고 와서 싹수가 있는 학생이 있다고 말하면서 김대규 시인과의 만남이 이루어졌다. 김대규 시인은 박석수 시인의 첫 시집인 『술래의 노래』 발문에서 아래와 같이 밝히고 있다.

석수는 항상 인간보다는 작품을, 나는 작품보다는 인간을 역설했다. 그가 얼마나 사람에 시달려 짜증난 결과인지, 내가 얼마나 기교화되는 시작에 혐오감을 가져온 결과인지 모르지만 (……) 석수와 나는 10년을 술로, 편지로, 대화로, 전화로, 시로, 제일 깊게는 방랑의 침묵, 그 고독 속의 자립으로 친해왔다.

그는 고독했다. 그의 고향 쑥고개에서는 그가 추구하는 문학적 세계를 알아줄 사람이 없었으며, 집에서는 그가 현실적인 사업에 열중하기를 바랐다. 그러나 그는 집안의 기대를 배반했으며 김대규 시인이 이야기했듯이 '방랑의 침묵'으로 일관했던 것이다. 그가 등단한 것은 1971년 〈대한일보〉 신춘문예에 「술래의 잠」이 당선되면서다. 이때 심사위원이 박목월 시인과 박재삼 시인이었다.

일곱 살의 골목에는 야도를 찍어내는
두려움이 와아 와아 햇살처럼 쏟아지고
스무 살 이후(以後)의 도시(都市)는 대패날이 되어
나를 문지르고 있었다.

귓속을 웅웅대는 우수(憂愁)의 빛깔을 끌어내
내가 완전(完全)한 자유를 깁고 있을 때,
내 생애(生涯)는 란(蘭)이와 눈 맞추고
무궁화꽃이 피었습니다 무궁화꽃이 피었습니다 무궁화꽃

이……

찾는다―

환각(幻覺)의 다리(橋)에 물구나무선 나의 일곱 살,
호주머니에서 쏟아지는 천진한 기침을
숨었던 이마들은 변명(辨明)하고
나는 자꾸 목이 말랐다.

_「술래의 잠」부분

신춘문예 당선시의 일부이다. '야도'라는 말은 아마 일본어
일 터이다. 숨은 자가 술래를 피해 술래가 있던 자리에 손을 대
며 '야도'를 외치면 그는 술래를 면하게 된다. 어린 시절의 놀이에
서 느끼는 스릴감과 스무 살이 넘어 도시에서 느끼는 살벌함이
서로 교직되어 시를 이루고 있다. 그에게 완전한 자유는 '란'으로
표상되는 여자아이와 눈을 맞추고 있을 때이다. 훗날 그의 소설
에 번번이 등장하는 인물의 주인공이 백란이다. '란'은 그에게 베
아트리체와 같은 순정하고 지고지순한 여인이었을지 모른다. '찾
는다'라는 한 마디는 박석수 시인의 의식을 대변하는 절규라고
보아도 좋을 듯싶다. 이 어둠 속의 방황과 불안이 시 전체의 정
서를 지배하고 있다. 일찍이 시인 이상이 「오감도」에서 어린아이

들을 통한 근대의 불안을 노래했던 풍경을 박석수 시인의 시에서 다시 만나게 된다. 박석수 시인 본인이 여러 지면에 밝혔듯이 당선 소감을 신문에 신지 못했다. 자세한 경위야 알 수 없지만 심사평도 당선작이 발표된 지 보름이 넘어 지면에 발표되었다. 편지 형식으로 쓰인 당선 소감이 신문사에서 거부된 분명한 이유가 무엇이었는지 알 길이 없다. 당시 심사평은 아래와 같다.

그러나 그 청신한 감응 능력을 높이 샀으며 그것이 헝클어지지 않는 질서 아래 일정한 '톤'을 유지하고 있는 그 역량을 인정키로 한 것이다. 치우치지 않고 차분하면서 밝은 가락으로 엮어간 솜씨에 그의 신인으로서의 능(能)과 장(長)을 손꼽은 것이다.

이 심사평의 내용은 너무도 일반적인 것이어서 심사위원과 당선자 사이의 어떠한 갈등이 있으리라고 추론하기 어렵다. 당선 소감이 누락된 것은 그에게 마음의 큰 상처였음이 분명하다. 어쨌든 그는 등단했다. 스물을 막 넘긴 약관의 나이에 문단에 떳떳하게 발을 내민 것이다. 그 이듬해인 1972년 절친한 교분을 나누던 〈시와 시론〉의 동인이 되어 본격적인 문학의 길로 접어들게 된다.

박석수 시인의 가족과 연락을 해보려 했으나 뜻을 이루지 못했다. 부인 되시는 분은 그가 타계한 지 6개월 만에 남편의 뒤를 따라 이 세상을 등졌고 그의 아들은 군복무 중인 것을 겨우 확인할 수 있었을 뿐이었다. 대신 쑥고개에서 조그마한 화랑을 운영하고 있는 박석수 시인의 오랜 친구인 조순조 화백을 찾았다. 젊은 날의 친구인 박석수 시인에 대해 물으니 친절하게 이것저것 말을 해준다. 신춘문예에 당선된 직후 「술래의 꿈」을 서각해줄 것을 부탁해 나왕에 폭 30센티, 길이 100센티 크기의 시 서각을 해준 것으로 기억하고 있었다. 당시 고희원 씨와 함께 세 명이 절친하게 지냈다고 했다. 72~73년경 삼보데파트 앞 닭갈비집에서 막걸리를 마시며 무신론 논쟁을 하던 이야기를 떠올렸다. 조순조 화백은 유신론을, 박석수 시인은 무신론을 외치다 끝내 술로 태백이 되었던 이야기들도 나왔다. 당시 박석수 시인은 쑥고개 넘어 좌동에서 현대서점을 운영했다. 서점이 그리 잘될 리 없었지만 박석수 시인은 아랑곳하지 않고 술로 세월을 보냈던 모양이다. 송신초등학교 뒷길에 있던 구월산집은 그들의 단골로 박석수 시인은 이틀이고 사흘이고 술에 젖어 살았다. 그러다가 술집에 드나들던 묘령의 여인과 사라져 삼사일 뒤에 나타나기도 했다. 젊은 날 그의 방황은 이토록 길고도 오랜 것이었다.

미군에게 세 번

소박맞고 다시 미군홀에서
퇴역으로 눈칫밥 먹고 있다는 정순이,
양계장하다 망한 해병대 출신
털보는 진일이와 함께 요즘
K55 비행장에 노가다로 나가고 있고,
목천에서 농사짓던
영농후계자 금영이는
새파랗게 젊은 처자식을 남겨두고
허망하게 죽었는데,
무명의 조각가 조순조는
집도 없이 직장도 없이 이 악물고
조각칼로 자신의 살점을 후비듯
쑥고개의 어둠을 파내고 있는데,
라면이라도 끓여 먹을
분노를 키우고 있는데……

_「조각칼-쑥고개·38」 부분

그가 전해 듣는 고향 소식은 이러했다. 6·25 전쟁 후 미군
의 공군기지는 확장에 확장을 거듭했다. 6·25 직후에 미군의 헬
기장은 현재 오산 공설 운동장 부근에 있었다. 더 큰 규모의 비

행장과 활주로가 필요해지자 송탄, 즉 쑥고개로 이전하게 되었던 것이다. 그러나 지금도 일반인들은 오산 비행장으로 알고 있을 뿐 아니라 미군 자신들도 오산 에어베이스라는 이름을 고수하고 있다. 하긴 그들에게 이곳이 오산이든 송탄이든 아무런 상관이 없었을 것이다. '정순이'와 '진일이'의 삶은 박석수 시인이 해석한 쑥고개의 지형도이다. 송탄의 원래 지명은 숯고개이다. 유난히 소나무가 많았던 이곳에서는 숯을 팔아 생계를 이어가는 사람이 많았기 때문이다. 이 숯고개가 쑥고개로 발음되면서 일반화되는 듯싶었지만 미군의 진주와 함께 기지촌 특유의 저속한 대칭 명사인 씹고개라는 말이 오가면서 서둘러 송탄이라는 지명으로 바꾸었다. 1954년 미군이 주둔하며 180만 평의 땅을 보상도 없이 송두리째 빼앗긴 기지촌 사람들의 삶이란 이렇듯 힘들고도 조악한 것이었다. '무명의 조각가 조순조'야말로 쑥고개의 어둠과 아픔을 예술로 승화시키려는 가난한 예술가였다. 시인이 서점을 정리하고 서울로 떠나 살면서 늘 고향에 대해 미안한 마음을 가졌던 것도 이러한 사정과 무관치만은 않다. 고향을 위해 아무것도 하지 못했다는 자괴감을 늘 안고 살았다고 할 수 있다.

1974년경 서울에서 터를 잡은 그는 장시 「암실시사회」를 『현대문학』에 발표하였으나 평단으로부터 혹평을 받게 된다. '두고 보자'는 마음으로 1976년 첫 시집 『술래의 노래』를 상자한다. 그

첫 시집 『술래의 노래』 표지(왼쪽). ▶
1,000권을 출판하고 960권을 태워버린 탓에 희귀본으로
남아 있다. 집무 중인 박석수 시인의 모습(오른쪽).

326

스스로 여러 지면에서 밝혔거니와 이 시집이 발간되면 문단이 발칵 뒤집힐 것으로 생각하였다. 종로서적과 양우당에 각 20권을 위탁 판매 형식으로 보내놓고, 960권을 방 안에 쌓아두었다가 이듬해 모두 불태우며 다시는 시를 쓰지 않기로 결심하기에 이른다. 지금이나 그때나 문단이란 냉정하기 짝이 없는 곳이 아닌가? 소위 잘나가는 몇몇 문인들이야 무엇을 써도 좋은 평가를 받지만 무명이나 신인의 경우 작품에 응하는 평가를 받기가 어디 쉬운 일인가? 시를 쓰지 않겠다는 결심으로 그의 본격적인 서울 생활이 시작되었다는 것은 아이러니한 일이 아닐 수 없었다.

그는 평생 잡지사와 출판사를 전전하였다. 변두리 잡지사를 전전하다 1979년 『여원女苑』이라는 잡지로 옮기며 그는 스스로 '이것이 나의 마지막 직장이다'라는 각오로 직장 생활을 하게 된다. 1980년 『월간문학』에 소설 「당신은 이제 푹 쉬어야 합니다」라는 작품으로 다시 등단함으로써 소설가로서 작품 활동을 하게 된다. 등단하고 이태 뒤쯤 『현대문학』에 발표한 소설이 「철조망

속 휘파람」이다. 이 소설의 모티브는 이미 시로 쓴 「개보초-쑥고개·9」와 정확히 일치하는 것이다.

> 낮에는 자고 밤에는
> 송아지만 한 개와 함께
> 미군 부대 철조망을 지키던
> 말 없는 돼지형을
> 우리는 개보초라고 불렀다.
>
> 낮에는 자고 밤에는
> 쉰소리를 숨기며
> 미군 부대 철조망을 배회하는
> 쑥고개의 헛된 젊음들을 지키면서
> 돼지형은 스스로가
> 철조망이 되어갔다.

_「개보초-쑥고개·9」 부분

일명 개보초는 야간에 미군들이 보초를 서는 것이 아니라 한국 민간인이 미군을 대신해 개와 함께 보초를 서는 것을 말한다. 미군들은 지형지물에 익숙하지 못할 뿐 아니라 위험하다고

박석수

판단되는 곳은 개보초를 세웠다. 이 시에서도 개보초 '돼지형'은 죽는다. 소설 「철조망 속 휘파람」에서는 좀 더 구체적인 정황을 확인할 수 있다. '돼지형'의 죽음은 미군 부사관인 스미스의 농간으로 설정되어 있다. 이 스미스와 살갗이라는 건달의 PX를 둘러싼 거래로 '돼지형'은 죽었던 것이다. 물론 스미스에 의해 살갗이가 살해됨으로써 철조망을 둘러싼 쑥고개 민중들의 수난사를 신랄하게 보여주고 있다. 더욱이 스미스를 양아버지로 따르며 미국으로 건너가 공부할 수 있게 해주겠다는 꼬임에 빠져 두 사람의 죽음을 방조한 하우스 보이 쪽배가 스미스에 의해 배반을 당하는 장면에 이르면 이는 단순히 쑥고개라는 공간을 넘어 우리 민족의 수난사라는 보편적 의미로 읽혀진다.

1983년에 그는 두 번째 시집 『방화放火』를 상자한다. 이 시집은 후일 미국의회도서관에 비치된다. 아마도 쑥고개를 배경으로 한 일련의 시편들이 미국의 입장에서는 반미적 성향으로 판단되었을 것이다. 이 시집 후기는 문학적 친분을 나누던 소설가 이외수가 썼다. "그의 시는 아편 아니면 독약이었다. 어느 것이든 읽으면 육체도 영혼도 취해서 혼곤해지는 듯한 느낌이었다." 이 짧은 기술은 박석수 시인의 시적 특징을 잘 보여준다. 「쑥고개」 연작이 품고 있는 독기를 소설가 이외수는 간파했던 것이다. 박석수 시인은 이외수와는 절친한 친분을 나누었던 것으로 보인다. 어느 날 술에 진창 취한 두 사람은 여관에 찾아든다. 여관방에서 신발을 벗고 올라섰을 때 이외수의 발에 꾀어져 있던 양말은 발가락이 하나도 없었다. 가난한 시절이었다. 두 사람이 친분을 나누게 된 공통분모는 아마도 처절함이라고 할 생의 변방 의식이 작동한 때문이었을 것이다.

『여원』계열의 잡지사를 전전하던 그가 1985년 돌연 직장에서 쓰러진다. 서울 생활을 잠시 청산할 수밖에 없었다. 그의 일상이 그리 행복했다고 볼 수는 없다. 두 번의 결혼이 바로 그것이다. 방황으로 거듭되던 젊은 시절의 첫 여인과 그는 헤어졌다. 아이도 있었던 것으로 알려져 있다. 충남 당진으로 몸을 추스르기 위해 갔을 때는 두 번째 부인과 동행을 했던 것이다. 아동문학가 손진동 시인은 고향인 당진에 내려왔다가 우연히 영랑사라는 절에서 박석수 시인을 만나 한 가지 제의를 받게 된다. 『대한유도학교 10년사』를 함께 쓰는 일이 바로 그것이었다. 손진동 시인은 절집 요사채에서 달변인 박석수 시인의 문단 언저리 얘기를 들으면서 시간을 죽여나갔다고 했다. 3개월 정도 함께 절집 생활을 하면서 박석수 시인은 일보다 술을 찾는 날이 많았다고 한다. 그는 몸도 몸이었거니와 아마 마음을 쉬고 싶었는지 모른다.

그는 1년 8개월을 요양하고 1987년 2월 다시 상경하게 된다. 그해 그는 「우렁이와 거머리」를 위시한 여러 편의 소설을 발표하고 평단의 주목을 받으며 소설가로 자리를 잡기 시작한다. 여성 지인 『마드모아젤』에 『차표 한 장』이라는 장편소설을 연재하고 세 번째 시집 『쑥고개』를 상자한다. 서울로 올라온 그는 소설가 천승세 선생의 주선으로 〈한겨레〉 주간을 맡으며 다시 출판 일에 관여하게 된다. 80년대 말이 어찌 보면 그의 문학적 행로에 있어서 가장 밝은 별이 떴던 시기이다. 시집 『쑥고개』의 해설에서 이윤택 시인은 다음과 같이 박석수 시인의 시세계를 논하고 있다.

필자는 이를 절망의 늪에서 간구하는 상상력 사냥이란 말로 표현하고 싶다. 박석수는 자신과 이웃을 싸고 있는 쑥고개의 척박한 기억에 '이미지'의 누공을 뚫는다. 여기서 박석수가 기대하는 것은 척박한 삶 자체가 아니라, 척박한 삶의 쓰레기 더미에서 눈부시게 솟아오르는 '직관의 맥류' 바로 그것이다. 이 점에서 박석수의 『쑥고개』는 김명인의 『동두천』과 구별되고 여타의 70년대 이후 기지촌 소재 민중시와 구별된다.

이러한 평가는 「쑥고개」 연작을 꼼꼼히 살펴보면 어느 정도 이해가 간다. 예를 들어 「축 – 쑥고개·24」나 「걸레 – 쑥고개·25」와 같은 작품을 보면 쑥고개의 척박한 삶을 그대로 쏟아놓는 것이 아니라 직관적 이미지로 시를 형상화한다는 것을 알 수 있다. '버림받은 목숨 하나/ 몰릴 때까지 몰리다가/ 연기처럼 하늘로/ 떠올라가/ 구름이 된다/ 구름이 되어서도/ 끝끝내 축으로만/ 몰리다가 자결/ 노을이 된다.'와 같은 시구들은 쑥고개의 구체적 상황에서 이끌어낸 낭자한 상상력이라 할 수 있다.

그는 상경한 지 2년이 지난 어느 날 다시 쓰러져 강남성모병원에 입원하기에 이른다. 그의 병명은 뇌종양이었다. 계속되는 방사선 치료로 그의 몸은 급속하게 약해져갔다. 면역력이 약화되어 여러 질병을 동반한 것이다. 그는 어쩌면 당진에 더 머물렀어야 했다. 그것이 요양이었든 현실의 도피였든 간에 그의 문학작품이 좀 더 완결되는 지점에 이르기 위해서는 시간이 더 필요했다. 그러나 육체적 약화로 그의 문학 활동이 끝난 것은 아니었다.

홍일선 시인을 만나 박석수 시인에 대한 자료를 받으며 술을 한잔 나눴다. 두 시인은 서로 비슷한 연배이며 경기도 이남을 고향으로 한 까닭에 잘 알고 지냈으면서도 절친한 관계를 유지하지는 못했다. 병을 앓던 90년대 초반 박석수 시인은 홍일선 시인에게 연락해 그동안의 적조함을 모두 자신의 탓으로 돌렸다. 자신의 무성의함을 반성하며 이미 출간된 지 오래된 자신의 책에 서명을 해 건네주었다고 했다. 그는 이미 아우구스티누스라는 세례명을 받았다. 병마로 인해 죽음의 그림자를 보았던 것이다.

박석수 시인의 시 가운데 유독 많이 등장하는 시어가 바로 '고향'이다. 두 번째 소설 창작집인 『쑥고개』에도 「고향」이라는 단편소설이 실려 있다. 이 소설에서 잡지 편집을 보는 '나'는 쑥고개로부터 한 통의 전화를 받는다. 전화를 한 사람은 작가를 지망하는 쑥고개 출신의 세련된 여성이다. 오직 성적인 묘사에 치중한 한 편의 소설을 보아달라는 그녀의 요청에 그는 읽어는 보았지만 대충 평가를 유보한 채 넘어간다. 그러던 어느 날 추석 때 고향에 내려가 우연히 그녀를 만나 차를 한잔 마시게 된다. 차를 마시며 나눈 그녀와의 대화에서 그는 무섭고 소름 끼치는 일이 고향에서 벌어지고 있다고 생각한다. 그녀의 마지막 말은 다음과 같다.

"경주나 대구 또는 부산이나 마산 같은 데를 돌아다니다 보면 사람들을 많이 만나요. 그런데 한국 사람들은 어디서나 늘 만나는 사람들이니까 하나도 반가운 줄 모르겠는데, 미국 사람을 만나면 그렇게 반가울 수가 없어요. 그래 다가가서, 물어보지요. '너 어디서 왔느냐'구요. 그러면 그들 중의 70~80퍼센트가 모두 '쑥고개'에서 왔다는 거예요. 얼마나 반가운지. 정말, 고향을 만난 것처럼 반가워요. 아니 실제 고향 사람이기도 하구요."

이제 그의 고향 사람들 가운데 일부는 미국 사람을 같은 고향 사람으로 생각하고 있는 것이다. 그들은 개보초가 무엇인지

양색시의 의미가 무엇인지 알지 못한다. 미군을 통해 들어오는 미제 물건을 몸에 걸치고 돼먹지 않은 발음으로 그들과 몇 마디를 주고받으면서 미군들과 동질성을 확인해가고 있었던 것이다. 그러나 비극적인 것은 미군은 한 번도 우리와 같은 고향이라고 생각해본 적이 없다는 사실이다. 그의 소설에서 보이는 고향에 대한 날카로운 현실 비판이 시로 오면 좀 더 따뜻하고 인간주의적인 것으로 흐르고 있다. 그의 시 가운데 가장 아름다운 부분도 고향에 대한 진솔한 묘사에 있다고 나는 생각한다.

고향에 가면
보고 싶은 것도
듣고 싶은 것도
먹고 싶은 것도
모두 미국화된
고향에 가면,
이제는 하북 냇가까지
그들의 정액이 흐르고 있네.

석수
너 몸 많이 약해졌다는

박석수

소문 들리던데

오늘 이왕 내려온 김에

내일은 아예 개 한 마리 잡아서

우리 모두

하북 냇가로 놀러 가자는

전과 4범 인분차 운전수

유재규 동무 말 들으면서

까닭 모를 눈물 흘리네.

_「하북 냇가-쑥고개 · 40」 전문

'보고' '듣고' '먹고', 즉 모든 것이 미국화된 고향이라는 인식은 소설 「고향」에서 보여주는 것과 별다르지 않지만 배운 것 없고 가난하게 사는 '유재규 동무'의 말이야말로 그가 끝내 고향을 잊지 못하는 이유일 것이다. 또한 고향의 수난사를 예리하게 드러내며 아픔을 표출한 까닭도 여기에 있을 터이다. 저 따뜻한 마음이야말로 개별적인 인간들이 삶을 가치 있는 것으로 느끼게 하는 가장 강력한 무기가 아니고 무엇이겠는가?

파라다이스 옛터를 찾았다. 지산동 부락산 아래 적당한 넓이의 호수가 펼쳐져 있었고, 그 산에 기대어 있던 허름한 술집들, 그리고 파라다이스 레스토랑. 이제 흔적도 없이 사라져 아파트

단지가 되었고 파라다이스 옛터라는 것을 알게 해주는 호프집이 하나 있을 뿐이다. 오래된 일인 것처럼 생각되지만 불과 이십여 년 전의 일이다. 미군이 내려오면서 그 작고 아담한 저수지 주변에 클럽과 당구장이 생겼다. 한마디로 미군 '위락소'였던 것이다. 그들에게는 그곳이 파라다이스처럼 비춰졌던 것. 파라다이스 저수지 건너편은 배밭이었다. 배꽃이 휘날리던 봄날 저수지는 생각만 해도 가슴이 짠한 광경이었을 것이다. 물론 그곳도 모두 아파트 단지로 변했다. 아마 쑥고개의 수난사를 가장 잘 증언할 만한 곳이 이곳일 것이다. 그렇다. 어쩌면 그곳은 참으로 그들의 파라다이스였는지도 모른다. 그러나 파라다이스는 슬픈 쑥고개의 역사를 가슴 깊이 안고 매몰되어버렸다.

풍광도 가고 사람도 갔다. 이제 쑥고개에는 이곳이 쑥고개였는지조차 모르는 젊은 사람들과 외지인들로 북적댄다. 미군 부대 이주 문제로 또 한 차례의 광풍이 불어올 것이다. 박석수 시인이 살아 있었다면 어떻게 했을까? 복잡 미묘해진 현시점에서 어떤 시적 메시지를 토해냈을 것인가 궁금하기 짝이 없다. 그러

지금은 사라진 파라다이스의
고즈넉한 옛 풍경.

나 그는 이미 가고 없다. 그 죽음이 요절은 아닐 터이지만 온전한 생애를 살았다고 보기도 어렵다. 그를 위한 진혼굿이 한바탕 필요한 때이기도 하다. 박남철 시인은 일찍이 박석수 시인의 시를 시로서 다시 평가한 소위 메타시를 선보였다. 그만큼 박남철 시인에게도 강렬한 각인이 있었나 보다. 시집 『반시대적 고찰』에 실린 시를 일부 옮겨본다.

여기 대단한 데뷔작을 낸 시인이 있다. 데뷔 이후 갖은 내·외적 수난을 겪다가 쓰러질 뻔하다가 다시 쓰러지지 않고 계속 시를 쓰는 시인이 있다. (……) '미국의회도서관'에 장서될 정도로 반미적(反美的)이지는 못하지만 그러나 그중에는 진짜 '반미(反米)'를 뛰어넘은 '반미(反美)'가 있다. 더 이상 뜸을 들일 필요는 없다. 나는 이 시를 읽으며 진짜 그것을 느낀다. 자, 봐라! 이 시 속에는 분단의 비극까지 숨어 있는, 한 무력한 분노한 지식인의 고요하고도 고요한, 끓어오르는(→좀 더 끓어올라도 좋으리!), 한국의 아들의 '애린(愛隣)'이 들어 있다!

태풍 나비가 지나가고 가을바람이 나무 아래로 분다. 이제 곧 몇은 남고 몇은 떠나는 계절이 올 것이다.

심청을 위하여 _쑥고개·1

박석수

헐벗은 우리의 가슴에
한 잎 낙엽으로
떨어져 썩기 위하여

인당수보다 더 깊고 깊은
미군들의 털북숭이 가슴에
얼굴을 묻고 흐느끼는 누이야.

네 몸과 바꾼 15불 화대로도
애비들의 눈은
뜨이지 않는다.

아름다운 연꽃은
끝끝내
피어나지 않는다.

내의 껴입을수록 더 추워지는

이 겨울을
맨 정신으로 살아내기 위하여,

눈 부릅뜰수록 더 어두워지는
이 세상을
똑바로 보기 위하여

인당수보다 더 깊고 깊은
수렁 속에 던져진
우리들 마지막 기다림 하나.

박석수 시인 연보

나부껴 오르는 깃발도 없는
방랑 혹은 편력

이 현 우

죽어간 사람들의 음성으로 강은 흘러가고

강물은 흘러가고,

먼 강 저쪽을 바라보며

나는 돌아갈 수 없는 옛날을 우는 것이다.

_「끊어진 한강교에서」 부분

그날,
나는 기억에도 없는 괴기한 환상에 잠기며
무너진 한강교에서
담배를 피우고 있었다.

이미 모든 것 위에는 낙일(落日)이 오고 있는데
그래도 무엇인가 기다려지는 심정을 위해
회한과 절망이 교차되는 도시,
그 어느 주점에 들어
술을 마시고 있었다.

나의 비극의 편력은 지금부터 시작된다.
취기에 이지러진 눈을 들고 바라보면
불행은 검은 하늘에 차고,
나의 청춘의 고독을 싣고
강물은 흘러간다.

폐허의 도시 〈서울〉
아, 항구가 있는 〈부산〉
내가 갈 곳은 사실은

이현우

아무 데도 없었다.

죽어간 사람들의 음성으로 강은 흘러가고
강물은 흘러가고,
먼 강 저쪽을 바라보며
나는 돌아갈 수 없는 옛날을 우는 것이다.

_「끊어진 한강교에서」 부분

이현우 시인은 1933년 부산에서 출생했다. 전쟁 직후의 혼
돈 속에서 마주했을 끊어진 한강교는 그에게 통행로와는 다른
상징적인 의미로 새겨져 있었다. 시에서 보듯 끊어진 한강교는
"기억에도 없는 괴기한 환상에 잠기"게 하고 "회한과 절망이 교
차되는 도시"로 들어가는 입구로 형상화되어 있다. 끊어진 철교
위에 "낙일落日"은 그로테스크한 전쟁의 이미지와 겹치며 비극적
정서를 한껏 고조시키는 것이다. 이 비극적 정서 속에서 그가 할
수 있는 일이란 "어느 주점에 들어/ 술을 마시"는 일뿐이었다. "나

1956년 발행된 동국시집.

의 비극의 편력은 지금부터 시작된다."는 선언적 고백은 그대로 그의 삶으로 번역되어진다. 그 비극의 편력은 아직 끝나지 않았다. 80년대 초반 실종된 그는 아직도 실종 중이니 비극의 편력이 끝났다 말할 수도 없는 것이다. 어디선가 "취기에 이지러진 눈을 들고" 한강교를 바라보고 있을지도 모를 일이다.

　개인적으로 이현우 시인과 시를 알게 된 것은 '술과 문학'이라는 제목으로 어느 잡지에 연재를 하면서 여러 자료 속에 겹치는 생소한 시인을 만나게 되면서부터였다. 그러나 그의 시집을 구하기도 힘들었고 더욱이 그에 대해 증언해줄 가족을 만나는 것은 더욱 어려운 일이었다. 좀 더 작업을 서둘렀으면 이현우 시인의 시집을 출간했던 강민 선생 생전에 조언을 구했을 터이나 여러 핑계와 게으름으로 인해 그런 기회마저도 놓쳤던 것이다. 조창환 시인의 주선으로 장서가이신 김종태 변호사를 소개받고 시집을 얻어 볼 수 있었다. 몇 편 되지는 않았지만 문단 뒷골목의 명성답게 그의 시는 빛나고 있었다. 그가 바라본 서울의 풍광은 폐허 그것이었다.

　부산에서 유년 시절을 보내고 낙양고등학교를 졸업한 것으로 알려진 이현우 시인의 어린 시절은 구체적으로 알려진 바가 없다. 이현우 시인과 관련된 가족으로 외조카 되시는 정지훈 선생을 만나 여러 이야기를 들었다. 정지훈 선생도 당시 나이가 어

344　　　　　　　　　　　　　　　　　　　　　　　　이현우

렸던 탓에 많은 기억은 가지고 있지 못하였다. 이현우 시인의 모친은 이현우 시인을 낳고 곧 돌아가셨던 것으로 알려져 있다. 이현우 시인의 누님인 정지훈 선생의 어머니께서 해주신 이야기 속에 슬프고도 재미있는 일화가 한 토막 있다. 엄마를 잃은 이현우 시인은 할머니의 손에서 어린 시절을 보내게 된다. 또다시 아이를 양육해야 하는 할머니의 심적 육체적 고통은 말할 수 없었을 것이며, 아이가 칭얼댈 때마다 막걸리 찌개미를 먹여 달랬다고 한다. 이현우 시인이 성장해서 술을 탐닉하게 된 것도 어릴 때 영향이 아니었던가 되짚어본 적이 있었다는 것이다.

이현우 시인의 부친 이종하 선생은 사회의식이 뚜렷한 사람이었다. 1946년 4월 20~23일 전국의 아나키스트가 참가한 명실상부한 〈전국아나키스트대회〉가 경남 안의에서 개최되어 '이 새나라의 기본이 될 틀을 처음부터 만들어 나가는 일, 그 일이 비록 정치적 개입이라고 하더라도, 아나키스트라고 해서 수수방관할 수는 없다. 좌와 우가 평행선을 달리고, 이 나라 이 민족을 둘로 갈라놓고 있다. 이 문제를 극복하는 일이야말로 아나키스트가 해야 할 과업임을 확인한다'라는 주장을 내놓게 되고 1946년 7월 7일 결당선언문을 발표하고 중앙집행위원장을 유림으로 하는 독립노농당이 탄생하였다. 이때 농민부장에 이종하, 부인부장에 소설가 김말봉이 선출되었다. 잘 알려진 바와 같이 이종하 선

생은 이현우 시인의 친모가 사망한 후 소설가 김말봉과 재혼을
하였다. 소설가 김말봉은 1901년 태생으로 1927년 도시샤同志社
대학 영문과에서 학업을 마치고 귀국하여 〈중외일보〉 기자로 활
동하게 된다. 1902년생이던 정지용이 도시샤대학 영문과에 적을
두고 1926년 유학생 잡지인 『학조學潮』 창간호에 「카페 프란스」
등 9편의 시를 발표하였던 점을 염두에 둔다면 같은 시기에 학
교에 다녔음을 짐작할 수 있다. 1932년 보옥步玉이라는 필명으로
〈중앙일보〉 신춘문예에 「망명녀亡命女」라는 단편소설이 당선됨으
로써 문단에 등단하였다. 1935년 〈동아일보〉에 장편소설 『밀림
密林』을 발표하여 선풍적인 인기를 모았다. 1937년 〈조선일보〉에
『찔레꽃』을 연재하는 등 신문 연재 통속 소설로 이름을 날리던
해 이현우 시인의 부친인 이종하 선생과 재혼을 하였다. 소설가
김말봉은 광복 후 부산에서 서울 동자동으로 옮겨 1945년 〈부인
신문〉에 장편소설 『카인의 시장市場』을 발표하는 한편 작품활동
이외에도 공창公娼 폐지 운동에 앞장서고 박애원博愛院을 경영하
는 등 사회운동에도 활발한 활동을 한 것으로 알려져 있다. 김
말봉 여사는 독실한 기독교 신자로 1957년 우리나라 그리스도
교 최초의 여성 장로가 된다. 그 교회가 동자동의 성남교회였다.
소설가 김말봉에게도 사별한 남편인 전상범과의 슬하에 1남 2녀
가 있었고, 이종하 선생도 사별한 전처와의 사이에 2남 1녀가 있

는 상태였다. 의붓어머니로서 소설가 김말봉이 이현우 시인에게 준 영향은 막대한 것이었다. 문인으로서의 긍정적인 영향은 물론 파편으로 뒹굴던 자의식 흔적도 여기에서 비롯되었을 가능성이 높다.

이현우 시인에 대한 가장 앞선 증언은 6·25 전란이 계속되던 무렵 부산에 살던 이형기 시인의 이야기이다. 소설가 김말봉의 원고를 정리하는 것으로 물질적 궁핍함을 해결하던 시절, 김말봉 여사로부터 아들이라고 소개받은 청년이 문청 시절의 이현우 시인이었다. 우연히 카바이트 막걸리를 마시며 시를 보여주던 이현우 시인에게 어머니의 도움을 받으면 지면을 얻을 수 있다고 이형기 시인이 조언한 것으로 알려져 있다. 그때 이현우 시인은 "어머니는 어머니고 나는 나요. 그러니 나는 혼자 나갈 것이오"라고 강하게 반발했다는 증언은 이현우 시인의 완고한 내면을 통째로 보여주는 장면이다. 그것은 저 실존적 자아가 고독이라는 절대적 관념을 만났다는 증거이고, 그때 피어난 허무의 꽃은 그를 끝내 놓아주지 않았던 것이다. 방랑이 시작된 것이다.

왼쪽:
이현우 유고시집 표지.

오른쪽:
주경엽 화가가 그린
이현우 시인의 초상.

어렵게 연락이 된 이현우 시인의 외조카 정지훈 선생을 만나기 위해 7월 초 북한산보국문역으로 향했다. 전철에서 내려 약속 장소인 찻집 〈천변풍경〉에 도착하니 그 앞으로 계곡물이 장쾌하게 흐르고 있었다. 초로의 신사가 다정하게 맞아주셨다. 정지훈 선생이었다. 이런저런 이야기가 두 시간가량 이어졌다. 1993년 12월 초에 발행되었던 유고시집 『끊어진 한강교』에 관한 이야기부터 시작되었다.

"삼촌이 실종된 지 십여 년이 지날 즈음해서 어머니께서 삼촌에 대한 그리움과 안타까움으로 시집 출간을 계획했습니다."

"저도 시집을 보고 놀랐습니다. 이렇게 많은 시인, 소설가, 극작가, 민속학자, 언론인 등, 명사분들께서 〈아직도 기다리는 친구들의 이야기〉라는 이름으로 발문을 쓴 시집은 처음 보았습니다."

"아마 삼촌을 사랑했던 분들이 많았던 모양입니다. 저는 그때 사업을 하며 꽤 큰 규모로 성장해갈 때였기 때문에 시집 출간과 관련된 경비를 대기는 했지만 적극적으로 관심을 기울일 처지가 아니었습니다. 인사동에서 시집 출간 기념회를 하였는데 많은 분들이 찾아주셨던 기억이 생생합니다."

"이현우 시인과의 만남에 대해서 기억나시는 대로 말씀해주십시오."

"저의 아버님께서는 미국에서 윤리학 전공으로 박사학위를

이현우

받고 귀국하셔서 한신대 교수로 재직하셨습니다. 아버님이 미국에 계시는 동안 어머니와 저는 친가인 제주도를 왔다 갔다 하며 지냈습니다. 사정이 여의치 않아 서울역 앞 양동이라고 불리는 동네 뒤쪽인 동자동 외갓집에서 성남교회 유치원을 다니기도 했습니다. 김말봉 할머니께서는 품이 넓은 분이셨습니다. 아직도 기억에 남는 것은 서로 다른 성을 가진 외갓집 식구들이 모두 화목하게 지냈다는 것입니다. 아버님이 귀국하시고 화계사 근처 한신대 사택에 자리를 잡고 난 후 어머니는 거지꼴의 방랑 행각으로 떠돌던 외삼촌을 찾아 나섰습니다. 63년경으로 기억합니다. 61년에 김말봉 할머니께서 돌아가셨으니 떠돌이 삼촌을 돌보던 가장 큰 기둥이 사라진 상태였지요. 누나로서 동생을 지켜보던 시선은 늘 안타까울 수밖에 없었을 겁니다. 그렇게 삼촌을 집에 모시고 왔습니다."

"그 당시 이현우 시인은 어땠습니까."

"당시 아버님이 귀국하시고 어린 저를 미국식으로 교육시키기는 과정에서 저는 스트레스를 상당히 받았던 것 같습니다. 삼촌은 저에게 꿈과 희망을 준 분이었습니다. 거지꼴의 알코올중독자로 알려져 있었지만 세상 돌아가는 소식에 정통했으며 책과 소설, 영화 등에 대해 대단히 박학했던 분입니다. 특히 일본의 전설적인 검객 미야모토 무사시에 관한 이야기는 영화 이상의 재미를 주었습니다. 어쨌든 아버지께서도 삼촌이 시인으로 거듭나기를 바라서 여러 후원을 아끼지 않았습니다. 그렇게 일 년 정도를 지냈던 것 같습니다. 삼촌께서도 그 뜻에 부응하려고 나름대로 노력을 했던 같지만 뜻대로 되지는 않았습니다. 집에 있으면서도 거지꼴의 방랑은 거듭되었고 결국 또다시 집을 나가게 되었습니다. 그때가 제가 초등학교 3학년 때였습니다. 아마 어머니께서도 포기하셨던 것 같습니다. 삼촌이 떠나기 전 원고지 뭉치를 제게 주었습니다. 그것이 유고시집의 바탕이 되었습니다."

"그 오랜 시간 원고를 간직했다는 것도 참 대단한 일입니다."

"그러게요. 어떤 인연이 있었던 거겠죠. 제가 중학교 3학년 때 당시 정권으로부터 미움을 받아 가족 전체가 독일로 떠나게 되었는데, 공항에서 저만 갈 수 없게 되었습니다. 일종의 인질 같은 것이었고 생각됩니다. 어린 저는 안기부의 사찰을 받으며 감리신학대 기숙사에서 생활을 하며 학교를 다니다 조부모님이 계시는 제주도로 가게 되었고, 대학 졸업 후 독일로 갔습니다만 삼촌의 원고를 잊지 않고 챙겨 다녔습니다. 돌이켜 보면 기적 같은

이현우 시인 자필 원고.

일이었습니다. 다만 안타까운 것은 유고시집을 출간한 후 그 원고를 다시 챙기지 못해 분실했다는 것입니다. 시집 속지에 있는 원고가 삼촌이 제게 맡긴 원고입니다."

"흔히 보기 어려운 일입니다. 끊어질 듯하면서도 끊어지지 않고 이현우 시인을 다시 소환하는 것도 바로 그 시 원고 때문일 것이라는 생각이 듭니다."

"더 안타까운 것은 삼촌의 유고시집조차 시중에서 구하기 어렵게 되었다는 것입니다. 기회가 된다면 시집을 다시 복간하고 싶기는 합니다."

정지훈 선생과 차를 나누어 마시고 나오는 길에 하늘을 올려다보았다. 그리고 이현우 시인의 시에서 보기 드문 맑은 서정시 한 편을 떠올렸다.

먼 하늘이
나의 눈 속에 들어와
또 하나 작은 호수를 이룬다.

하-얀 구름은
창에 머물러
꽃으로 피고

기우는 그 빛나는 날 위엔
조용히 파닥이는
바람의 나래.

먼 호수가
나의 눈 속에 들어와
또 하나 작은 우주를 이룬다

_「호수」 전문

저 빛나고 예민한 감수성의 시인이 비극으로 점철된 시의 극점에서 사라진 이유가 무엇인가 생각해보면 사람의 삶이란 도저히 설명되어질 수 없는 어느 지점이 있다는 데 동의할 수밖에 없다. 그의 시에 서린 순수와 폐허의 불협적 동행은 그의 삶 속에 주홍글씨처럼 새겨져 있었다 할 수 있다.

50년대 명동은 폐허 속에 핀 꽃처럼 예술인들에게 하나의 위안이자 탈출구였다. 고은 시인은 그 시대를 다음과 같이 증언하고 있다. "명동의 갈채 다방이나 엠프레스 그리고 청동다방과 돌체와 동방살롱, 조선일보사 뒤의 정동 문총文總 부근의 다방 아리스 등지에서는 날마다 문인들의 단막극이 생겨나는데 그런 일도 일종의 천진난만한 수작임에 틀림없었다."《경향신문》,

이현우

1992.12.27.)는 고백은 문인들이 하루 일과를 명동에서 마쳤으며 연출 없는 에피소드의 현장이 명동이었다는 것을 증언하고 있다. 술집으로는 몽파르나스, 맘보집, 할머니집, 도라무깡집, 아방궁 등이 이현우 시인이 드나들던 술집으로 알려져 있다. 가끔 막걸릿집 은성에도 들락거리며 음주 행각을 벌였던 것이다. 50년대 문단의 기인을 꼽을 때 빠지지 않는 김관식, 천상병, 박봉우 등은 이현우와 함께 모두 시인이라는 공통점이 있다. 분명 스스로를 사회적으로 방기放棄하는 문인이 대개 시인이라는 사실에서 장르적 특성이랄 수밖에 없는 요소들이 내재하고 있음을 알 수 있다. 이 인물들에 대한 황명걸 시인의 인상기는 재미로만 볼 것이 아니라 그들 삶의 축약과 같은 것이다. "도저한 자존심으로 자기만의 아성을 굳게 쌓고 칩거하여 술주전자와 대적했던 은둔의 봉건 영주 김관식. 순진무구하달까 철면피하달까, 대상을 가리지 않고 아무에게나 이백 원 구걸을 일삼던, 희극적 무뢰한 천상병. 주먹을 불끈 쥐고 시대의 울분을 광기 어리게 토해냈지만, 순정적 열정의 발로에 머물고 말았던, 촌장 같은 지사 박봉우. 이들과 달리, 이현우는 뱃가죽이 등창에 달라붙어도 염치를 지키려고 애썼으며, 얻어 입은 옷이 땟국물에 절어도 매무새 가다듬기를 잊지 않았다. 그러한 그인지라, 평소 그의 자세는 꼿꼿했으며, 걸음걸이에는 흐트러짐이 없었다. 한마디로, 이현우는 보헤미

안적 댄디풍의 거지 신사였다."는 증언은 이현우 시인의 사람됨을 알 수 있게 해주는 것이기도 하지만 이것도 방랑 초기의 한 모습일 뿐 후기의 모습은 왕초 걸인의 행색을 하고 있었음이 분명하다. 그가 취한 방랑의 형태도 두 가지 정도로 나누어 볼 수 있는데, 문인들 속에서의 방랑은 적어도 그를 걱정하고 염려해주는 많은 친구들의 덕에 비루한 형태의 그것은 아니었지만 문단 밖을 떠돌며 보여준 방랑은 거지의 행색 그것이었다.

많은 문우들이 증언하고 있거니와 이현우 시인의 단짝은 김관식 시인이었다. 사실 어찌 보면 성향상 그 둘은 그리 어울리지 않는 것처럼 보인다. 안하무인이며 도도한 김관식 시인과 내면의 울림에 마치 오므린 종처럼 스스로 떨던 이현우 시인의 만남은 이해 불가한 측면이 있다. 그러나 적어도 1970년 김관식 시인이 타개할 때까지 정신적 동지로서 동행했던 것은 분명하다. 김관식 시인이 홍은동 골짜기에 지은 무허가 판잣집에서 기거하기도 했으며, 한국일보 사장이자 경제부총리인 장기영이 축사를 하고 있는 출판 기념회에서 김관식 시인이 "에또, 자네는 그만 하고… 내가 말을 좀 해야겠네" 하며 마이크를 뺏고 횡설수설할 때 앞에서 술에 취한 채 "옳소" 하고 박수를 치던 몇 안 되는 시인 가운데 한 명도 이현우 시인이었던 것이다. 이현우 시인에 대한 김관식 시인의 애정도 각별한(?) 것이어서 술집에서 혁명 정

부를 구상하고 각료 명단을 구성하며 이현우 시인을 문화부장
관에 임명하기도 했다. 이현우 시인은 1958년 『자유문학』에 등단
한 것으로 알려져 있는데, 공식적인 절차는 1959년 2월에 이루어
졌다는 증언도 있다. 이는 등단 제도가 오늘과는 달리 몇 회 이
상의 추천 제도였기 때문에 빚어진 일이라 할 수 있다. 이현우 시
인의 당선 소감문은 김관식 시인에게 보내는 편지의 형식을 취
하고 있다. "이건 무슨 푸념 같지만, 사실 나는 어쩐지 내 자신이
돼먹지 않게만 생각이 되니, 따분해서 견딜 수가 없다. 자네의 그
굴할 줄 모르는 꿋꿋한 정신력이 부럽다."는 당선 소감문의 고백
은 왜 이현우 시인과 김관식 시인이 광기 어린 친구의 관계로 맺
어졌는지 알 수 있게 해주는 대목이다. 이현우 시인은 김관식 시
인의 정신력에는 굴복되지 않는 어떤 사상성을 지니고 있다고

거지 대장으로서의 이현우 시인과
당시 문단 풍경을 담고 있는 소설가 강홍규의 글.

믿었던 것이다. "관식아, 자네와 나는 영원한 에뜨랑제다. 아니, 이 시대의 멸절滅絶한 하늘가에 이름 없이 피었다 질 두 미친 별인지도 모른다"는 고백은 당대 문단의 주류로서의 입지와는 그들이 전혀 다른 위치에 있었음을 보여준다. 외인부대, 부랑자 혹은 떠돌이로서 이현우 시인은 자신을 "에뜨랑제"라고 칭했던 것이다. 김관식 시인에 대한 이현우 시인의 동류의식은 동경과 동질을 모두 포함하는 것이었다. "차라리 일체를 불살라 버리고 이름 없는 항구의 주점, 그 어느 으슥한 자리에 앉아 날마다 울려오는 서러운 뱃고동 소리라도 들어가며 한평생 아무렇게나 넘겨버렸으면 하는 그런 심정이다."는 진술은 푸념이라기보다는 진솔한 자기고백에 가까운 것이었다.

오후 한 시의 부둣가에 나서면
먼 이국에서 온 선박들이
일제히 닻을 올리고.

멀리 여기까지 편력해 온
나의 25년을 회한(悔恨)하는
뱃고동은 운다.

이현우

과거는 차라리 묻지 않기로 한다.
창백한 손을 들고
다만 작별을 고(告)할 뿐이다.

모든 고뇌는
내 안에서 눈을 뜨고
다시 잠들고……

나는 나의 25년의 젊음을
절대로 불행하다고 느껴서는 안 된다.

항구의 하늘을 장식하는
무용한 별들은
영구히 빛날 것이고
언젠가
내가 도달할 종말은
여기.

감지 못하는 눈을
내 또한 무용한 별처럼

할 일 없이 뜨고 있을 뿐이다.

_「항구가 있는 도시」 부분

과거는 묻지 않고 창백한 손을 들어 다만 작별을 고하겠다
는 내적 결의는 일생에 걸친 방랑의 편력을 관통하는 표현이라
할 수 있다. 모든 고뇌는 그의 내면에서 눈 뜨고 잠들 뿐 파열의
그것으로서 외부로 드러나지 않는 특징을 지닌다. 그가 적어도
동료들에게 술값을 뜯어가고 밥을 얻어먹었을망정 의식상의 자
기 염결을 끝내 지키고자 했던 것도 어쩌면 이 같은 기질의 문제
라 할 것이다. 자신의 삶에 대해 "불행하다고 느껴서는 안 된다"
는 선언적 명제도 어떤 운명의 굴레도 스스로 받아들이겠다는
숙명론적 인생관을 반영하는 것이기도 하다. 당선 소감에 쓰고
있는 "멸절滅絶한 하늘가에 이름 없이 피었다 질 두 미친 별"은
이 시의 "무용한 별들"의 다른 이름이다. "종말"을 감내하는 "비정
의 피안"으로서 항구가 있는 도시를 향한 지향은 쓸쓸한 비감을
불러일으키는 바다. 항구의 주점에 앉아 뱃고동 소리를 들으며
한 세상을 살고 싶다는 욕망은 간절한 종교적 바람과 등가의 것
이었다 할 수 있다.

당대 소설가 김말봉 여사의 작품 생산량은 타의 추종을 불
허하는 것이었다. 서너 군데 신문의 연재소설을 쓴다는 것은 건

장한 청장년의 육체노동에 버금가는 일이었으며 더욱이 창작물이라는 점에서 불가능에 가까운 일이라 할 수 있다. 이현우 시인의 친구인 서양화가 하인두는 이현우 시인의 손을 거쳐야 김말봉 여사의 작품이 완성되어 나왔다고 증언하고 있다. 이현우 시인의 총명함이 어머니 김말봉 여사의 작품을 정리하고 모양새를 갖추는 일을 어린 시절부터 도맡아 해왔다는 것이다. 문학에 관심이 있던 이현우 시인이 만약 대중소설을 썼다면 대성했을지도 모른다. 그러나 소설이 아닌 시로의 전향은 이현우 시인의 삶 전체를 전혀 다른 방향으로 흘러가게 한다. 사회 지향적 혹은 출세 지향적이었다면 이현우 시인은 소설을 썼을 것이고, 김말봉 여사로부터의 훈련과 후광에 힘입어 이름난 소설가가 되었을 것이다. 그러나 시를 선택하고 삶을 방기한 채 그의 삶은 편력을 거듭했다. 1961년 김말봉 여사가 세상을 떠나자 그의 편력은 본격적인 길로 들어섰다.

이현우의 떠돌이 행각은 서울은 물론 대구, 부산으로 이어져 그의 시에 자주 등장하는 시어처럼 "편력"이라 말할 수밖에 없었다. 60년대 서울의 풍경은 급속히 바뀌고 있었다. 친구들은 출판사나 신문사에 취직을 하고 전날의 가난함과는 다른 삶을 살기 시작했다. 그러한 현실적 삶이란 어찌 보면 당연한 것이고 마땅한 것이기도 했다. 그러나 이현우 시인은 그러한 현실적 삶으로부터 더 멀어져 있었다. 60년대 중반 그는 거지 왕초로 친구들 앞에 나타나기 시작했으며 친구들을 찾아가 돈을 빌려 수하들을 먹이기까지 했던 것이다. 가장 가깝던 친구 권용태 시인은 남대문시장 안의 넓은 합숙소를 방문했을 때의 기억을 다음과 같이 기억하고 있다. "밤이면 목조 좌판에서 잠자는 품팔이꾼들과 마약중독자, 소매치기들과 어울려 자네는 열심히 떠들고 있었지. (중략) 그것을 듣고 있던 사람들의 표정이 꼭 광신자들이 교주의 설교를 들을 때처럼 진지한 것 같은 인상이었어. 그러면 자네는 더욱 신이 나서 이들에게는 생소한 '알 카포네'의 영화 얘기며 일본의 검객 이야기, 거기다 한술 더 떠서 기욤 아폴리네르의 시를 멋지게 낭송하는 것으로 끝을 장식했는데 듣고 있는 이들은 그것이 무척 신기한 것 같았고, 자네는 특유의 미소를 머금고 잠자리에 들곤 했지". 이 이야기는 60년대 중반 이현우의 삶을 가장 정확하게 보여주고 있다. 이근배 시인은 70년 초반의 이현우 시인을 다음과 같이 기억하고 있다.

70년대 초반 어느 날이었다. 아침 출근을 했더니 이현우 시인이 와 있었다. 나를 만나러 온 것이 아니고 한 직장에서 일하는 그의 친구 이규헌 씨(「포(泡)」라는 소설을 쓴 일이 있는)를 찾아온 것이다. 남대문 근로자 합숙소에서 생활한다

이현우

는 소문이 들릴 때였는데 함께 온 사람과 이현우 모두 어렸을 때 다리 밑에서 본 거지의 몰골 그대로였다. 이른 아침이었는데도 그의 술에 취해 충혈된 눈은 초점이 흐려져 있었고 이규헌 씨가 쥐어주는 몇 푼인지를 받고서 어디론가 가버렸다. 그것이 내가 마지막 본 이현우 시인의 모습이었다. 그가 돌아가고 난 후 이규헌 씨는 "저것이 50년대 신의 모습이다"고 나를 일깨워줬다. (「술 취한 도시의 방랑시인 이현우」, 〈동아일보〉, 1990.11.02.)

"50년대의 신의 모습"이라는 표현에는 어떤 상징이 있을 법하다. 60~70년대로 넘어오면서 산업화의 물결 속에서 50년대의 가난이 벗겨졌을지 모르지만 적어도 50년의 순수성은 사라졌다. 50년대 신의 모습이란 그 50년대의 순수성을 그대로 지키고자 했던 시인 이현우를 의미하는 것이라 여겨진다. 소설가 이규헌은 1972년 8월 중순 우연히 부산 해운대에서 이현우 시인을 조우하게 되고 그의 거처를 묻는다. 이현우 시인의 답은 "부산에서 버스로 40분 거리의 바닷가 포구에 살지"였다. 그때 이현우 시인의 나이가 서른아홉이었다. 항구의 후미진 술집에서 남겨진 생을 살고자 했던 꿈도 그에게는 사치였고 후미진 포구에서 삶을 도모했던 것이다. 그러나 후미진 포구는 잠자리였을 뿐 부산역, 광복

동, 남포동 거리를 헤매며 술을 마셨다. 1980년 여름 민속학자이자 이현우 시인의 심우心友인 민속학자 심우성은 부산역 앞 지하도에서 이현우 시인을 만나 다음 날 자갈치시장 선술집에서 대포를 나눈 것으로 마지막 결별이었다. 아무도 모르는 곳으로의 망명 혹은 실종이 이현우 시인의 최후이다. 마지막 부산에서 보았다는 증언도 있지만 80년대 초반 이현우 시인은 지상으로부터 완전히 실종되었다. 그 후 10여 년이 지난 1993년 도서출판 무수막에서 이현우 시문집이 발행된다. 제목은『끊어진 한강교에서』이다. 스물한 명의 시인 소설가, 학자, 출판인 등 이현우 시인과 친분이 있는 분들이 발문에 참여하고 있으니 이런 시집은 전례도 없거니와 앞으로도 없겠다 싶다.

사랑은 가서 다시 돌아오지 않는다.
내 생애의 저무는 추억
먼 여정의 오솔길을

실로
행복은 짧고

이현우 시인의 시와 삶에 대한 증언을 담은 이근배 시인의 문단 수첩.

불행은 긴 것을.

그러한 회고
그러한 일모(日暮)의 서울 거리를
온종일 눈은 내리는데.

눈은 내려서
내 잃어버린 생활
기구한 운명, 그 위에
무심히 쌓이는데.

불행과 고독을 더불고
나의 생애는 참 아름답게
죽어가야 한다.

술을 마셔야 한다.
눈 내리는 내 젊음의
이유 없는 감상과
마음의 그늘을 늘이는
이 적막감을.

나부껴 오르는 깃발도 없는 방랑 혹은 편력

창밖은 다만 무너진 도시
일모(日暮)의 텅 빈 갈림길인데,

아 나는 상기(想起)한다.
지금은 잿빛 그늘 속으로 묻혀 간
나의 빛나는 나날을.

그날 위에 떠오르는
누군가
창백한 두 볼을.

실로 높이 드는 축배
나부끼지 않는
광물성의 기(旗)여,

오늘은 내 쓸쓸한 인생
덧없는 노래
노래도 없이 살다간
사람들을 생각하는데.

이현우

눈을 감으면
사랑은 가서 다시
돌아오지 않는다는데.

내 인생의 추억은
훨훨 낙엽져 내리는데.

_「눈 오는 주점(酒店) ─ K에게 드린다」 전문

　내리는 눈을 바라보며 그는 스스로 기구한 운명이라 생각하고 이름답게 죽기를 소망한다. "술을 마셔야 한다"는 선언적 명제 속에 자신의 의식을 현실로부터 더 먼 곳으로 인도하려는 자기 연민을 시에서 만나게 된다. 그래야만 견딜 수 있는 현실이 그 앞에 있었는지 모른다. 그와 시의 시가 살아남는 길은 단 하나 "광물성의 旗"를 높이 펄럭이는 일이었다. 술값을 비루하게 구걸했지만 그는 명백히 자신의 시가 나가야 할 방향도 알고 있었던 시인이었다. 그러나 그의 손에 쥐어져 높이 흔들렸던 것은 술잔이었으니 그는 끝내 인생의 허무로부터 벗어나지 못했던 것이다. 이현우 시인의 실종은 전후 낭만주의의 완전한 실종을 의미하는 것이며 그를 기다리는 마음은 아직도 어딘가에 있을 50년대 신에 대한 그리움인 것이다. 이현우 시인을 기리는 이추림 시인의 한 편의 시가 여기에 있다.

　　하나 남은 고열(高熱)의 단출 끼울 때 낀 손톱으로 끼워맞추며
　　몸부림치는 너의 철리(哲理)는 체념을 수반한 절필(絶筆)
　　도피를 함께 하는 잠적
　　포기를 함께하는 자유
　　절대 고독을 함께하는 침묵 의무의 승리

　　가슴 빈 어둠 위로 가라앉아 뒤끓는
　　색유리 가루 위를 궁글던 낱말 하나를 품어주지 못한 우정
　　설명이 불가능할 만큼 사상(思想)
　　사랑도 모자라기만 했던
　　많이 휘인 명동성당 고갯길을 벗어나
　　궁글는 낱말 하나로 지금 네가 어데 어떻게 있건
　　뒷골목의 장대비에도 젖지 않는
　　미완(未完)의 우리들을 수월찮게 만나는 맹렬한 새의 추상
　　(抽象)이다.

　　　　　　　　　　　_「궁구는 낱말 — 이현우 시인을 추상(抽象)하며」 부분

　　　　　　　　　　　　　　　　　　이현우

죽음을 위하여

이현우

언젠가 너의 청춘의 낙일(落日)은 오고
싸늘한 죽음은
조용히 이마 위에 나릴 것이다.

그날 너의 행복으로 위장된
너의 고독의 나날을 되돌아보며
뉘우칠 수 없는 아픈 회한에 잠길 것이다.

죽음의 장막은 서서히 나려오고
너의 비극의 막은 오르는데
어둔 세계 위에는 먼 회상의 가랑비가 뿌릴 것이다.

돌아갈 수 없는 감상(感傷)의 나날과
오, 살아 있는 현재를 위하여
기는 높이 오르고,

다가오는 죽음 앞에
너의 짧은 생애를 뒤돌아보며,
어쩔 수 없는 고별의 손을 흔들 것이다.

아, 너는 다시 생각할 것이다,
행복했던 시절에의 비굴한 미련(未練)과
반쯤 가리어진 속눈썹, 그 환한 눈매를,
어느 한 사람의 머리칼에 빛나는
그 황금빛 의미를.

이현우 시인 연보

1933   부산 출생.
       부산 낙양고등학교 졸업.
       동국대학교 중퇴.
1958   『자유문학』 등단.
1980년대 초반 실종.
1993   유고시문집 『끊어진 한강교에서』 발행.